长沙王 吴芮

吴超来 张 炜◎著

江西人民出版社
全国百佳出版社

图书在版编目(CIP)数据

长沙王吴芮/吴超来、张炜著. —南昌:江西人民出版社,2013.5
ISBN 978-7-210-05921-9

Ⅰ.①长… Ⅱ.①吴… Ⅲ.①长篇历史小说—中国—当代
Ⅳ.①I247.5

中国版本图书馆 CIP 数据核字(2013)第 086453 号

长沙王吴芮

作者:吴超来 张 炜
责任编辑:万莲花
封面设计:回归线视觉传达
出版:江西人民出版社
发行:各地新华书店
地址:江西省南昌市三经路 47 号附 1 号
编辑部电话:0791-86898650
发行部电话:0791-86898815
邮编:330006
网址:www.jxpph.com
E-mail:jxpph@tom.com web@jxpph.com
2013 年 5 月第 1 版 2013 年 5 月第 1 次印刷
开本:787 毫米 × 1092 毫米 1/16
印张:14.5
字数:200 千字
ISBN 978-7-210-05921-9
赣版权登字—01—2013—103
版权所有 侵权必究
定价:26.80 元
承印厂:南昌市红星印刷有限公司
赣人版图书凡属印刷、装订错误,请随时向承印厂调换

目 录

序 注目历史的深空

吴仕民

　　中华五千年的煌煌历史,成就了数不胜数的历史学家,也伴生了如山如海的史学著作。许多重要的历史事件、历史人物,被历史学家们不止一次地探究、诠释、评点、放大,从而使人们耳熟能详。但,我们还可以看到另外一种现象,那就是有些重要的历史人物和历史事件似乎被忽略了、淡忘了,就好像光芒四射的星辰隐藏在历史的深空,少有人能感知它耀眼的光辉。长沙王吴芮就属于这种情况。生于江西余干的吴芮,位列西汉初年异姓之王,名列司马迁《史记》和班固《汉书》之中。而当时和吴芮同时代的诸王若韩信、英布等莫不有众多的史家研究、众多的书籍记述,相比之下,对吴芮却是研究者甚少,知之者不众。究其原因,一者可能是史料记述失于简略,二者则可能秦汉之际乃是中国重要的历史时期,星汉灿烂,有些星辰的光辉被掩映在星河之中。这无疑是历史的缺憾。

　　然,星光不会永远黯淡,英雄不会永远寂寞。这本《长沙王吴芮》如一双大手,拨开云雾,拂去尘埃,将吴芮这颗巨星从历史的深空牵引到世人面前,这在很大意义上可补历史的缺憾。本书以大量的史料和中肯的评议再现了这位历史人物叱咤风云的生平，在人们面前树立起一个丰满的西汉时代的王者形象。所以从这一点上说，这本著作的出版具有重要的历史意义和文化意义。

在对历史的深空作探索的时候，发现闪亮的星星是重要的，对星星的形状、亮度、轨道等等进行科学的描摹、评判则更为重要。这需要有学识学养，需要有真知灼见。作者不因为星光的暗弱而将对它的深入探究视为畏途，也不因为少有人研究而恣意为之。而是有实事求是之心，无哗众取宠之意，尊重历史，还原史实，作艰辛的探索和精细的辨析。吴芮虽英年早逝，却有着波澜壮阔的一生。其足迹及于江西、安徽、山东、河南、陕西、湖北、湖南、浙江、江苏、广西等地。他曾为鄱阳湖畔的一县之长，亦曾任地域跨今湘鄂桂的衡山之王、长沙之王；他曾理政于庙堂，也曾搏杀于疆场；他曾苦读经书、钻研兵法，也曾与刘邦、张良等人纵论用兵之术、治国之道……如何剪裁他的行止、写出他的风采是颇费思量的。作者在研析所得资料的基础上，反复斟酌，披沙沥金，选定以"报国安民"这条主线进行开掘、展示，可谓深得其要。吴芮生活在秦汉之交，正是神州板荡、人民陷于水火之时，也是天下由列国变统一、由动乱至治理之际。吴芮以报国家、安天下、福黎民为己任，纵横千里，攻坚克难，遂成大业。作者正是以此为全书的主轴，在读者面前树立了一个求国之统一安定、为民之福祉安宁的古代伟人的形象。这不仅符合历史的真实，也对今天我们研究历史、以史为鉴、以史资治具有重要的意义。

探索历史的深空不仅需要勇气、眼力和学识，也还需要真情和激情。本书的作者张炜和吴超来二位先生均系余干乡贤，与吴芮是同乡，可谓以乡情写乡人。这为他们的创作提供了许多的方便，但要完成这样一部著作决非易事。多年来他们以一腔热情搜阅资料，不辞辛苦地进行实地

勘察,满怀真诚地拜访专家。几经寒暑、数易其稿,才最终完成了这本篇幅不长但分量不轻的著作。张炜先生在诗词创作上建树良多,一首《七十闲吟》曾引得许多诗友词客唱和。我也希冀以这本书的出版为契机,有更多的人研究吴芮这样重要的历史人物,有更多的目光关注和探索历史的深空。

出于对历史的尊重,基于对作者的敬重,我不揣浅陋,写下这段文字,是为序。

2013 年春月于京华·四边书屋

（作者系国家民委副主任）

一 龙山出世

　　战国末期,吴王夫差六世孙吴申在楚国为官,事从楚考烈王,官至
大司马。楚考烈王十四年(公元前 248 年),吴申因进谏春申君(即楚相
黄歇)受封吴国故都姑苏(今江苏苏州)而获罪,谪居番邑(今江西鄱
阳)。因吴申为官清正,文武双全,又精通兵法和儒学,声名远播,齐国
的多位谋士向齐王举荐他。于是,齐王亲自修书派使者来番邑请他入齐
为官。吴申考虑到官场险恶,自己年事已高,不愿入齐为官,就婉辞了
齐王的邀请。事后,吴申料想此举必定招来齐王的怨恨,同时为防春申
君再次乘机报复加害,便打算离开番邑迁居到一个偏僻的地方。

　　吴申的老伴已经去世,独生女儿嫁予楚国名医陈康为妻,生下一男
一女。陈康原在楚都郢城(今湖北江陵)居住,吴申遭贬后,为了照护岳
父,便一同迁居番邑。陈康曾多次到距番邑一百多里的龙山采药,觉得
山旁的龙山村(今江西余干邓墩)是一个既偏僻又山清水秀的好地方,
就建议岳父迁居龙山村。吴申采纳了女婿的建议,于秦王政三年(公元
前 244 年)同女婿一家一起搬迁到龙山村居住。

　　龙山村因村旁的龙山而得名。龙山位于村庄的东南面,山体呈弧形,绵延数里,峰峦叠嶂,山上长满了松树、樟树和凤尾竹。山下有一条小溪,弯弯曲曲流向村旁的大水塘,溪水清澈,终年不断。山水交相辉映,十分秀美。生活在这山水秀美的地方,又有女婿、女儿照料起居,外孙、外孙女承欢膝下,吴申感到很舒适,很开心。他虽然已经七十多岁了,由于性格开朗,又精通医道,身体非常健康。他九十多岁的老父亲吴厥由和女儿都劝他纳个年轻女子为妾,生个男孩,也好延续香火。在父亲和女儿的再三劝导下,七十四岁那年,他纳了邻村一位三十几岁的寡妇梅氏为继室。吴申纳妾后不久,女婿一家就搬至附近新盖的房子居住。

　　梅氏的祖上曾是吴国武将,她从小喜读史书、兵法,再婚后常陪伴吴申谈古论今,感情自是十分融洽。一天晚上,梅氏做了一个噩梦:她正在龙山采药,忽见一条飞龙自天而降,她急忙往山下跑,而飞龙却紧追不舍,吓得她大声惊叫。吴申被她的惊叫声给吵醒,她便把做梦的情景如实相告。吴申兴奋地说:"飞龙入梦,是个吉兆!"一个月后,梅氏悄悄告诉吴申:她怀孕了。吴申半信半疑,就叫来女婿陈康为梅氏号脉。陈康号脉后,说梅氏是怀孕了,但怀的胎非同寻常。吴申夫妇听了又喜又愁,喜的是梅氏真的怀孕了,愁的是担心梅氏怀怪胎。陈康尽力安慰岳父和梅氏,并与岳父商量着为梅氏开了一副有利于胎儿健康发育的药方。

　　说来也巧,陈康走后不久,一个白发披肩的老头来到吴家讨水喝。见吴申夫妇紧锁愁眉,就问吴申有什么难事。吴申见老头仙风道骨,气宇非凡,就把梅氏怀孕、号脉的情况如实告诉了老头。老头便从衣袋里掏出一块写有字的白绫交给吴申,说:"我送给你两句话十个字,你把它贴在床头上,贵夫人就不会有事了。"说完,老头就离开了吴家。吴申掀

开白绫一看，上面写着"十五十三五，金木水火土"，他百思不解其意，但还是把它贴到了床头上。

晚上，梅氏喝了一剂陈康送来的汤药。第二天，陈康为梅氏号脉后，惊诧而高兴地告诉吴申夫妇：梅氏怀胎的情况比昨天大有好转。吴申夫妇听了如饮下一杯美酒，担心怪胎的愁绪一下子就消散了许多。

时间一天天过去，梅氏的肚子一天天大起来，倒也平安无事。可按推算到了临产的时间，梅氏却没有什么动静，吴申夫妇难免有点着急，不时到床头看看那老头送的白绫。

秦王政六年（公元前241年）五月十三日，是梅氏怀孕十个月的最后一天。这天凌晨，老头突然带着五个年轻人来到吴申家。一进门，老头便向吴申介绍说："这是我的五个弟子，分别姓金、木、水、火、土。"话音刚落，卧室里传出了梅氏的呻吟声，吴申的女儿等人赶忙进入卧室。此时，天气骤变，电闪雷鸣，风狂雨暴。就在风息雨停之际，卧室里传出了婴儿的呱呱啼哭声。老头笑着把吴申推向卧室，说："恭喜你老年得子！"待吴申回到厅堂欲向老头表示感谢时，老头和五个弟子都不见了。他追出大门，只见雨过天晴，霞光满天，异彩纷呈，龙山被五彩祥云笼罩得如同仙境。这时，空中响起了老头的声音："十五十三五，金木水火土。"吴申若有所悟，兴奋不已。他对满脸笑容的老父亲说："这老头该是帮助我们的神仙。他写的'十五十三五，金木水火土'是向我们暗示，我妻子怀胎十个月，我儿五月十三日出生，而他今天带来的五个弟子金、木、水、火、土，不就是五彩祥云吗！"

龙山村的村民听说吴申生了儿子，都结伴到吴家道喜，并观看龙山上空的五彩祥云。此后，人们便称龙山为五彩山。

几天来，老年得子的吴申和老父亲厥由公一直沉浸在无比的喜悦和兴奋之中。这天上午，二人坐在屋前的院子里，一边喝茶，一边商量为儿(孙)取名。可能是因为要求太高,二人商量了一个时辰,仍未商量出一个满意的名字来。此时,一个奇特的景象出现在二人眼前:从外面飞来一群小鸟,可小鸟不像往常一样飞到院子里的樟树上,而是飞进吴家的房屋内,且每只小鸟的嘴里都衔着青草。目睹这奇特的景象,吴申灵机一动,想出了一个满意的名字来。他想,这景象的奇特之处有二:一是小鸟的嘴里都衔着青草,二是小鸟反常地第一次飞进房屋内。如果把体现奇特景象的两个关键字"草"("艹")与"内"组合起来,便构成一个"芮"字;而"芮"正好是吴氏开氏始祖吴泰伯的侄子姬昌(周文王)称王时建立的一个诸侯国国名。于是,吴申提议为儿子取名吴芮,期望儿子将来建功立业,成为一国之君。厥由公对为孙子取名吴芮十分满意,连声叫好。从此,吴芮便成了龙山村最响亮的名字。

二　幼沐祖风

　　吴芮刚满周岁,梅氏又生下一男孩,取名吴莚。吴芮、吴莚兄弟俩被全家视为掌上明珠和吴氏家族振兴的希望。四五岁时,祖父和父母便教他俩识字、读书和下棋;六七岁时,又教他俩练习武功和劳作。兄弟俩天赋聪颖,学习勤奋,学文习武进步飞快。尤其是吴芮,智力超群,武功出众。不少成年人与他对弈,都落下风。逢年过节,村里的孩子举行摔跤比赛,他总是稳拿第一。村民们都夸赞他是个"神童"。

　　祖父和父母见他俩果然不同常人,更加悉心教授他俩兵法和儒学。为引导他俩从小树立建功立业、振兴吴氏家族的志向,祖父和父亲还常给他俩讲吴氏先祖的故事。吴芮最爱听有关吴氏先祖的故事。他记性好,悟性强,听完故事后不仅能记住故事的主要内容,还能领悟故事里的是非功过和长辈讲故事的用心。

　　吴芮听祖父讲的第一个故事,是吴氏开氏始祖泰伯公三让王位的故事:泰伯,原为姬姓,商代晚期周部落人。泰伯的父亲古公亶父(即周太王)生有三子:长子泰伯,次子仲雍,幼子季历。季历生子昌(即后来的周文王），异常聪明，气质非凡。古公亶父晚年认为昌有兴王业的才能，欲让季历继承王位再传于昌，但这有悖于由长子继承王位的族规，因而闷闷不乐。泰伯、仲雍察悉父亲的意图后，决意让季历继承王位。他俩乘父亲患病之机，托辞到衡山为父亲采药，便离开周部落到西吴一带（今陕西陇县境内）的游牧部落隐居。一年后，古公亶父见泰伯、仲雍还没回来，就改立季历为王位继承人。这就是泰伯公一让王位。不久，古公亶父病逝，泰伯、仲雍得到消息后，急回周部落奔丧，极尽孝道。季历要按照族规还王位予长兄泰伯，泰伯坚决不受。办完父亲的丧事，泰伯携仲雍再次出奔西吴。为了表明自己无意于王位的决心，让季历安心地继承王位，他和仲雍率领部分周人毅然离开西吴向东辗转迁徙。他们跋山涉水，披荆斩棘，不畏艰辛，曾先后在汾河流域的虞地和汉水流域的荆蛮地区居住过，最后定居在长江入海之滨的梅里（今江苏无锡境内）。这就是泰伯公二让王位。到梅里后，他们改从当地习俗，又传以周人的耕作、建筑技术。不久，泰伯就被推戴为当地的君主，号曰"勾吴"，称为吴泰伯。之后，泰伯和仲雍与当地人一样断发文身。在周人看来，只有遭刑罚的人才断发文身。于是，泰伯派人去周部落给季历传话："我们已经断发文身，是个刑余之人，再也不能回来登上王位了。"这就是泰伯公三让王位。这样，季历就无可奈何而又顺理成章地继承了周王位。圣人孔子曾为泰伯公三让王位的壮举而赞叹："泰伯，可以说是具有最高道德的人了。他三让王位给其弟，老百姓简直找不出合适的词句来赞扬他。"泰伯无子嗣，去世后由弟仲雍继位。周灭商后，周王封仲雍的曾孙周章为吴王，列为诸侯。故史称泰伯公为吴氏的开氏始祖，仲雍公为吴氏的传氏始祖。听完故事，吴芮已感动得泪流满面。他用衣袖擦了擦眼泪，动情地望着祖父说："我长大以后一定像泰伯公那样施仁行义，做有道德的人！"乐得厥由公老泪纵横。

有一次，吴芮听父亲吴申讲战国初期杰出的军事家吴起的故事。吴申绘声绘色地讲述，吴芮聚精会神地聆听。当讲到吴起在鲁国为吏"杀妻求将"的情节时，吴芮连连摇头。当讲到吴起在魏国为将，善于用兵打仗，与士卒同吃同住同劳苦，亲自吮吸士卒病疮的情节时，吴芮脸露笑容，连连点头。听完故事后，吴芮对父亲说："我觉得，吴起公善于用兵打仗，又很廉洁，是值得称道的；而他'杀妻求将'不可取。我会好好学习他的兵法，日后像他那样带兵打仗。"吴申笑着点了点头。

　　一天晚上，祖孙三代在一起谈论吴王夫差攻伐越国由胜转败的教训。厥由公说："夫差公胜利后，骄傲自大，放松了对越王勾践卧薪尝胆、志在报复的警惕，是吴国由胜转败的一个教训。"吴申说："夫差公胜利后，贪图享乐，迷恋女色，玩物丧志，中了越王勾践的韬晦之计，也是吴国由胜转败的一个教训。"厥由公和吴申要吴芮也说一说看法，吴芮不慌不忙地说："夫差公胜利后，由开明变得昏庸，听不进忠臣伍子胥的明谏，而听信佞臣太宰嚭的谗言，以至越王勾践的韬晦之计得逞，这也是吴国由胜转败的一个教训。""说得好，说得好！"厥由公和吴申不约而同地拍手叫好，脸上露出了满意的笑容。

　　吴芮八岁那年，厥由公寿终正寝，享年一百零二岁。厥由公临终前，把吴芮、吴莛叫到身边，用颤抖的手抚摸兄弟俩的头，之后从枕头下拿出他保存了几十年的画在一块白绫上的《太衍水图》（太湖水系图）交给吴芮。吴芮似懂非懂地看着图上弯弯曲曲的线条不知说什么好，经母亲梅氏轻声指点，他哭泣着说："我一定谨记祖父的教诲，胸怀大志，学好本领，重振家风，造福万民！"吴芮话音刚落，厥由公就含笑闭上了双眼。

三 同窗好友

厥由公去世后，吴申与梅氏商定，让吴芮到离家三十多里地的安乐村(今江西余干梅港)跟从博学多才的梅先生求学。

梅先生的祖先是越王的后代，越国被楚国灭亡后，逃居丹阳(今江苏丹阳)皋里乡梅里村，更姓梅。战国末期，梅先生随父亲迁居到属百越之地的安乐村。梅先生教了二十多个学生。他既传授诗书礼乐，又指教学生练习武功，而且非常关心爱护学生，深受学生尊敬和爱戴。

吴申送吴芮到安乐村上学的第一天，梅先生对吴芮进行了摸底测试。他先问了吴芮几个有关孔子学说的问题，吴芮从容不迫，对答如流。接着，吴芮按照梅先生的要求演习了一套拳术，一招一式，刚劲有力。测试后，梅先生高兴地对吴申说："你儿子是块良材啊！"吴申恭敬地说："良材还需良师雕琢，恳请梅先生多多教导吾儿！"说着，吴申把目光转向吴芮。不等父亲开口，吴芮一边向梅先生鞠躬行礼，一边说："我一定好好听从梅先生的教导！"这时，吴申和梅先生都快慰地笑了。

吴芮来这里之前，学生中成绩最好的是梅先生的儿子梅銷，他的武

功也很棒,是公认的"孩子王"。吴芮凭着非凡的天赋和勤奋,没来多久,学文习武的成绩就与梅銷并驾齐驱,成了第二个"孩子王"。因为意气相投,吴芮与梅銷很快成了好朋友。课余时间,两人常在一起交流读书心得、切磋武艺或聊天、游玩。

一天傍晚,吴芮和梅銷到村旁的山上游玩。他俩刚上到山腰时,听到了山上传来的呼救声。不多时,只见一只大灰狼正追赶一个砍柴的农妇。两人心照不宣地奔向农妇,迅速地从农妇手中拿过扁担和柴刀。此时,赶上来的大灰狼凶猛地扑向吴芮。吴芮敏捷地向一旁躲闪,并转身给了大灰狼重重的一扁担。大灰狼号叫着扑向农妇,梅銷冲上去用柴刀砍中了大灰狼的头部。受伤的大灰狼欲往山上逃跑,被吴芮的扁担打倒在地,梅銷对准大灰狼的头部又是一刀,大灰狼挣扎了几下便一命呜呼。吴芮和梅銷同心协力斗恶狼、救农妇的故事,很快在安乐村传为佳话。

梅先生疼爱儿子梅銷,也十分喜欢吴芮。考虑吴芮和梅銷的接受能力强,梅先生因材施教,给二人传授的知识更多,对二人的要求也更高。吴芮和梅銷如鱼得水,进步更快。

一天下午,梅先生在院子里指教学生练习武功。集中教练之后,梅先生还安排每个学生单独演练了一次。看到学生的武功都有长进,梅先生十分高兴。在对这次武功练习的点评中,他表扬了表现突出的吴芮:"吴芮练习武功不仅勤奋,而且用心,所以进步最快。大家都要向他学习。"这时,一个叫张智的学生说话了:"先生,能否让梅銷与吴芮比试一下武功?""让他俩比试比试吧!"好几个学生附和着说。梅先生思考片刻,对吴芮、梅銷说:"你俩同意比试吗?"吴芮、梅銷都表示同意。"那好,你俩就比试一下吧。"梅先生认真地说,"你俩年纪小,比武主要是切磋武艺,比试时点到为止,切不可伤着对方!"吴芮、梅銷都会意地点点

头。梅銷比吴芮大三岁,身体也比吴芮粗壮,梅先生特别叮嘱梅銷:"你一定要记住我的话!""我会的!"梅銷回答说。比武开始了,两人都很认真,使出了自己的真功夫。梅銷如小虎下山,十分勇猛;吴芮似小龙入海,身手不凡。一个攻防有度,一个进退自如;一个出八卦掌神出鬼没,一个用扫堂腿飞沙走石。两人比试了十多个回合,仍不分胜负。梅先生看在眼里,喜在心头,但也担心比武时间长了孩子可能受伤,便大声叫停。比武停下来了,吴芮与梅銷紧紧拥抱在一起,学生中一片喝彩声。

一天上午,梅先生因有急事要去邻村一位朋友家,便交代学生在教室里看书、做作业,并叮嘱梅銷要关照好同学。梅先生走后没多久,学生的作业都做完了。这时,坐在梅銷旁边的张智提议说:"梅銷,先生不在,我们到院子里玩一下游戏吧?"开始,梅銷有点犹豫,后来听许多同学都说想玩,他就同意了。于是,学生一个个离开教室到院子里玩,有的下棋,有的跳绳,有的玩老鹰抓小鸡的游戏。大家正玩得开心,梅先生回来了。如老鼠见了猫,学生急忙往教室里跑。

"我要你们在教室里看书、做作业,怎么跑出去玩了!"梅先生生气地说,"谁带的头?"学生都低着头,没人说话,教室里鸦雀无声。"梅銷,站起来!"梅先生拿着教鞭走到梅銷桌前,"我不是要你关照好同学吗!你说是谁带的头? 如果说不出来,就惩罚你。"梅銷站起来了,但仍一声不吭。"把手伸出来!"见梅先生要用教鞭打梅銷的手,吴芮站起来说话了:"先生,不要打梅銷,是我带的头,你惩罚我吧。"梅先生走到吴芮桌前,欲惩罚吴芮,张智站起来哭着说:"是我向梅銷提议到院子里玩的,先生惩罚我吧!""是我带的头。""是我带的头。"许多学生都站起来说话了。见此情景,梅先生为难了,但内心是高兴的。他眉头一皱,依然严肃地说:"这样吧,我出一道谜语给你们猜,如能猜出来,今天就免罚你们;如果猜不出来,就惩罚梅銷和张智。"梅先生出的是个字谜,谜面

是"春无三日晴"。一时,学生都动起了脑筋。没多时,吴芮就猜出来了:"先生,我猜是个'人'字。"梅先生有点惊讶地微笑着说,"你是怎么猜出来的?"吴芮自信地说:"我认定这个字谜应在'春'字上做文章,春无三日晴,无就是没有,'春'字去掉一个'三'字,再去掉一个'日'字,就成了'人'字。""说得好,"梅先生兴奋地说,"真是一块栋梁之材!"此时,同学们都用羡慕的目光望着吴芮。

四　母慈子孝

　　吴芮十一岁那年，父亲吴申带着满足的微笑，也带着对贤妻和爱子的不舍，在一个冬天的傍晚无疾而终，享年八十六岁。临终前，他深情地嘱咐吴芮：一要孝顺母亲，关照弟弟；二要努力学好本领，早日建功立业。吴芮紧紧地握着父亲的手，边哭边点头。梅氏、吴莛和陈康一家人也都泣不成声。

　　父亲去世后，持家的重担就落在母亲身上。为了减轻母亲的负担，吴芮执意不再去安乐村跟从梅先生求学了。梅氏虽然仍想让吴芮跟梅先生多学一点东西，但最终还是被吴芮说服了。梅氏和吴芮特地去了一趟安乐村，向梅先生和同学道谢。辞别时，吴芮与梅錩相拥在一起，两人眼里都含着依依不舍的泪花。

　　吴申在世时，梅氏是个贤妻良母，丈夫去世后，她更疼爱两个儿子。吴芮、吴莛兄弟俩也更加孝顺母亲，与母亲相依为命。清晨，兄弟俩闻鸡起舞，在院子里练习武功，梅氏就在厨房里为儿子准备早餐。白天，兄弟俩帮助母亲种地、酿酒、采药或料理家务。劳作之余，若兄弟俩下

棋,梅氏就在旁边当"裁判";若兄弟俩看书学习,梅氏就兼任他俩的"先生"和"书童"。如果天气炎热,她为兄弟俩打扇送凉;如果天气寒冷,她为兄弟俩生火取暖。晚上,兄弟俩常围坐在母亲身边,或商量家庭生计,或听母亲讲故事。母亲讲的虽然多是平民百姓的故事,兄弟俩却从这些故事中领悟了做人要诚实守信、助人为乐、见义勇为等许多道理。

吴芮十二岁那年初夏的一天下午,吴芮、吴莛兄弟俩在家里酿酒,梅氏在村外自家的玉米地里劳作。傍晚,天气突变,乌云翻滚,电闪雷鸣,紧接着大雨如注。因出门时天气晴好,没带雨具,梅氏只得冒雨往家里跑。吴芮想到母亲没带雨具,就急忙带上雨具奔跑着给母亲送去。吴芮在村口遇上了母亲。此时,梅氏已被雨水淋成了落汤鸡。晚饭后,梅氏感到头痛、胸闷,想呕吐,自知受了风寒,就上床休息。吴芮用手摸了一会母亲的额头,说:"母亲,你烧得厉害,我请姐夫过来看看。""不用吧,我休息一下就会好的。"梅氏细声说。吴芮看到母亲病痛难受的样子,这回没听母亲的话,还是把姐夫陈康请来了。陈康诊断梅氏患了重感冒。吴芮跟着姐夫到陈家取回了三剂治重感冒的中草药,并连夜煎了一剂给母亲服下。第二天,梅氏退烧了。三剂药服用之后,梅氏的病就痊愈了。

吴芮听人说过,野兔肉不仅好吃,还最补身体。为了给病后体虚的母亲进补,他和弟弟接连几天上山捕猎野兔。前两天都空手而归,第三天才捕猎到两只野兔。于是,当天的晚餐桌上就摆上了难得的野兔肉。梅氏吃着香喷喷的野兔肉,看着两个初生牛犊般的儿子,体味着儿子对自己的一片孝心,脸上洋溢着幸福的笑容。

吴芮十三岁那年深秋的一天,邻村一个外号叫黑狼的无赖来到了龙山村。无赖黑狼三十多岁,身体粗壮,会几下拳脚,为人凶残,不务正业,专干偷鸡摸狗、敲诈勒索的勾当。村民们对他既恨又怕,都不敢惹他。他到龙山村敲诈了几户人家的钱物后,窜进了吴芮的邻居范良和家。范良和五十多岁,以做饼卖饼营生,生有一男一女,女儿二十多岁,已出嫁,儿子范勇十八岁,这天上山打猎去了,老伴刘氏生病躺在床上。见黑狼来了,范良和连忙请坐倒茶,还拿了十个饼给他。黑狼大声叫着要范良和拿钱给他。范良和央求说:"大爷,我老伴生病花了不少钱,手头实在没钱,你行行好放过我吧!"刘氏也爬起床跪在黑狼面前求情。可黑狼就是不走,硬要范良和给他钱。

这时,邻居都闻声来到范家门口。梅氏和吴芮、吴莛也来了。见此情景,梅氏跑回家拿了一百钱交给黑狼说:"大爷,范家确实没有钱,你就放过他吧!"黑狼拿着钱奸笑着对梅氏说:"你再给我一百钱,我就放过他。""你怎么就不得满足!"范良和忍不住说了一句。黑狼被激怒了,凶狠地挥起拳头朝范良和头部打去,范良和躲闪不及,被打倒在地。吴芮上前把范良和扶起来,义愤填膺地指着黑狼说:"你欺人太甚!""兔崽子,你敢骂大爷!"黑狼怒吼着向吴芮猛扑过去,吴芮迅速向旁边一闪,黑狼扑了个空。吴芮一个箭步跳出了大门,大声说:"黑狼,你出来!"黑狼气急败坏地窜出大门,与吴芮打斗了起来。几个回合之后,吴芮一个鲤鱼打挺腾身而起,飞起右腿将黑狼踢翻在地。吴芮左脚重重地踩在黑狼身上,挥起右拳欲揍黑狼,吴莛来到了跟前,两个拳头左右开弓,猛击黑狼头部。黑狼痛得哇哇直叫,连呼饶命。"饶了他吧,"梅氏指着黑狼说,"你以后再不要欺人害人了!""不敢! 不敢!"黑狼边说边爬了起来,将一百钱还给梅氏,就狼狈地跑走了。在场的乡邻们都为梅氏和她两个儿子的义举赞叹不已。

五　游访会稽

　　秦王政二十一年(公元前226年)初秋一个晴朗的早晨,天高云淡,微风送爽。吴芮今天要离家外出游访,很多乡邻一大早就来到吴家为吴芮送行。母亲梅氏一面招呼乡邻,一面为儿子准备行装,心情激动,百感交集。早在一年前,吴芮就对母亲说出了想外出游访,以补学阙,开阔眼界,增长见识的打算。梅氏是个知书达理的母亲,为了儿子的前程,她赞同儿子外出游访;但考虑到儿子年纪尚幼,在这兵荒马乱的岁月一个人外出,她实在放心不下,因而一直没有答应。最近,与陈康夫妇商定,由比吴芮大六岁、精通医术且处事稳重的外甥陈义陪同吴芮外出游访,她才答应了儿子。吴芮与陈义为吴申和厥由公的灵台行过祭礼后,便拿起行装,辞别乡邻,开始了外出游访的旅程。梅氏和陈康夫妇在身后一路殷殷叮嘱,送到离村两里多的大路旁才挥泪分别。

　　离开山清水秀的龙山,吴芮与陈义一路谈笑,中午时分来到了安乐村边的余水(今信江)码头。吃过干粮,他俩租了条船,顺江而下,晚上在船上住宿。第二天上午,船驶至余水入湖口,只见滚滚江水与碧波万顷的番阳湖连成一片,放眼远眺,湖面烟波浩淼,十分壮观。出了余水,船沿着湖畔行驶,午后到达了番邑。番邑是祖父和父亲生活过的地方,吴芮当然想看个究竟。上岸后,他和陈义便去逛街市。每到一个店铺,他都要看看货物,问问价钱,如果有人买东西,他就仔细观察顾客与店主是怎样讨价还价的。当他俩从街头逛到街尾时,夜幕已经降临。当晚,他俩在番邑找了一家客栈用餐住宿。第二天,他俩上街补充了一些干粮,就离开番邑前往越国故都会稽(今浙江绍兴南)。吴芮原打算从番邑直奔吴国故都姑苏,因昨晚做梦听祖父给他讲吴越争霸的故事,便改变主意,要先去越国故都会稽看看。

这一天,他俩途经一座大山。这里山道崎岖,两旁树草丛杂。中午,他俩正在一棵大树下吃干粮,突然身后转过一条大汉,手里拿着一把砍柴刀,喝道:"识相的留下买路钱,免得丢了性命。""遇上强盗了!"吴芮与陈义几乎同时望着对方说。"怎么办?"陈义有点紧张地轻声问。"你给他二百钱,看他让不让我们走。"吴芮镇定地回答说。陈义从行李中取出二百钱交给大汉:"大叔,我们是走亲戚的,没带多少钱。"大汉接过钱,仔细看了看陈义和吴芮,又喝道:"把你们的行李留下!"吴芮见情况不妙,灵机一动,便大声对陈义说:"师父,让我来对付他!"说着把自己背的行李交给陈义,并从腰间抽出了短剑。大汉听了吴芮的话,怒吼着:"你这小子想找死,我成全你!"他挥起砍柴刀向吴芮猛砍过去,吴芮向旁一闪,一个箭步跳到他身后,飞起扫堂腿将他踢了个踉跄,没等他站稳,吴芮又顺势一拳把他击倒在地。倒地的大汉闪过一个念头:徒弟这般厉害,那师父就更加了得!想到这里,他不寒而栗,迅速爬起来往山上跑去。强盗跑了,陈义悬着的心放下了。亲历了刚才惊险的一幕,他对年纪比自己小而智勇双全的舅舅吴芮更加钦佩。

十几天后,他俩来到了越国故都会稽。到达会稽时,已经暮色朦胧,

他俩便找了一家客栈用餐住宿。走进客栈,只见十多个人围坐在一起,正听一个老者讲故事。吴芮就挑了一张靠近人群的饭桌坐下,边吃边听故事。虽然老者的话不怎么好懂,但他俩还听得出老者讲的是越王勾践的故事。老者讲得头头是道,听众听得津津有味。当老者讲到勾践卧薪尝胆、刻苦自励的情景时,人群中一片赞叹声。之后老者讲到越军在笠泽(今江苏苏州南)大败吴军并攻破吴都姑苏时,人群中竟响起了欢呼声。此时,陈义担心吴芮听了故事心情不好,就轻声对他说:"这里是越国故都,人们当然崇敬和怀念越王勾践。"吴芮坦然地说:"撇开越王勾践的动机,他卧薪尝胆、刻苦自励的精神是值得后人学习的。"

第二天清晨,他俩就出发去位于城邑东南面的会稽山游览。没多久,他俩来到了会稽山。只见山上草木苍郁,鸟语花香。为了顺利找到当年越王勾践的军营遗址,他俩雇请了一个向导。因有向导引路,他俩午前就到达了目的地。吴芮在遗址四周来回走动,这里瞧瞧,那里看看,自然又联想起当年吴越争霸的故事。他对身旁的陈义说:"你看这会稽山,既不高,也不险。当年吴军在夫椒(今江苏吴县西南)大败越军,越王勾践以残兵五千退守此山,被吴军所困。如果吴王夫差不接受勾践投降,而一鼓作气攻打此山,那么歼灭越军、灭亡越国是不成问题的。"陈义接过话题说:"但可悲的是,夫差不听从忠臣的明谏,而听从佞臣的逸言,接受勾践投降,没有攻打此山,以至后来吴国被越国所灭。"吴芮感慨地说:"这惨痛的历史教训,是后人应该牢牢记取的!"

六 情系姑苏

因为游访吴国故都心切，离开会稽后，吴芮与陈义起早摸黑，日夜兼程，第五天的傍晚就来到了太湖边。太湖同番阳湖一样，烟波浩淼，一望无际。沐浴着灿烂的夕阳，湖面波光粼粼，成群的鹭鸟时起时落，一派泽国风光。目睹太湖这壮丽的湖光水色，吴芮不禁想起祖父临终前交给他《太衍水图》的一幕，顿时心潮澎湃，他感觉到肩负实现长辈遗愿、重振吴氏大业使命的沉甸甸分量。当晚，他俩在湖畔的草坪上露宿。次日清晨，渔人的歌声将他俩从梦中唤醒，只见一轮红日冉冉升起，在朝霞的映照下，湖面的景象瑰丽多彩。他俩拍了拍身上的草屑，用清凉的湖水洗了洗脸，吃过干粮，就出发前往吴国故都姑苏。

三天后，他俩到达了姑苏，找了一家客栈住下。可能是旅途劳顿，加上受了风寒，刚刚踏上姑苏的吴芮骤然生病了，头痛、恶心、四肢乏力，打不起精神。幸好陈义精通医术，在他的治疗和护理下，没几天，吴芮就康复了。身体康复后，吴芮便与陈义一道在姑苏游览。前两天，他俩游览了街市。姑苏比会稽还大，街市上商号店铺很多，还有不少地摊小

贩,出售的吃、穿、用品丰盛,顾客和游人川流不息。看到姑苏人稠物穰的繁荣景象,吴芮十分开心。

这天晚上,吴芮在与客栈老板的交谈中,得知姑苏最好玩的地方是西施茶楼,最名贵的特产是丝绸。

翌日,吴芮与陈义便去了西施茶楼。茶楼位于一座园林式大院中,建筑别致,连檐重阁,洞户相通,精美华丽。大院四周绿树成荫,鸟语花香。茶楼前面的小广场上,有摆摊卖货的,也有挑担叫卖的,还有唱戏和玩杂耍的,人来人往,非常热闹。吴芮与陈义坐在茶楼上,一边喝茶,一边聊天,十分惬意。

听茶楼老板介绍,这里原是吴王夫差宠姬西施的故居,如今经过改建办起了茶楼,故取名"西施茶楼"。陈义问吴芮:"西施何许人?"吴芮便讲述了一段有关西施的故事:西施,越国人,家住苎萝(今浙江诸暨)浣纱村,有沉鱼落雁之容、羞花闭月之貌,且聪明伶俐。当年吴越争霸,吴军大败越军,将越军残部围困于会稽。越王勾践听从谋臣范蠡之计,向吴王夫差乞降,并送美女西施和奇珍异宝取悦吴王。吴王遂不听忠臣明谏,而从佞臣谗言,接受越王投降,没有攻打会稽。西施来到姑苏后,受到吴王特殊宠爱。因迷恋女色,贪图享乐,吴王放松了对越王卧薪尝胆、奋发图强的警惕。十年后,越王率军攻打吴国,大败吴军,灭亡了吴国。吴国灭亡后,西施与范蠡驾舟入太湖,后不知去向。听完故事,陈义叹惜地说:"真是英雄难过美人关啊!"吴芮感慨地说:"这个故事告诫后人,大丈夫应以功业为重,而不要迷恋女色,玩物丧志!"

这天上午,吴芮、陈义来到一家丝绸商店买丝绸。商店里各种丝绸织品繁多,顾客盈门。吴芮好不容易为母亲挑选了一块丝绸布料,正准备付钱,突然听到店内一女顾客大声叫喊:"抓贼啊!贼人把我们的包袱抢走了!"吴芮转过头,只见一个粗壮汉子拿着包袱慌张地跑出店门。

他毫不犹豫地对陈义说："我们帮助抓贼去!"说着,就冲出了店门。陈义和店里的一个伙计也跟着奔了出去。大约在距丝绸店半里远的地方,吴芮追上了贼人。经过一番打斗,贼人被制服,丢下包袱逃跑了。在回丝绸店的路上,那个伙计告诉吴芮、陈义:被抢包袱的女顾客是姑苏城有名的"济世武馆"馆主孙鸿家的女佣人,她常来店里买丝绸;今天她是陪伴孙馆主的外甥女来的,包袱里的东西就是买好的丝绸。回到丝绸店,那个伙计把包袱交还给女顾客,并指着吴芮说:"是这位小兄弟追上并制服了贼人,夺回了包袱。"女顾客拉着身旁的少女走到吴芮面前,向吴芮躬身施礼:"谢谢小兄弟!"那少女望了一眼吴芮,也深施一礼。吴芮这时才看清了,那个伙计说的孙馆主的外甥女是一位玉琢粉雕、双髻长垂的美貌少女。女顾客与少女走后不久,吴芮与陈义买好几块丝绸布料后也离开了丝绸店。此前,店主在与吴芮、陈义交谈中,知道他俩是来姑苏游访的外地人,住在"得福客栈",对他俩更为敬佩,特地为他俩挑选了几块上等的丝绸布料。

当天晚上,孙鸿带着管家来到"得福客栈",找到了吴芮与陈义。原来,孙鸿的外甥女和女佣人从丝绸店回家后,把在丝绸店被抢包袱,后由一位不相识的少年帮助追回一事向孙鸿禀报了。孙鸿听了很感动,说要面谢这位少年,便带着管家先去了那家丝绸店,打听到了吴芮住在"得福客栈"。

孙鸿是姑苏城里赫赫有名的人物。他是当年吴王阖闾的大将孙武的后裔,三十几岁,博学多能,不仅武功高强,而且精通兵法、儒学、易学和医学,爱好结交天下名流豪杰,开办了一家武馆,经营着一家大药房,身边聚集了各种出类拔萃的人物。孙鸿见吴芮少年英俊,非常高兴。说明来意后,便把吴芮、陈义带到客栈附近一家有名的酒店,叫了几道姑苏的名菜和好酒。孙鸿频频向吴芮、陈义敬酒,表示谢意,并兴奋地介

绍了自己的身世和开办武馆、经营药房的情况。吴芮见孙鸿如此豪爽，十分感动，也如实说出了自己的身世和外出游访的动机。孙鸿得知吴芮是吴王阖闾、夫差的后裔，兴奋不已，酒席上的气氛也更加融洽。当话题转到当年吴越争霸的历史经验时，孙鸿从兵法的层面分析得入木三分，吴芮听了十分钦佩；而听了吴芮许多精辟的见解，孙鸿也从心底里赞佩面前这个少年的才智。夜深了，在店主多次催促下，他们才离开了酒店。分手时，孙鸿邀请吴芮、陈义搬到他的武馆吃住，并交代管家抓紧安排好房间。鉴于孙鸿的诚意，也考虑到搬进武馆居住可以更好地向孙鸿及其身边聚集的名流豪杰请教、学习，吴芮就高兴地接受了孙鸿的邀请。

七　千里姻缘

　　"济世武馆"是位于姑苏城郊的一座大院,馆里有馆主办公房、会客厅、讲经堂、练武场和几十间客房。孙鸿交结的名流豪杰,有姑苏的,也有外地的,他们平时各干各的事,每月的初一和十五两天来武馆集中活动,有时在讲经堂举行讲座或开展研讨,有时在练武场切磋武术或演练武功。孙鸿邀请吴芮、陈义参加武馆初一、十五两天的集中活动,吴芮当然很乐意;而精通医术、热心救死扶伤的陈义提出到孙鸿的大药房帮忙,孙鸿高兴地答应了他。这样,吴芮平时就在房间里研读儒学、易经和兵书,或到练武场习武,初一、十五两天就参加武馆的集中活动。陈义除了关照好吴芮的生活和身体,有时间就到孙鸿的大药房坐诊售药。二人各得其所,都感到舒心、愉快。

　　吴芮十分珍惜武馆的集中活动,如饥似渴地从活动中吸取"营养"。在讲经堂,他认真听取各类名流的高见,并融会贯通,以增长自己的知识和学问。在练武场,他虚心学习各派豪杰的高超武功,并博采众长,以完善和提高自己的武功。有一次,讲经堂举行讲座,由来自魏都大梁

（今河南睢县）的年轻学者许诚主讲"谋略"。许诚围绕谋略的重要性、谋略的种类和谋略的运用进行讲解，深入浅出，生动形象，犹若万钧雷霆，纵云播雨，吴芮听了感到心中豁然开朗，深受启迪。晚上，吴芮到许诚的住处拜访了许诚。吴芮在向许诚请教了几个有关谋略的深层次问题之后，二人就秦国入侵韩、魏、楚、赵、燕、齐等六国的局势进行了交谈。二人谈得很投机，对涉及的问题都有相同或相近的观点。二人一直谈到深夜，分别时都把对方视为知己和朋友。

光阴荏苒，吴芮、陈义搬进武馆不知不觉已经四个多月了。有一天，孙鸿邀请吴芮、陈义到他家里用午餐。午前，吴芮、陈义来到了孙鸿家。孙鸿的住宅是一座园林式大院，孙鸿陪吴芮、陈义在大院里转了一圈。吴芮、陈义见院内楼台亭阁、曲池假山、树木花草错落有致，富丽幽雅，只觉眼界大开，心旷神怡，一路叫好。三人来到餐厅时，共进午餐的其他人都到了，有孙鸿的夫人、姐姐、姐夫、外甥女和管家。众人坐定后，孙鸿一一作了介绍。宴席上，话引子是四个月前吴芮勇斗贼人，帮助孙鸿的外甥女夺回包袱的义举。孙鸿及夫人、姐姐、姐夫、外甥女都举杯敬酒，对吴芮、陈义表示感谢。吴芮也动情地表达了对孙鸿的敬佩和感激。之后，话题便转到了询问吴芮的家庭情况和家乡的风土人情。吴芮和陈义都如实作了介绍。散席后，吴芮、陈义回了武馆。孙鸿和夫人、姐姐、姐夫、外甥女一起去到客厅商量外甥女的终身大事。

孙鸿的姐夫姓毛，名瑞，已过不惑之年，家住离姑苏五十多里的一个小镇上。祖上乃是孔子门生，数代修习孔孟儒学，毛瑞继承祖业，开设私塾，教书育人。毛瑞夫妇生育一男一女。儿子毛仁，二十出头，跟着父亲教书，已成家。女儿毛苹，十六岁，聪明美貌，琴棋书画样样通晓，尤其擅长吟诗作赋。毛瑞夫妇十分疼爱女儿，虽然已到出嫁的年龄，还是舍不得嫁出去。孙鸿有两个儿子，没有女儿，他非常喜欢这个才貌俱

佳的外甥女，答应帮她找一个如意夫君。近年来，孙鸿的朋友给毛苹介绍过几个对象，但他见过后都不满意。孙鸿认识吴芮以后，觉得吴芮与外甥女很般配，不禁发出天赐良缘的感叹。为了促成吴芮与外甥女的婚事，吴芮搬进武馆以后，孙鸿安排外甥女两次到武馆与吴芮见面。第二次见面的那天晚上，孙鸿询问外甥女的意思，毛苹羞涩地说："我听舅舅的。"几天后，遵照舅舅的吩咐，毛苹由管家护送回了家，向父母禀报自己的婚事。昨天，毛苹与父母一起来到舅舅家。今天，孙鸿便安排了让姐姐、姐夫与吴芮见面的午餐。

孙鸿笑着对姐夫、姐姐说："你们已见过吴芮了，意下如何？"毛瑞高兴地说："吴芮年纪虽小，却长得一表人才，观其言行神态，确是非凡之辈。我同意苹儿嫁给他。"孙氏也认同吴芮是个人才，但考虑吴芮家乡路途遥远，又是百越荒蛮之地，还是有些舍不得，便说："这是苹儿的终身大事，苹儿自己要拿定主意。如果苹儿同意，我也没有意见。"毛瑞望着毛苹亲切地问道："苹儿，你拿定主意了吗？"毛苹娇羞点了点头。这时，孙夫人说话了："我看苹儿与吴芮是天生的一对，可不知吴芮的意思如何？"孙鸿笑哈哈地说："能娶到我这样聪明美貌的外甥女为妻，他还会不同意！"

晚上，孙鸿来到吴芮、陈义居住的武馆客房。陈义连忙让座、倒茶，说："孙馆主晚上光临，有什么吩咐？"孙鸿笑嘻嘻地说："我想给吴芮做个媒。""那好啊，"陈义望了望吴芮，"馆主给我舅舅做媒，是我舅舅的福气。"吴芮不好意思地说："谢谢馆主的厚爱，不知馆主给我介绍哪位女子？"孙鸿神色认真地说："你俩都见过她，就是我的外甥女毛苹。"吴芮是个早熟的少年，已经粗通人事。他在丝绸店第一次见到毛苹时，就为她的美貌所动。此后几次见面，他对毛苹的才气也十分倾慕。如今，孙馆主为媒介绍她给自己为妻，他内心是甜蜜蜜的。他兴奋地说："学生

才疏学浅,家乡又在偏僻的山村,只怕配不上毛小姐。"孙鸿微笑着对吴芮说:"我外甥女志向高远,她倾慕你的为人和文才武功,婚后一定会做你的好妻子!"这时,陈义站起来向孙鸿深深鞠了一躬,激动地说:"我代表家乡的亲人向馆主表示感谢,请转告毛小姐和她的父母,我舅舅也一定会做毛小姐的好丈夫!"吴芮与毛苹的婚事就这样定下来了。经商量,待吴芮回龙山向母亲禀告后,就来姑苏迎亲。

八 义结金兰

人逢佳节倍思亲。新年到了，吴芮、陈义尽管受到孙馆主亲人般的款待，但还是十分思念远在千里之外的故乡亲人。陈义回想起新年前几天，他俩曾由孙馆主的管家陪同到毛苹家拜年，毛瑞夫妇多次说到要吴芮与毛苹早日完婚，便建议吴芮提前结束游访之旅，尽早返回龙山办婚事。吴芮同意缩短原定一年的游访时间，但不同意马上返回龙山。二人商定，正月初八离开姑苏前往梅里和虞山（今江苏常熟境内）拜谒泰伯公和仲雍公的陵墓，然后去魏都大梁凭吊当年孙膑与庞涓斗智斗勇的古战场，再从大梁返回龙山。吴芮向孙馆主禀告了商定的意见，孙馆主表示同意，并叮嘱他俩：秦军正入侵魏国，一路上要注意安全。

正月初八是个晴天，用好早餐，备足干粮，吴芮、陈义无比感激地辞别孙馆主，踏上了游访新旅程。四天后，他俩来到了梅里。在梅里的三天时间里，他俩拜谒了泰伯公的陵墓，瞻仰了泰伯庙，还访问了十多个当地人。虽然泰伯公已辞世久远，但提到他，梅里人都肃然起敬。访问中，吴芮不仅听到了祖父曾经给他讲过的泰伯公三让王位的故事，还听

到了泰伯公被拥戴为君主后,带领梅里的百姓修筑城郭,防兵祸,保平安;兴修水利,"穿浍渎以备旱涝",大力发展农业生产等许多关心民生、为民造福的故事。离开梅里的前一天晚上,吴芮久久不能入睡,几天来的所见所闻不断地在脑海里打转。他感动,兴奋,从小立下的重振家风、建功立业、造福万民的志愿也再一次升华。

两天后,吴芮、陈义来到虞山,拜谒了仲雍公的陵墓。仲雍公的陵墓坐落在风景秀丽的山林中,背靠青山,面临溪水。陈义半开玩笑地对吴芮说:"你祖坟的风水这么好,难怪吴家出大官!"吴芮却认真地说:"我们要建功立业,最重要的是靠自己奋斗!"他俩在虞山住了一宿,第二天就起程前往魏都大梁。

这一天,吴芮、陈义来到了微山湖畔的一个小镇,找了一家客栈住下。傍晚,他俩正在用晚餐,突然听到了客栈老板的叫喊声:"有一位房客被蛇咬伤,不知哪位房客会医治蛇伤?"他俩立即放下碗筷,跟着客栈老板来到伤者的房间。伤者十五、六岁,被蛇咬伤的左脚背上的伤口红肿得厉害,脸色铁青,双目无神,样子十分痛苦。陈义为伤者把了一下脉,轻声跟吴芮说了几句,就急忙跑回房间取蛇药。吴芮迅速地用一条长布条紧紧勒住伤者伤口上方的脚跟部位,并用双手使劲地挤出伤口内的毒血。陈义很快取来陈家自制的蛇药给伤者敷上。不多时,伤者的伤口就开始消肿,脸色也逐渐好转。这时,一直站在伤者身旁焦急不安的年轻剑侠才舒了一口气。这位年轻剑侠叫张良,字子房,韩国人,祖父、父亲相继当过五任韩国的丞相。四年前,韩国被秦国所灭。年仅十八岁的张良发誓以报仇复国为己任。几年来,他毁家纾难,访贤结能,反秦抗秦。此次,他由一名家僮陪同前往东海(今江苏东海)拜访久负"文能安邦,武能定国"盛名的高人仓海君。这天下午,张良来到小镇,也住在这家客栈。没想到,家僮到湖畔饮马,在回客栈的路上被毒蛇咬伤。

张良向吴芮、陈义拱手致谢，并从行李中取出一千钱送给他俩。吴芮、陈义婉言拒绝。为了尽快治愈伤者的蛇伤，陈义又开了一服排毒的药方交给客栈老板，请他帮助买药、煎药给伤者服用。

第二天，吴芮、陈义用过早餐就来到张良的房间。一见面，张良的家僮就笑着向吴芮、陈义鞠躬致谢。陈义看了一下家僮的伤口，边给他敷药边说："你的蛇伤已经没事了，再服用两剂排毒的汤药就可痊愈。"吴芮向张良告别，说要起程去魏都大梁。张良恳切地挽留吴芮、陈义吃了中饭再走："你们是我家僮的救命恩人，连顿饭都没请你们吃，我们怎么过意得去！"盛情难却，在张良的再三挽留下，吴芮、陈义留下了。张良听客栈老板说微山湖的风景很美，就托客栈老板租了一条船，备了不少酒菜，邀请吴芮、陈义乘船游览微山湖，并在船上用中餐。

这天天气很好，风和日丽。船在平滑如镜的水面上行驶，船桨撞击湖水发出细碎悦耳的响声。湖岸上，田野与山岭交错，翠绿的树竹、妍红的桃花、洁白的梨花点缀其间。初春的湖光山色，十分秀美。张良、吴芮、陈义、家僮围坐在船头，一边欣赏微山湖的秀美风景，一边饮酒交谈。交谈的主角自然是张良与吴芮，陈义偶尔插话助兴，而家僮快活地做着服务工作。张良毫不掩饰地介绍了自己的身世、报仇复国的志向和毁家纾难、访贤结能的举动。吴芮听了十分感动，也爽快地介绍了自己的身世、重振家风和造福万民的志向以及外出游访的情况。类似的身世，一样的豪情壮志，很快把二人的心拉近了。二人越谈越兴奋，酒喝了一坛又一坛，话题谈了一个又一个，从兵法谈到易学，从历史谈到天下形势。彼此的谈论，无不是独到的见解、精辟的分析和惊人的妙语。二人都从心底里赞佩对方的才智和胸怀。张良突然起身将盛酒的陶碗往水中一掷，激动地说："足下少年壮志，与良义气十分投合，你我结为异姓兄弟如何？"吴芮高兴地起身回答："小弟才疏学浅，尊足下一声仁

兄，乃是三生幸事！"陈义和家僮被二人的豪气感染，也起身恭贺。张良与吴芮向着西南方故土拜了三拜，从此结成金兰之好。

第二天，吴芮、陈义与张良、家僮一起在客栈用早餐。以兄弟相称的张良与吴芮边吃边聊，谈笑风生。早餐后，吴芮、陈义依依不舍地与张良辞别，起程去魏都大梁。张良和家僮也于翌日起程去东海。

九 宝贵稻种

吴芮与陈义来到魏都大梁后,便去找在姑苏"济世武馆"结交的朋友许诚。按照许诚留下的家庭住址,他俩找到了许诚的家,但大门紧锁着。听许家的邻居说,许诚的父亲是个商人,经常来往于魏国、韩国和赵国之间做粮食生意,曾目睹秦军攻破韩国城池后烧杀抢掠的情景。得知秦军已经侵入魏国,不久将攻打大梁,他十分害怕,就于不久前举家搬迁到乡下一亲戚家避难。没有找到许诚,他俩只得找一家客栈住下。

晚上,吴芮绘声绘色地给陈义讲述了孙膑用计"围魏救赵"的故事:孙膑,齐国人,孙武的后裔,曾与庞涓同在纵横大师鬼谷子门下学习兵法。庞涓为魏惠王的将领时,因嫉妒孙膑的才能,把孙膑诱骗到魏国,以莫须有的罪名对孙膑施以膑刑(去膝盖骨)。不久,孙膑设法逃回齐国,受到齐国将领田忌的厚待。有一次,田忌与朋友赛马,赌注千金。田忌问计于孙膑。孙膑见双方马力相当,乃建议田忌以劣马赛对方良马,以良、中马赛对方中、劣马。田忌采纳了孙膑的计策,结果以二胜一负赢得千金。由于田忌的力荐,齐威王任用孙膑为齐国军师。约公元前

十　喜为人父

　　秦王政二十二年(公元前 225 年)初夏的一天午后,吴芮、陈义返回了久别的故乡龙山,结束了九个多月的游访之旅。说来也巧,这天上午,吴莲上山捕猎到三只野兔,梅氏便叫吴莲请陈康夫妇中午来家里吃野兔肉。吴芮、陈义回到吴家时,梅氏、吴莲和陈康夫妇正在用餐。他们见吴芮、陈义安然归来,都喜不自胜。梅氏喜笑颜开地给吴芮、陈义备了碗筷,又端上了一盘香喷喷的野兔肉和一缸美酒。吴莲却迫不及待地要吴芮、陈义介绍外出游访的见闻。吴芮、陈义就边吃边谈,简要而生动地介绍了外出游访的经历与收获。大家听了都十分高兴,吴莲更是羡慕不已。而当陈义说到姑苏城"济世武馆"馆主孙鸿亲自做媒将才貌双全的外甥女毛苹介绍给吴芮为妻时,吴芮不好意思地望着母亲,梅氏欢喜得连声叫好。当下商定,选择个吉日,由姐夫陈康陪同吴芮前往姑苏迎亲。

　　三个月后的一个晴好日子,近百户的龙山村因吴芮的婚礼而沸腾了。吴家张灯结彩,装饰一新,前来道喜恭贺的乡邻络绎不绝。中午的婚宴摆了二十多桌，宴席上，欢声笑语，热闹非凡。乡邻齐夸奖吴芮是个文武双全、助人为乐的好子弟，羡慕吴芮娶了个才貌双全的好媳妇。晚上，亲戚朋友"闹新房"，又是一番喜气洋洋的景象。直闹到深夜，才让新郎新娘进洞房歇息。

目睹女儿婚礼热闹、欢乐的动人场面，毛瑞夫妇心里美滋滋的。原来，毛瑞夫妇对女儿嫁到千里之外的龙山到底放心不下，便亲自送女儿来龙山。到龙山十多天来，见吴家母慈子孝，乡邻和睦友善，二人就逐渐放心了。今天，见女儿的婚礼办得如此圆满，二人自然十分开心。由于梅氏再三挽留，毛瑞夫妇在吴家住了二十多天，才依依不舍地返回姑苏。

吴芮与毛苹结婚后，小夫妻十分恩爱。每天在一起读书作赋、舞剑谈兵，吴芮下田地劳作，毛苹就送茶送饭。毛苹第一次给丈夫送饭，是跟婆母梅氏一道去的。这天早晨，蓝天白云，霞光绚丽。毛苹来到田野，只见山川上下到处是农人忙碌的身影，听到的却是一片山歌声。毛苹好奇地问婆母，梅氏告诉她：越人劳作时，有且歌且作的习俗，那些歌曲调大多相同，歌词却是人们随时随地自编的。吴芮、吴莲见母亲和毛苹送饭来了，高兴地迎上前去。吴莲抢先唱道："慈母送饭孩儿欢，养育之恩永不忘。"吴芮望着毛苹笑了笑，大声唱道："爱妻送饭暖心房，为夫努力多打粮。"这时，擅长吟诗作赋的毛苹情不自禁地吟道："郎君劳作多辛苦，为妻送饭理应当。唯愿人勤天作美，风调雨顺粮满仓。"见此情景，梅氏高兴得热泪盈眶。

梅氏对毛苹这个知书识礼的媳妇，从心底里喜欢。见毛苹孝敬长辈，体贴丈夫，关照吴莲，就更加怜爱她了。总是想方设法为她买喜爱的衣物，做她爱吃的饭菜。还常给她讲述一些山里的风俗和故事，帮助她适应山里的生活。

吴莛对毛苹这个才貌俱佳的嫂嫂，也非常喜欢和敬重。除了与兄嫂在一起读书、舞剑、谈论兵法，他还向毛苹请教琴棋书画和吟诗作赋，教毛苹酿酒和打猎，有时也讲一些山里幽默的笑话给毛苹听，常逗得毛苹捧腹大笑。

吴芮结婚一个多月后，毛苹就怀孕了。梅氏得知喜讯，高兴地领着吴芮向公公、丈夫的灵位磕头膜拜，感谢祖宗庇佑。此后，她对毛苹就更加关爱，并不厌其烦地给毛苹讲述孕妇的禁忌，叮嘱毛苹自我保重，还交代吴芮、吴莛要关照好毛苹的身体。

第二年初秋的一天上午，毛苹顺利生下了一个女孩。恰好，吴芮、陈义试种的水稻这天开镰收割。真乃是双喜临门。吴芮无比高兴和激动，连声喊叫："我做父亲了！""龙山可以种水稻了！"

这天，许多村民闻讯赶到吴芮、陈义试种水稻的田边参观收割水稻。有的村民下到田里，仔细观看还未收割的水稻；有的村民拾起几株已割倒的水稻，反复搓摸稻穗；有的村民剥下几粒稻穗上的谷子，放在嘴里咀嚼。大家都兴奋不已，极口称赞水稻是一种好庄稼，赞扬吴芮、陈义为家乡办了一件好事。

俗话说："下地毛头见风长。"吴芮的女儿满月时，长得白白胖胖，灵秀可爱。因吴芮和毛苹都喜欢梅花，便为女儿取名梅子。吴家为梅子办"满月酒"，摆了三桌。除了亲戚朋友，还请来了明年将试种水稻的十多个村民。宴席上，众人频频举杯，既恭贺吴芮、毛苹做了父、母亲，又恭贺吴芮、陈义试种水稻成功。吴莛俏皮地向毛苹敬酒说："嫂嫂加油，早日为我哥生个儿子！"引得哄堂大笑。

散席后，吴芮、陈义向留下来的村民介绍了试种水稻的做法和经验，并无偿地把稻种分发给他们。村民们再三向吴芮、陈义致谢，并表示一定在吴芮、陈义的指导下试种好水稻。

┃ 十一　统领越兵 ┃

　　秦国灭亡魏国以后，就开始了对楚国的进攻。起初，属楚国管辖的龙山村因远离中原战场，村民们依然过着安宁的田园生活。但吴芮为女儿梅子办"满月酒"后不久，龙山村的安宁便被打破了。原来，中原战场不断传来楚国兵败城破的消息，从战场溃败下来的散兵游勇，有的逃回老家活命，有的沦落为四处流窜扰民的盗贼。他们结伙成帮，到乡村抢劫钱物，甚至谋财害命。有几股盗贼已经流窜到越地作案。

　　这一天，吴芮、吴莲在家里酿酒。上午，隔壁邻居范勇带来消息：前天晚上，龙山村东头的朱家村几户人家遭劫，一村民与盗贼搏斗，被盗贼杀死。这消息是范勇昨天到朱家村卖饼时得知的。下午，外甥陈义带来消息：昨天晚上，龙山村西头的赵家村几户人家遭劫，几个村民被盗贼打伤。今天上午，受伤的村民来到他家疗伤。吃晚饭时，吴莲见吴芮紧锁眉头，就笑着说："哪天盗贼敢来我家行劫，我弟兄俩定叫他们有来无回！"吴芮摇了摇头说："面临盗贼的侵扰，我们不能只考虑自家的安危，而应思谋如何防御盗贼，保村安民！"梅氏听罢，点了点头说："芮儿

说得对,你们兄弟应该为保村安民出力。"毛苹思忖了一会儿,说:"防御盗贼是件大事,要与众人商议,依靠众人的力量。"

毛苹的话音刚落,陈康和村里几位德高望重的老者来到了吴家。他们就是为龙山村防御盗贼一事找吴芮商议。在吴芮主持下,大家畅所欲言,献计献策,很快商定了两条防御措施。一是由吴芮领头,在村里挑选一批年轻力壮的男子组成保安队,抗击盗贼的侵扰,保护村民的生命财产安全。二是全村每家每户制作一个竹梆子,约定以梆声为发现贼情的信号,也为保安队员集合行动的号令。如哪户人家发现贼情,就击响竹梆子,听到梆声的近邻再击梆转告其他乡邻,这样,在一阵阵梆声中,保安队员就能迅速集合行动,抗击盗贼。

第二天,由吴芮任队长、共六十多个壮汉参加的龙山村保安队成立了。保安队编成六个组,每组十至十二人,设组长一名。为了提高保安队的战斗力,吴芮与大家一起商定了保安队的组织纪律和奖罚规矩。因为是农闲时节,保安队首次集中训练了三天。吴芮指教队员练习武功,还向队员介绍孙子兵法、吴起兵法和孙膑兵法,指导队员按照兵法的要求演练阵法。

几天后的一个深夜,一伙盗贼窜进了龙山村。正当他们撬开村头一家酒店的大门时,屋里响起了竹梆声。原来,酒店王老板被撬门声惊醒,急忙击响了竹梆。一会儿,村里响起了一阵阵竹梆声。为首的贼人见情况不妙,便招呼同伙说:"看来这村子里有防备,有高人,我们快撤!"不多时,保安队员都来到了酒店门口。见盗贼已经跑远,保安队也就没有追赶。吴芮目睹队员们手持火把和刀、剑、棍棒,个个精神抖擞,感到异常欣慰和振奋。

一天上午,吴芮正带领保安队员训练。酒店王老板气喘吁吁地跑来找吴芮,说一支三十多人的队伍来到他的酒店,打算在酒店用午餐,队伍的头领要他把村里主事的人找来酒店,要求村里帮助队伍解决几天的粮食。吴芮与几位组长商量了一会儿,就带领保安队员来到了酒店。

经王老板介绍,吴芮与队伍的头领会面了。那头领姓蒲,身材魁梧,浓眉大眼,他很不高兴地对吴芮说:"你带这么多人来,想赶我们走吗?""我是村里的保安队长,我们正在训练,王老板说你要找我,我就和保安队员一起来了,"吴芮理直气壮地说,"对路过村里的队伍,只要不危害村民,我们都以礼相待,如果来者危害村民,我们就不客气了!"蒲头领冷笑着说:"你们这些农夫,能对付行军打仗的士兵?"吴芮自信地回答:"我们的队伍虽然刚组建,但大家都有保村安民的责任和勇气,不惧怕任何来犯者。"这时,蒲头领身旁一个士兵冲着吴芮说:"你的队员敢与我们较量一下吗?""谁说不敢!"站在吴芮身旁的吴莛忍不住了。吴芮望着蒲头领从容地说:"行啊,就让他们互相学习一回吧。"在酒店门口的一块空地上,保安队员和士兵们围成一个大圈,吴莛与那个士兵就在圈内比武。二人都使一条长棍,起初,那个士兵的攻势很猛,但吴莛灵活多变的棍术不仅防住了对方的进攻,而且搅得对方晕头转向。二人打斗不到十个回合,那个士兵就被吴莛打倒在地。吴莛正要走开,蒲头领大喝一声:"慢走,我与你较量一下!"吴芮向蒲头领抱拳施礼,说:"我来向你学习一回吧!"吴芮与蒲头领都使用长剑,比武开始后,两把剑上下翻舞,呼呼生风,保安队员、士兵们和围观的村民不断喝彩叫好。二人斗了二十多个回合,不分胜负。斗到三十个回合后,蒲头领因长途跋涉身体疲累而渐渐招架不住。此刻,吴芮却一个箭步跳离蒲头领,并向他抱拳致意。面对吴芮这一举动,蒲头领心中顿生敬意。

不打不相识。吴芮与蒲头领再次坐在一起时,二人已成了推心置腹的好朋友。蒲头领是楚国东海人。他出生时,从军十多年仍是一个小头目的父亲为他取名将军,希望他日后能超过自己成为将军。蒲将军十岁

那年,父母相继去世,成了一个孤儿。一个路过的神奇乞丐把他带走。这个乞丐不但武功高强,而且好打抱不平。他在跟随神奇乞丐四处流浪的几年间,既学到了一身好功夫,也养成了见义勇为的好品格。十六岁那年,乞丐把他送到了楚国将领项燕的部队从军。因为他武功高强,作战勇猛,到部队不久就当上了小头目。一个多月前,秦军在蕲南(今安徽宿州东南)大败楚军,楚军统帅项燕被杀。蒲将军带领五十多个士兵冒死突围,最后剩下三十多人。他原打算带领三十多个士兵绕道去楚都寿春(今安徽寿县),但不久听到了秦军攻破寿春的消息,于是,他就带领士兵南下。知道蒲将军的身世后,吴芮认定他是一条好汉,极力劝说他携士兵留在龙山,边开荒种地,边训练队伍,伺机东山再起。蒲将军也认定吴芮是一个值得信赖的豪杰英才,经与士兵们商量,同意留在龙山。

此后,盗贼都不敢来龙山村行劫了。而不少尚未沦为盗贼的散兵游勇慕名前来龙山村找吴芮,要求留在龙山开荒种地。龙山村民又可安居乐业了,邻近乡村的村民十分羡慕,纷纷派人来龙山村,请求吴芮帮助他们组建和训练保安队伍,并希望与龙山村搞联防,由吴芮统一指挥。胸怀大志、心系百姓的吴芮当然不会让他们失望。他带领蒲将军、吴莚、陈义等人,日夜奔劳于这些乡村,满怀激情地宣传"藏兵于民"、"保村安民"的主张,认真负责地帮助组建和训练保安队伍。至秦王政二十四年(公元前223年)底,联防区内的保安队员多达数千人,留在龙山村的散兵游勇也有数百人。这意味着越地山区第一支军队诞生了,军队的统帅就是年仅十八岁的吴芮。

十二 许诚进山

　　身为联防区的统帅，吴芮既关心联防区村民的生命财产安全，也关心村民的生产和生活。他在帮助联防区各乡村组建和训练保安队的同时，还满腔热情地推介中原地区先进的农耕技术和农具，并着力推广水稻种植。随着联防区各乡村的逐渐安定富足，吴芮的名声也越传越远。许多离龙山村较远的乡村也派人来找吴芮，要求加入联防区。如此一来，以龙山村为中心的联防区域不断扩大。吴芮发现，由于地域的差距，联防区各乡村之间在生产、生活方面存在不少差异和互补性。为此，他选派范勇等十多个会经商的能人组织生意马帮，来往于各乡村之间购销生产、生活资料，实现互通有无。此举不仅促进了联防区各乡村的生产，而且方便和改善了村民的生活，深受广大村民欢迎。半年后，吴芮采纳范勇的建议，同意生意马帮在搞好联防区内购销活动的同时，到联防区外做生意。

　　一天晚上，吴芮和家人正在用晚餐，范勇带了一个人来到吴家。此人就是吴芮在姑苏"济世武馆"结交的朋友许诚。故友重逢，吴芮喜出

望外。梅氏取出腌制的野味做了几道菜,吴莲拿出了一缸陈酿美酒。吴芮与许诚边饮酒,边叙谈。

原来,秦国灭亡魏国以后,许诚应齐国一位朋友的邀请去了齐国。不久,在朋友的帮助下,被录用到齐王田建手下当谋士。由于齐王素来惧怕秦国,许诚提出许多对付秦国的计策无一被采纳。因此,他当谋士不到一年就离开齐国返回故乡,跟着父亲做粮食生意。一个多月前,他应邀到姑苏"济世武馆"讲学,得知吴芮与孙馆主的外甥女毛苹结婚了,现在是越地山区保安队伍的统帅;当年,吴芮离开"济世武馆"后曾到大梁找过他。于是,讲学结束后,他就直奔龙山村拜会故友。昨天晚上,他在距龙山村近百里的一家路边客栈住宿。今天清晨,客栈老板告诉他,龙山村的生意马帮昨晚也在客栈住宿,今天要回龙山,并带他找到了马帮的负责人范勇。范勇听说他是吴芮的朋友,要到龙山村拜会吴芮,便热情地邀请他一起用早餐。早餐后,他就同马帮一道启程来龙山村。一路上,范勇给他讲述了吴芮带领村民防御盗贼、保村安民、发展生产的许多故事,把吴芮夸个不停。他听了十分高兴,恨不得马上见到吴芮。

吴芮与许诚介绍了分别几年来各自的情况后,话题转到了对时局的评论。"我在姑苏时听说,秦国大将王贲正率领几十万秦兵进攻齐国,"许诚自信地说,"齐国不可能抵挡住秦国的虎狼之师,看来秦国一统天下已成定局。""秦国一统天下,结束诸侯国之间的争斗,让百姓免受战乱之苦,这可以说是一件好事",吴芮感慨地说,"下一步,就要看秦王如何施政治国。如果秦王能施行仁政,使国强民富,百姓自然会拥护他;不然,百姓就会反对他。"许诚点了点头说:"但愿秦王能使统一后的国家强盛,让百姓安居乐业。""砰、砰、砰!"这时,听到有人敲院门。吴莲打开了院门,来者是兵寨的联络员。他向吴芮报告说,兵寨的蒲头领生病了,烧得厉害。吴芮交代吴莛安排好许诚住宿,便与联络员一道请陈义去兵寨为蒲将军治病。待蒲将军服下汤药逐渐退烧后,吴芮才返回家中。此时,已听到鸡啼声了。

第二天,吴芮陪许诚上了五彩山。山上树竹葱翠,鸟语花香,许诚赞不绝口。登上山顶,鸟瞰绿色的田野和龙山村的缕缕炊烟,许诚更觉心旷神怡。

第三天,吴芮与许诚去了兵寨。蒲将军已经康复,他领着吴芮和许诚到兵寨各处转了转。操场上,一队队士兵正在演练阵法;兵寨四周的田地里,许多士兵正在劳作。大家都忙碌着,快活着。对吴芮招抚散兵游勇在越地山区垦出这样一个亦兵亦民大村寨的创举,许诚十分赞赏和钦佩。

第四天,吴芮与许诚走访了联防区内几个乡村。所到之处,村民都把吴芮视作亲人,热情款待。有的村民崇敬地称吴芮为"吴帅",有的村民感激地称吴芮为"恩人";有的村民主动地向吴芮反映情况,有的村民满怀希望地向吴芮提出要求或建议。见村民对吴芮如此深情地爱戴,许诚十分感动和敬佩。

这天晚上,许诚迟迟不能入睡。因为用晚餐时,吴芮郑重而恳切地邀请他留在龙山,一起干一番利国利民的大事业;梅氏、毛苹、吴莛也都说吴芮的事业非常需要他,真诚地希望他留下来。留与不留,这是他人生中一次重要抉择。他不能不认真考虑,慎重抉择。从近几天的所见所闻,联想到几年前在姑苏"济世武馆"与吴芮的第一次交谈,他深信吴芮是一个值得信赖的领袖人才。"我该留下来!"主意拿定了,他很快就入睡了。

翌日用早餐时,许诚答应留下来助吴芮一臂之力。吴芮和家人非常高兴。毛苹笑着对吴芮说:"你帮许兄在龙山盖一栋房子,许兄好把嫂

子接过来。""这个主意好,"梅氏兴奋地说,"还是我媳妇想得周到。"这时,大家都笑了。几天后,吴芮选择了个吉日,请了几个能工巧匠为许诚动工盖房。也就在这一天,许诚离开了龙山去大梁。两个月后,许诚带着妻子返回龙山,住进了新盖的房子。

十三　鞋山剿匪

秦王政二十六年（公元前 221 年），随着齐国的灭亡，秦国兼并了六个诸侯国，实现了全国的统一。秦始皇采纳廷尉李斯的建议，废除分封制，推行郡县制，建立了中国历史上第一个中央集权的封建王朝。当时，全国分为三十六郡，郡下面分若干县。吴芮的家乡龙山村隶属九江郡余干县。

这天，是吴芮的儿子吴臣一周岁生日。中午生日宴散席后，吴芮同母亲、妻子、弟弟一起来到房前的院子里逗弄梅子和吴臣玩耍，一家人其乐融融。

突然，院门被推开了，范勇一瘸一拐地走了进来。见此情景，吴芮判断生意马帮可能出了什么事，就吩咐毛苹带梅子、吴臣去卧房休息，又叫吴莛请来了许诚。范勇怀着愤恨与内疚的心情讲述了生意马帮在"鞋山客栈"遭劫的情况：昨天，马帮安排四个人、四匹马去余干县邑做生意。中午，马帮到了县邑，带去的药材、茶叶、笋干等山货很快销售一空。用过午餐，马帮采购了干鱼虾、莲藕、马蹄等县邑的特产共千余斤

带回龙山。因过渡费时太久，马帮来到距县邑四十多里的鞋山村时，天已经黑了。马帮便在村里的"鞋山客栈"住了下来。没想到，半夜一伙盗匪冲进客栈抢劫，把马帮的四匹马和货物全抢走了。范勇等人因阻拦匪徒抢劫，都被匪徒打伤了。今天一早，四人雇了一辆马车回龙山。回到村里，范勇叮嘱三个同事到陈义家疗伤，自己径直到吴家找吴芮。"马和货物被劫，我对不起龙山村民，"范勇含着泪说，"请求保安队讨伐盗匪，为民除害！"吴芮当即表示一定讨伐盗匪，并与许诚、吴莛商定，先由许诚、吴莛二人前往鞋山侦探盗匪的情况，之后再商议讨伐盗匪的行动方案。这时，梅氏端来一碗煮好的鸡蛋给范勇，说："还没吃中饭吧，快把蛋吃了。"范勇吃了鸡蛋，吴芮便吩咐吴莛陪他去陈义家疗伤。

　　数日后的一天下午，刚返回龙山村的许诚、吴莛向吴芮报告了侦探的情况：盘踞在鞋山上的盗匪约有三十多人，其中有沦落为匪的散兵游勇，也有鞋山附近乡村的一些地痞流氓，他们纠集在一起占山为匪，已有半年多时间。他们多在晚间作案，有时到山下拦路抢劫，有时到山下的乡村偷盗或抢劫。据鞋山村一些村民反映，他们多次到"鞋山客栈"抢劫旅客的钱物，客栈的贾老板可能是盗匪的同伙。余干县尉曾多次带领差役到鞋山剿匪，但因鞋山方圆数十里，重峦叠嶂，树木茂密，加上盗匪行踪诡秘，每次行动都无功而返。

　　得知侦探的情况，吴芮皱了一下眉头，说："看来，讨伐盗匪不是一件易事。""是啊，"许诚点了点头说，"我们得好好商量一下剿匪的计策。"吴莛用期待的目光望着许诚，说："不知许兄有何良策？"许诚笑了笑说："还是先听听吴帅的意见吧！"吴芮沉思了一会儿，就用笔在手掌上写了四个字。许诚接过笔，也在手掌上写了四个字。二人亮出手掌，只见吴芮写的是"引蛇出洞"，许诚写的是"调虎离山"。此刻，二人会心地笑了，吴莛也恍然大悟，连声叫好。按照"引蛇出洞"、"调虎离山"的思路,三人很快就商定了剿匪的行动方案。

晚上,在兵寨的议事房,吴芮向参与剿匪的人员宣布了剿匪行动方案:剿匪行动定在明天晚上。许诚带保安队员十人,扮作生意马帮,担当"诱饵"角色,黄昏前赶到"鞋山客栈";蒲将军、吴莚带领兵寨士兵五十人,作为剿匪的主力,天黑后分批进入"鞋山客栈"附近的埋伏点;吴芮、陈义带领保安队员二十人,天黑后进入鞋山村口附近的埋伏点,负责拦击溃逃的匪徒。因为在晚间行动,为避免误伤自己人,剿匪人员左臂上都绑上一条白布巾。

次日,天气晴朗,许诚率生意马帮于黄昏前来到了"鞋山客栈"。许诚说马帮是做珠宝和丝绸生意的,要求贾老板安排几间安全一点的客房。贾老板笑嘻嘻地连连点头:"好的,好的!"果然不出所料,半个时辰后,贾老板就偷偷地溜出客栈,上鞋山给盗匪报讯去了。大约深夜鸡鸣时分,在客栈门口放哨的两名保安队员发现不远处几十个人正向客栈走来,急忙跑回客房报告许诚。许诚判定是盗匪来了,就按照行动方案,指挥队员迅速到客栈院子里点燃了事先准备好的十个大火把,向另外两支剿匪队伍发出"行动信号"。看到客栈发出的火光信号,蒲将军、吴莚指挥五十名士兵从埋伏点冲向客栈,将三十多个匪徒包围在客栈门口。曾是军队小头目的匪首见情况不妙,便放弃进客栈抢劫,而指挥匪徒突围,企图逃回鞋山。蒲将军手执长剑,怒吼着冲向匪首。匪首手提大刀,与蒲将军厮杀。不到十个回合,匪首被蒲将军的长剑击中倒地。见匪首倒地,众匪徒心慌意乱,为了保命,纷纷举手投降。几个顽抗的,被吴莚和士兵打倒在地。有几个匪徒冲出了包围,但跑到村口又遇上了吴芮带领的队伍。一个亡命之徒挥动铁棍向前冲,吴芮挥剑将他击倒。其他几个匪徒举手投降。贾老板在混战中爬墙躲进卧房,被保安队员活捉。不到半个时辰,三十多个匪徒全部落网。望着欢呼胜利的剿匪队

员,吴芮脸上露出了自豪的笑容。

　　天刚麻麻亮,鞋山村许多村民就来到"鞋山客栈"慰问剿匪队伍。有的送来了冒着热气的红薯、玉米,有的送来了煮熟的鸡蛋、鸭蛋,还有的送来了家酿美酒。吴芮十分感动,深情地向村民们道谢。一位老者紧握着吴芮的手,激动地说:"你们不辞辛苦,不顾安危,来鞋山剿匪,为民除害,我们应该感谢你们啊!"

　　用过早餐,吴芮与许诚、蒲将军商定,将匪首和贾老板等十多个骨干匪徒押送县衙,交由县令处置;释放其他从属的匪徒,要求他们悔过自新,重新做人。这时,太阳出山了。迎着朝阳,蒲将军、吴莛携二十个兵寨士兵押送匪首等十多个骨干匪徒去县邑,吴芮、许诚带领其他剿匪人员返回龙山。鞋山村民在村口夹道欢送剿匪队伍,场面十分感人。

十四 徐福来访

日月如梭,转眼间,蒲将军落户龙山已经八年了。前年,在吴芮夫妇的说合下,蒲将军与龙山村一位李姓的女子喜结良缘。去年初冬,李氏生下了一个白胖儿子,取名蒲龙。这天,是蒲龙一周岁的生日。中午,蒲将军为儿子的生日设宴,请来了吴芮、许诚两家人和李氏娘家人。宴席上,大人们喝酒谈笑,孩子们嬉笑玩耍,十分热闹。散席后,吴芮打算同许诚、蒲将军一道去看看兵寨田地里的庄稼。还未出门,范勇进屋找他来了,说毛苹的父母来龙山了,同来的还有一位叫徐福的先生。因吴芮家没人,范勇便把客人带到自己家歇息。好在梅氏上午动身去蒲将军家时,跟范勇的母亲刘氏打过招呼,范勇就直奔蒲将军家找吴芮。这样一来,吴芮不得不改变主意,赶紧回家接待客人。

吴芮在姑苏游学期间,曾听孙鸿馆主说到过徐福。徐福是齐国有名的方士,又是一位精通儒学、道学、易学、兵法和医术的通才,爱好四处游访。他的祖上曾任吴王阖闾和夫差宫中的御医,因此与祖上曾任吴王阖闾大将的孙馆主常有来往。不巧的是,吴芮在姑苏期间,徐福到赵国

和燕国游访去了,没来姑苏。吴芮也就没有见过徐福。

吴芮和家人十分热情地接待远方来的客人。吴芮用上等茶叶为客人沏茶;吴莛端上了香喷喷的板栗和黄里透红的柑橘;梅氏听客人说在路上用过中餐,就利索地煮了三碗鸡蛋给客人吃;毛苹满脸笑容地"指挥"九岁的梅子、七岁的吴臣和五岁的小儿子吴郢到毛瑞夫妇面前叫喊"外公好"、"外婆好",又到徐福面前叫喊"舅公好",乐得毛瑞夫妇和徐福哈哈大笑。

客人用过茶点后,梅氏、毛苹开始准备招待客人的晚宴,毛瑞夫妇带着外孙、外孙女到院子里玩耍,吴芮、吴莛便与徐福聊了起来。

吴芮、吴莛见徐福仙风道骨,神采奕奕,谈吐如流,崇敬之情油然而生。徐福见吴芮、吴莛气宇轩昂,一表人才,联想起关于吴氏兄弟的许多传闻,不由得感叹吴氏王风尚在,心里充满着快慰。当吴芮问到徐福怎么与他岳父母结伴来龙山时,徐福讲述了一段令吴氏兄弟惊讶的往事:秦始皇三年(公元前 219 年),秦始皇第一次东巡,在琅琊(今山东胶南)居留了三个月。期间,秦始皇到海边看见了海市蜃楼,听说是仙人居住之地,就想派人前往寻找仙人,求取长生不老的灵药。就在秦始皇物色入海求仙的人选时,徐福等几个方士上书,说海上有三座神山,名叫蓬莱、方丈、瀛洲,山上居住着仙人,请求秦始皇斋戒祭祀,选派一批童男童女前去求仙。秦始皇便召见徐福,并委派他挑选童男童女到海上寻找仙人,求取长生不老之药。徐福到海上求仙数年,历尽艰辛,虽然看到了神奇美妙的海市蜃楼,却没有找到仙人。他回到故乡,心里烦闷,家人就劝他去各地拜会好友,散闷消愁。两个月前,他来到姑苏拜会孙鸿馆主。二人在一次交谈中,从吴王阖闾、夫差谈到吴王的后裔吴申、吴芮。听了孙馆主对吴芮的介绍,他不由想起父亲在世时常念及吴王后裔,便打算去龙山看望吴芮。恰巧,孙馆主的姐姐、姐夫要去龙山看望久别的女儿、女婿。这样，他就与毛瑞夫妇结伴来到龙山。

梅氏、毛苹忙活了一下午，张罗了一桌丰盛的晚宴。有鸡、鸭、鱼、肉、腌制的野味和新鲜蔬菜，还有在地窖里存放多年的家酿美酒。宴席上，吴芮和家人频频向客人敬酒，欢声笑语不断，洋溢着亲切、温馨的气氛。

晚上，徐福与吴莛同睡一间卧房。应吴莛的要求，徐福详细讲述了海上求仙的见闻。一直讲到下半夜，二人才和衣而睡。

徐福在龙山住了二十多天。因为有吴芮和家人亲人般的关照，他在龙山生活得很充实，很开心。但因天气变冷，他要趁冰冻之前赶回齐地，就不得不辞别龙山。二十多天来，吴芮几乎天天陪同他，向他请教了许多问题，学到了许多知识。当他提出要辞别龙山返回齐地时，吴芮自然是依依不舍，恳切地留他多住些日子。那天晚上，吴芮久久不能入睡。他回顾了与徐福相伴的日日夜夜，许多难于忘怀的往事不断地在脑海里浮现：一天晚上，他向徐福请教老子的《道德经》和孔子的《春秋》中几个难题，徐福不但深入浅出地解答了这几个难题，而且生动地介绍了自己读懂《道德经》和《春秋》的心得，给他很大启迪。徐福多次到陈家与陈康、陈义父子切磋医术，切磋中，徐福总是毫无保留地介绍自己的观点和经验，并虚心听取陈家父子的见解；切磋之余，还认真地为病人把脉看病，令他十分感动。他安排徐福在兵寨举行过一次关于兵法的讲座，徐福精辟地阐述了孙子兵法、吴起兵法和孙膑兵法的主要内容，深刻地分析了三个兵法的特点，还对实战中如何应用兵法陈述了自己独到的见解，听讲的人无不喝彩叫好……想到这些，他心里充满了对徐福的敬佩和感激。

吴莛得知徐福要离开龙山，便向母亲和兄嫂要求跟着徐福一道出去游历。梅氏当然舍不得吴莛离家外出，但她深知外出游历是吴莛的夙

愿,吴莛至今不肯成家,就是担心成了家不便外出。考虑到吴莛敬重徐福,徐福喜欢吴莛,就答应了吴莛的要求。吴芮见母亲同意吴莛外出游历,就鼓励吴莛好好向徐福学习,多学一些本领回来。

　　徐福、吴莛离开龙山的那天,许诚、蒲将军、陈义等亲友和许多村民都来到吴家为他俩送行。吴莛与母亲辞行时,深情地看了一眼母亲,见母亲鬓发灰白,脸上布满皱纹,眼里含着泪水,这位性格刚强的男子汉也忍不住流下了热泪。吴芮、许诚、蒲将军、陈义等人一直把徐福、吴莛送到村外的大路旁,才依依惜别。

十五　走马上任

　　秦始皇九年(公元前213年),有一天,秦始皇在咸阳宫设宴款待群臣。宴会上,博士仆射周青臣向秦始皇敬酒,极力称颂秦始皇的功德。博士淳于越批评周青臣阿谀奉承,劝秦始皇师法古人,重新实行分封制。丞相李斯驳斥淳于越以古非今的论调,并向秦始皇提出焚书的建议:把《秦记》以外的史书和私人收藏的《诗》《书》、诸子百家著作通通烧掉,只保留医药、卜筮、农业等方面的书籍不烧;以后有敢于聚众论说《诗》《书》的,处于死刑;借古讽今的,全家处死;官吏知情不报的,以同罪论处;命令下达三十天内不烧书的,处于黥刑,发配边疆充军;禁止私学,学习法令以吏为师。秦始皇采纳了李斯的建议,下达了焚书令。

　　秦始皇焚书的消息传到龙山的那天中午,许诚、蒲将军来到了吴芮家。梅氏多做了几道菜,毛苹拿出了家酿美酒,吴芮与许诚、蒲将军边喝酒边谈论秦始皇焚书的事。

　　许诚愤懑地说:"秦王朝建立初期,秦始皇实行了一些改革,如统一货币、文字和度量衡,给百姓带来了一些好处。那时,我还以为他是个

明君。但后来他实行的苛政不断加剧,给百姓带来了日益深重的苦难,我才认定他是个暴君。他这次下令焚书,完全是一个祸国殃民的暴行,也是他暴君面目的又一次大暴露。"

蒲将军猛喝了一口酒,激愤地说:"我始终认为秦始皇是个暴君。他做皇帝后,为政强暴,严刑峻法,徭重税多,鱼肉百姓。听说他巡游路过彭城(今江苏徐州)时,为了得到传说中沉落在泗水河中的一只周鼎,竟命令近千名士兵下河打捞。当时天寒地冻,结果周鼎没捞着,下河的士兵全部淹死、冻死。他这次下达焚书令,不知又要害死多少人。真可惜那年在阳武博浪沙(今河南原阳县境),那位壮士的铁锥误中副车,没有打死这个暴君!"

吴芮为许诚、蒲将军斟满了酒,沉思片刻,愤慨地说:"秦始皇焚书的倒行逆施,将使大量的古今好书被焚毁,许多无辜的学者和百姓受刑甚至被处死。这必然加深百姓对秦王朝的不满和怨恨。物极必反,如果秦王朝的暴政继续加剧,不堪暴政之苦的百姓必将起来反抗。"

正当三人商议龙山村和联防区如何应对焚书令的时候,余干县令的使者来到吴家,通知吴芮十天内赶到九江郡衙,郡守有要事相告。原来,九江郡下属的番阳县(今江西鄱阳县)近几年恶霸势力横行,番阳湖上盗匪四起,民不聊生,怨声载道。半年前,无所作为的县令通过在朝廷为官的一个亲戚的关系,调往朝廷的一个部门任职,离开了番阳。九江郡守思忖,番阳的百姓大都是越人,要治理好糟糕的番阳,最好物色一个能干的越人领袖任番阳县令。为此,郡守把下属几个县令召集到郡衙,一起物色番阳县令的人选。几个县令都推荐了人选,比较起来,余干县令推荐的吴芮在越人中的威望最高。郡守便派使者到龙山及周边几个乡村重点考察了吴芮。使者考察的情况比余干县令介绍的情况还要好。于是,郡守向朝廷力荐吴芮任番阳县令。朝廷采纳了郡守的建议,下诏任命吴芮为番阳县令。朝廷的诏令送达九江郡衙的那天,郡守正与下属几个县令商议贯彻焚书令的事项。郡守就委托余干县令通知吴芮速来郡衙。

吴芮如期赶到了郡衙,郡守向他宣读了朝廷的诏令,还明确告知,由他自行治理番阳,无须向朝廷纳税,朝廷也不下拨俸禄,但须确保番阳的越人不与朝廷对抗。吴芮向郡守提出了由许诚任县丞、蒲将军任县尉的要求。郡守答应了他的要求,并交代他一个月内到番阳上任。

吴芮返回龙山家中时,正好许诚、蒲将军也在吴家。吴芮讲述了去九江郡衙的情况后,母亲梅氏和妻子毛苹是又喜又忧,喜的是吴芮当上了朝廷命官,忧的是朝廷腐败,危机四伏,县令难当。许诚和蒲将军都为吴芮任番阳县令而高兴,认为吴芮可以利用朝廷给予的官职,先将番阳治理好,日后不管时局怎么变化,番阳可作为应对时局的又一根据地。吴芮赞同许诚、蒲将军的观点,并强调要把为民造福作为治理番阳的根本任务。三人还商定,从兵寨挑选一百名身体强壮的士兵一同去番阳,用于维持社会治安和做好县衙的保卫及服务工作。

这天晚上,吴芮在家中摆了一桌酒席,请姐夫陈康一家用晚餐。吴芮就要离开龙山去番阳上任了,考虑时局莫测,番阳的治安情况不好,他与母亲和妻子商定,母亲、妻子和子女暂时都不去番阳。席间,他再三拜托陈康、陈义关照好他的家人。陈康、陈义都表示会尽心尽力关照好吴家,并勉励他安心去番阳上任,勤政廉政,造福百姓。

吴芮离开龙山去番阳上任的那天,上百村民来到吴家为他送行。村民们既为吴芮当上朝廷命官而高兴,也为龙山村、联防区这位英明统帅的离开而恋恋不舍,许多村民竟不忍吴芮离开而失声哭泣。吴芮十分感动,深情地对村民们说:"我是吃龙山的米谷,在父老乡亲的关怀、教养下长大的,我不会忘记龙山,不会忘记父老乡亲,我衷心地感谢你们!"

说着，他向村民们三鞠躬，以表谢意。

为吴芮、许诚、蒲将军送行的家人和村民们一直送到村外的大路旁，吴芮和许诚、蒲将军才骑上马，挥手向家人和村民们告别。三人身佩长剑骑着马走在前面，一百名士兵手持长矛或长棍英姿飒爽地步行在后，就像一支出征的威武之师。没走多远，吴芮立马回望龙山村和不远处秀美的五彩山，心中豪气顿生，不由咏叹道："故乡啊，我一定为你增光添彩！"

十六　除霸安民

　　吴芮上任的头十天,并不在县衙理事,而是带着两个士兵微服私行,探访番阳的民情民意。他不辞辛苦,深入乡村的农户、湖边的渔家和街市的店铺,认真探摸农民、渔民和商人的生产经营情况以及他们的疾苦和愿望。这十天,许诚在县衙处理日常事务,蒲将军带领十几个士兵在县邑巡逻。

　　吴芮结束微服私访的当天晚上,就与许诚、蒲将军商议治理番阳、造福百姓的对策措施。他们综合分析吴芮探摸的民情民意和许诚、蒲将军了解的情况,归纳了番阳存在的三大问题:一是恶霸和盗匪肆虐,危害百姓的生命财产安全;二是沉重的徭赋,压得百姓难以喘息;三是经常遭受洪涝和干旱灾害,耕作技术落后,农业收成低下,农民生活极度贫困。为此,他们商定了三条对策措施:第一条,清理惩治恶霸和盗匪,为民除害。动员百姓检举、控告恶霸和盗匪,敦促有问题的人坦白自首,严惩罪大恶极的首犯分子。第二条,减轻徭赋,让百姓休养生息。要求各乡、亭、里长认真登记本乡、亭、里的住户、人口和田地数字,县衙将据

此删减徭赋。对因天灾人祸无力完成税赋的贫困农户,逐级上报县衙,经核实后酌情减免。第三条,发展农业生产,改善农民生活。鼓励农户开荒,新开荒地免税三年;兴修水利,减轻洪涝和干旱灾害;推广先进耕作技术,提高农业收成。吴芮还与许诚商量着将这三条对策措施写成安民布告,并派衙役四处张贴。番阳的百姓看了布告,个个欣喜不已,纷纷奔走相告。不过,也有人担心这个好布告能否贯彻落实。因此,番阳的百姓对新县令吴芮充满了期待。

吴芮的安民布告张贴后没几天,就不断有人来县衙击鼓告状或送交检举恶霸和盗匪的材料。一个月后,许诚将县衙收到的控告和检举材料进行了整理,被告和被检举者上百人,其中控告和检举恶霸李斌、李华父子罪行的材料占一半以上。

吴芮仔细查阅了控告和检举李斌、李华父子罪行的材料。李斌,四十多岁,能文能武,是一个刚愎而凶残的人。他家豢养了三十多个年轻力壮的家丁,还从外地雇请了一名武功高强的洪师傅教家丁习武。他有个弟弟叫李典,是秦廷大将章邯手下的一员将军,也是番阳人中最大的官。近几年来,他利用权势,霸占了县邑郊区二百多亩田地和县内一半以上的湖面。田地租给农户耕种,每年收取租金;下湖捕鱼的渔民每月交纳一次"下湖费"。对交不起租金和"下湖费"的农民和渔民,他就派家丁抓起来吊打,并关进他家私设的牢房,不交钱就不放人。几年来,被吊打致残的有数十人,被折磨致死的有十多人。他的儿子李华,是一个好色而狠毒的流氓。家中有一妻一妾,仍经常在外调戏和奸污民女。前年夏天,李华听说一家酒店的厨师王贵娶了一个十分美貌的妻子,便动了邪念。一天中午,他带着两个家丁来到王家。他进屋后见王贵的妻子果然美貌,便抱住她欲行强奸。她奋力挣脱后就往屋外跑,被门外两个家丁拦住。她便大声呼喊"救命",几个邻居闻声赶来。兽性大发的李华强奸不成,竟狠毒地用短剑将她杀死。悲痛欲绝的王贵到县衙告状,县令只判李华赔偿死者的安葬费。李家的住宅是番阳县邑最大最豪华的一座大院。去年秋天,李家扩建后花园,需要拆迁一幢民宅。这民宅的主人赵祥是县衙的一名吏员。李斌派管家通知赵祥:十天内把房子拆迁走。为人正直的赵祥据理拒绝拆迁。第二天,李华就带领二十多个家丁强行把赵祥的房子拆倒,并打伤了赵祥。赵祥向县令告状,县衙的许多吏员都声援赵祥,要求县令惩处李家父子。但对李家父子又恨又怕的县令,只是好言安慰赵祥,而不敢惩处李家父子。直到县令离开番阳,都没有动李家一根毫毛……吴芮看完材料,愤慨地在一份控告材料上写下了"除霸安民"四个字。

这一天,吴芮与许诚、蒲将军在一起商议清理惩治恶霸和盗匪的问题。三人一致认为,清理惩治恶霸和盗匪要取得成效,首先必须严惩罪恶大、民愤大的李斌、李华父子;但考虑李家的权势,对付李家父子又不可草率从事。最后商定,先稳住李家父子,待进一步核实李家父子的罪证后,再伺机抓捕李家父子。并确定由许诚负责挑选几个可靠的县衙吏员抓紧核实李家父子的罪证,由蒲将军负责组织和训练抓捕李家父子的队伍。

半个月后的一天早上,吴芮与许诚、蒲将军一起在县衙的后院练剑。休息时,得知许诚已经核实并整理好了李家父子的罪行材料,蒲将军已经训练了由五十名士兵组成的抓捕队伍,吴芮心想:现在可伺机抓捕李家父子了。这时,一个衙役跑过来向他禀报:一位老妇人跪在县衙大门口,哭喊着要见县令,怎么劝她都不起来。吴芮立即收起剑前往大门口,许诚和蒲将军也收起剑跟在后面。吴芮见老妇人衣衫褴褛,满脸泪水,身旁还跪着一个瘦小的男孩,就走到她面前亲切地说:"我就是县令,你起来说话吧!"说着,吴芮双手把她搀扶了起来。老妇人悲愤地向

吴芮诉说了她家的遭遇:她的丈夫是个渔民,三年前因牵头到李斌家据理要求减少"下湖费",被李斌的家丁抓起来吊打致死。上个月,因媳妇生病,她的儿子下湖捕鱼只有几天,家中一贫如洗,靠吃野菜和草根度日,可李家要她儿子照常交"下湖费"。昨天,因交不起"下湖费",她儿子被李斌的家丁抓走,关进了李家的牢房。她担心儿子被李家折磨致死,就带着孙子来县衙找县令。"大人啊,听说你是个好官,求求你救救我的儿子!"听了老妇人的诉说,吴芮和许诚、蒲将军都非常气愤。吴芮叫衙役到账房支取五百钱给了老妇人,并安慰她说:"大娘,你放心,我们一定想办法救你的儿子!"

送走了老妇人,吴芮即刻与许诚、蒲将军商量抓捕李家父子的行动。"我看抓捕李家父子的时机已到,"吴芮神态坚毅地说,"李家父子仍在为非作歹,祸害百姓。李贼一日不除,番阳的百姓就一日不得安宁。""夜长梦多,"许诚望着吴芮说,"惩治李贼宜早不宜迟。""是啊,"蒲将军愤怒地说,"我恨不得现在就杀了李贼!"三人很快商定,当日午餐后实施抓捕李家父子的行动。

午餐后,吴芮、蒲将军带领五十名士兵和赵祥等六名吏员从县衙出发。不到半个时辰,就来到了李家的大门口。按照部署,赵祥带着十个士兵去了李家的后门。守护大门的家丁发现抓捕队伍后,急忙跑到餐厅向李斌报告。正在与洪师傅等人喝酒的李斌立即起身,拿起长剑奔向大门口,洪师傅迅速集合家丁紧随其后。此时,抓捕队伍已经进到了李家的院子里。看见抓捕队伍,李斌两眼一瞪大声喊叫:"你们是什么人,来我家干啥!"吴芮语气和缓地说:"我是吴县令,请李家父子去一趟县衙。"李斌怒吼着:"你们赢得了我们手中的长剑和大刀,我跟你们走;否则,你们就别想回县衙!"蒲将军大怒,举起长剑冲向李斌。洪师傅扬起大刀拦住蒲将军,蒲将军便与洪师傅厮杀。李斌挥起长剑挑战吴芮,吴芮舞动长剑迎战。四人搏斗了十多个回合，不分胜负。然而，除霸安民的精神力量使吴芮、蒲将军越战越勇。斗到二十个回合后，李斌和洪师傅渐渐招架不住，不一会儿，二人几乎同时被杀伤倒地。而李斌的家丁也被吴芮训练有素的士兵杀得七零八落。吴芮命令士兵把李斌和洪师傅捆绑了起来。李华眼看李斌和洪师傅招架不住时，带着两个家丁欲从后门外逃，被守在后门口的赵祥和士兵逮住。吴芮见李斌、李华父子已被捕获，又委派赵祥带几个士兵打开李家私设的牢房，放出了老妇人的儿子等七、八个无辜的贫民。

晚上，皓月当空，火把闪烁。县衙在衙门前临时搭建的土台上，举行对李斌、李华父子的公判。四个士兵把五花大绑、面如土色的李家父子按跪在台上，台下围观的百姓近千人。当县丞许诚宣读完李家父子的罪行，县令吴芮下令处死李家父子时，台下一片欢呼声。公判结束后，县尉蒲将军带领二十多个士兵将李家父子押至县邑郊外的一块荒地上斩杀了。一位观斩的老者激动地说："真是大快人心啊，我们做梦都盼着这一天！"

十七　番君善政

　　新县令吴芮处死恶霸李斌、李华父子的壮举,鼓舞了番阳的百姓,也震慑了恶霸和盗匪。李家父子被处死的第二天,县衙又接到了十多份控告和检举恶霸和盗匪的材料,并有五六个有盗抢行为的人到县衙坦白自首。第三天,吴芮与许诚、蒲将军再次商议了清理惩治恶霸和盗匪的问题。三人都认为,处死李家父子只是开了一个好头,还应趁热打铁,继续清理惩治恶霸和盗匪。他们对县衙掌握的一百多个恶霸和盗匪名单逐一进行分析,并商定,尽快抓捕其中五十多个罪恶和民愤较大的犯罪分子;勒令其他罪恶和民愤不大的胁从分子到即将开工的县邑护城河堤建筑工地服役;对坦白自首者予以从宽处理。

　　不到一个月时间,蒲将军就带领抓捕队伍捕获了五十多个恶霸和盗匪,关进了县衙的监牢。此时,包括以前关押的李家的家丁和洪师傅等人,监牢里已关押了近百人。负责监牢的吏员焦急地向吴芮禀报:关押的罪犯人数已经超过了监牢的容量,监牢的钱粮开支也大大超出了县衙账房的预算,请求县令尽快处置人犯。但在如何处置人犯的问题上,吴芮与许诚、蒲将军的意见并不一致。许诚认为,为了百姓安居乐业和减轻监牢的负担,应再杀掉一批罪大恶极的恶霸和盗匪,同时释放一批以前关押的有悔改表现的人犯。蒲将军提出,为了番阳的长治久安,须将五十多个罪恶和民愤较大的恶霸与盗匪统统杀掉。而吴芮的意见是,不要再杀人了,可将五十多个罪恶和民愤较大的人犯押送到咸阳骊山皇陵建筑工地服役;对以前关押的确有悔改表现的人犯,可分期分批逐步释放。经过一番推心置腹的商讨之后,许诚、蒲将军也赞成吴芮的意见。不久,那五十多个罪恶和民愤较大的人犯都被押送到咸阳骊山皇陵建筑工地服役。

随着清理惩治恶霸和盗匪行动的顺利进展,番阳的社会治安不断好转,县衙特别是县令吴芮的威信也不断提高。李家父子被处死之前,不少乡、亭、里长并不相信县衙会真的减轻百姓的徭赋,因而迟迟没有登记上报本地的住户、人口和田地数字。李家父子被处死以后,各乡、亭、里长看到新县令说话算数,雷厉风行,才认真地登记上报本地的住户、人口和田地数字。县衙收到各乡上报的住户、人口和田地数字后,吴芮便委派了二十多个吏员到各乡去核对。吴芮要求吏员深入亭、里和农户,认真核对,有错必纠。

吴芮拿到了经过核对的各乡住户、人口和田地数字后,就与许诚、蒲将军和账房的吏员一起商议减轻百姓徭赋的事宜。按照吴芮提出的尽可能缩减县衙和官吏的开支、尽可能减轻百姓徭赋的要求,经过认真仔细的核算,最终确定百姓负担的税额比原来减轻了三分之二,百姓负担的徭役比原来减轻了二分之一。之后,又按照吴芮提出的物归原主、还利于民的原则,议定了对李斌等恶霸和盗匪所霸占与抢劫财产的处理意见。

县衙减轻百姓徭赋的告示张贴后,番阳的百姓笑逐颜开,生产积极

性空前高涨。吴芮为此感到欣慰，但并不满足。不久，他又选派了二十多个吏员下乡，督促和帮助各乡村兴修水利，疏通河道，开发航运；引导农户推行先进耕作技术，发展农业生产。他还组织民力修通各乡、村间的道路以及番阳通往外地的道路，以便发展商贸业。

他亲自带领二十多个士兵下到经常遭受旱灾的仁义乡，发动和帮助村民在湖、塘边筑坝积水，在湖、塘至田地间开挖引水渠道，历时一个多月。期间，他同士兵们一起劳动，一起吃住。碰到困难的时候，他就给大家讲大禹治水的故事，激励大家的斗志。村民和士兵们无不称赞他是一个好县令。

可能是在乡下劳累过度，饮食不当，吴芮回到县衙就生病了，发烧、呕吐、腹泻。许诚请来了番阳知名的医师为他看病。医师把脉后，说他患了痢疾，开了药方，并叮嘱他注意休息和饮食。人生病时更思亲。吴芮在服药治病的几天里，虽然许诚、蒲将军像亲人一样细心地关照他，但他还是十分思念远在龙山的家人。

这天早上，已经康复的吴芮与许诚、蒲将军在一起练剑。休息时，许诚又提及把三人在龙山的家人接来番阳的事。原来，一个多月前，蒲将军因岳父病故去龙山奔丧。许诚向吴芮提出，现在番阳的治安情况已大有好转，是否让蒲将军顺便把三人的家人都接来番阳。那次，吴芮没有点头，只答应说："再过一段时间吧！"这次，吴芮同意了。三人商定，由蒲将军负责去龙山接人，许诚负责安排好三家的住房。吴芮交代许诚、蒲将军，这事一不要张扬，二要注意节俭。

吴芮见到分别近一年的家人，十分高兴。他紧紧握着母亲的手，见母亲两鬓又添白发，不禁有点伤感："孩儿没有在家好好孝敬母亲，请母亲原谅！"他走到毛苹身边，深情地说："你辛苦了，谢谢你！"他走到孩子中间，摸摸这个的头，拉拉那个的手，孩子们兴奋得又笑又跳。晚餐桌上,都是从龙山带来的家乡菜和家酿美酒,吴芮吃喝得津津有味。借着酒兴,他给家人来了个"约法三章":一请母亲和毛苹不要在公众场合议论县衙的事;二要勤俭持家,不占县衙和百姓的便宜;三要孩子们与邻里的孩子平等友好相处,不能仗势欺人。"你放心,我们会支持你当好县令",毛苹笑着对吴芮说,"也请你在家里不要摆县老爷的架子!"梅氏笑哈哈地说:"苹儿说得好,说得好!"这时,吴芮和孩子们都跟着笑了起来。

转眼到了初冬时节。今年番阳没有遭受大的洪水灾害,虽然旱情比较严重,但因水利工程发挥了作用,农业收成颇丰。以前,由于沉重的赋税,就是大丰之年,农户交税后留下的粮食也吃不了几个月。如今县衙减轻了赋税,农户留下的粮食足够吃到明年夏收。丰收的喜悦之余,番阳的百姓十分感激县衙,尤其感激县令吴芮,都尊称吴芮为"番君"。不少农民高兴地挑着满筐的粮食或蔬菜瓜果送给县衙,以表感激之情。仁义乡的农民还送来了一块匾额,上面写着"番君善政"四个大字。

十八　壮大兵力

秦始皇十年(公元前 212 年)初秋的一天,县衙收到了朝廷下达的"通告":秦始皇下令将四百六十多个以古非今、诽谤朝廷的儒生在咸阳郊区活埋。事情的由来是,方士侯生、卢生没有为秦始皇找到长生不老的仙药,害怕被秦始皇处死,就逃离了咸阳,并留言说秦始皇刚愎暴戾,不是贤德之君,不能为他去找仙药。秦始皇知道后,十分气愤,下诏指责方士、儒生用妖言蛊惑百姓,并责派御史查讯他们的罪状。这真是方士惹祸,连带了儒生。在御史的逼供下,儒生们无奈辗转告发,以致触犯法禁的牵涉四百六十多人。秦始皇就下令将这四百六十多个儒生活埋了,史称"坑儒"。朝廷将这一事件"通告"全国,借以警诫民众。

吴芮看了"通告"以后,叫人找来了许诚和蒲将军。许诚和蒲将军看过"通告"后,三人先是对秦始皇"坑儒"的暴行痛斥了一番,接着便谈论起了时局。三人一致认为,秦始皇去年"焚书",今年"坑儒",还耗费巨额财物,役使数十万劳力修建豪华的阿房宫和骊山皇陵,越来越荒唐无道;在不断加剧的秦廷暴政下,百姓苦不可言,怨声载道,反秦情绪日渐高涨，反秦风暴一触即发。之后，三人围绕如何应对时局、实现"干一番利国利民大事业"的抱负，进行了认真的商讨。三人各抒己见，互相启发，互为补充，最终商定了由吴芮归纳的"两手抓"的应对策略。即一手抓治理番阳，造福百姓。他们来番阳一年多时间，治理番阳已经初见成效。社会治安大为好转，农业生产有较大发展，百姓生活明显改善。但番阳的问题尚未完全解决，治理任务仍然繁重。作为番阳县令，心系百姓的吴芮当然要继续治理番阳。另一手抓招兵买马，储备钱粮，壮大兵力。他们认定秦王朝的末日快到了。为了在日后的反秦风暴中能占得一席之地，有所作为，他们现有的兵力是不够的，必须壮大兵力。为此，就要招兵买马，储备钱粮。接下来，三人便商议招兵买马、储备钱粮的具体办法。由于实施减轻百姓徭赋的政策后，县衙的赋税收入只够维持日常的开支，没有什么节余；吴芮又提出不能因壮大兵力而增加百姓的负担，因而，三人都感到目前招兵买马、储备钱粮困难很大，需要从长计议。

几天来，吴芮思谋最多的就是招兵买马、储备钱粮的难题。这天晚餐时，梅氏又见吴芮紧锁着眉头，便问吴芮有什么烦心事。吴芮就对母亲梅氏和妻子毛苹述说了那天与许诚、蒲将军议事的情况。知道了吴芮紧锁眉头的原由，梅氏和毛苹也为帮助解决吴芮的难题动起了脑筋。

"你们不是在龙山创建过兵寨吗，我想，你们在番阳也可以建兵寨，让招收的士兵在兵寨劳动和训练，以兵养兵，"梅氏建议说，"我在难民营看到难民中有不少青壮年男子，你们可不可以招收他们当兵？"原来，因为番阳去年农业丰收，加上县令吴芮贤德的名声远播，今春以来，一批批逃荒的难民涌进番阳。县衙在县邑郊区搭建了几十间芦苇棚屋安置难民，每天还给难民施舍一顿米饭。梅氏多次带着孙儿孙女去难民营看望，给老人小孩施舍一些衣物。听了母亲的建议，吴芮拍案叫好。在

番阳建兵寨,他也想到过,而在难民中招兵,是他没有想到的。他从心底里敬佩和感激母亲。

毛苹来番阳后,发现了街市上价格波动最大的是食盐。经了解得知,番阳的食盐都是东越沿海的商贩运过来的,这些商贩把盐卖给番阳的盐商,再收购番阳的土特产品带回沿海销售。沿海的商贩来番阳要翻山越岭,长途跋涉。如遇天灾人祸来不了番阳,番阳的盐商就会哄抬盐价,百姓就得买高价盐或过缺盐的日子。毛苹思忖,如果县衙掌管全县食盐的经营权,一方面可以从商贩手中截获相当的利润充盈县衙的钱库;另一方面又可以保障食盐的供应和合理价格,维护百姓的利益。为此,毛苹向吴芮提出了由县衙掌管本县食盐经营权的建议。听了毛苹的建议,吴芮再一次拍案叫好。他满脸笑容地望着毛苹,目光中饱含着爱慕之情。

第二天,吴芮与许诚、蒲将军再次商议招兵买马、储备钱粮的难题。吴芮先介绍了昨天晚上母亲和妻子提出的两条建议。许诚和蒲将军听后十分赞赏,夸奖梅氏和毛苹堪称巾帼英才。经过一番认真的商议,他们商定了三条具体办法:一是在县邑附近的德胜山下建立兵寨。他们都去过德胜山,山下有一大片荒地和一口湖泊,可谓建立兵寨的宝地。二是分批招兵。第一批在难民中招兵,由蒲将军负责组织这批新兵和县衙的老兵一起在德胜山下盖建可容纳万人的兵营。待兵营建成后,再面向社会招兵。三是成立掌管全县食盐经营权的盐务局,由许诚兼管,吏员赵祥负责盐务局的具体事务。盐务局经营的利润用于招兵买马和储备粮草。

数日后的一天晚上,吴芮在"东越客栈"宴请来自东越的商贩林守信等六人。林守信等人是下午到达番阳的,住在"东越客栈"。赵祥曾负责过县衙的税收事务,与林守信打过交道,关系尚好。得知林守信等人到了客栈后,吴芮就派赵祥到客栈通知林守信等人:晚上县令来客栈宴请他们。吴芮、许诚、赵祥和林守信等人入席后,吴芮首先起身向林守信等商贩敬酒:"你们多年来不辞辛苦运送食盐来番阳,我代表番阳的百姓向你们致谢!"林守信等人受宠若惊,连忙起身向吴芮鞠躬,并喝干杯中的酒。林守信是这批商贩的头领,他招呼其他商贩一起回敬吴芮的酒,激动地说:"谢谢吴县令看得起我们! 在吴县令的治理下,番阳的面貌日新月异,我们来番阳做生意也安全了,我们十分感激吴县令!"酒过三巡,许诚说话了:"县衙有一事与诸位商量。"林守信笑着说:"县衙有什么吩咐尽管说。"许诚认真地说:"为了番阳百姓的利益,县衙决定掌管全县食盐的经营权。今后,你们运来的食盐都卖给县衙的盐务局,价格不低于你们卖给盐商的价。盐务局将食盐批发给盐商,盐商按规定价格卖给百姓,赚取差价。另外,县衙仓库存放有百姓作为赋税上交的农副土特产品,如你们需要,可直接到县衙仓库提货,价格不高于市价。""你们买卖需交的税金较原来的减半,"吴芮望着林守信等人说,"不知诸位意下如何?"林守信心里想,如果县令、县丞说话算数,他们来番阳运盐易货就不仅安全,而且获利更大。他与同伴稍作交流,便兴奋地说:"吴县令既考虑番阳百姓的利益,又为我们生意人着想,真不愧为贤德的番君。我们一定照县衙的意见办!"

第二天,林守信等人运来的食盐全部进了县衙的仓库,他们也满意地从县衙仓库里选购了一批番阳的农副土特产品。由于县衙兑现了减少税金的承诺,他们此次买卖获得了比以前更多的利润。他们向吴芮辞行时,说要宴请县令和盐务局的官吏。吴芮婉言谢绝了,并送他们出了县衙的大门。分别时,林守信紧握着吴芮的手,恳挚地说:"我会联络更多东越的商贩来番阳做生意!"望着林守信等人远去的背影,联想起不久前从难民中招收的九十个新兵正在德胜山下盖兵营,吴芮对壮大兵力

充满了信心。

一个月后的一天晚上，正在书房阅读兵书的吴芮接待了有急事求见的林守信。原来，林守信这次联络了家乡九个商贩来番阳做生意。可天有不测风云，前天，他们途经距番阳两百多里的猴山（今江西德兴大茅山）时，遭一伙匪徒抢劫，运来的食盐和其他海产品以及装运货物的车、马全被匪徒劫走。遭劫后，有几个商贩提议赶快返回家乡，并说今后再也不来这边做生意了。林守信因为信赖番阳县令吴芮，便劝说同伴一起赶来番阳，请求吴县令发兵清剿匪徒。林守信向吴芮诉说遭劫情况并提出请求后，吴芮先安慰了一番林守信，之后便叫卫兵请来了许诚和蒲将军。经商量，确定由吴芮、蒲将军带领六十个士兵前往猴山剿匪，许诚留守县衙主事。林守信再三要求随同剿匪队伍去猴山，吴芮答应了他。

次日，吴芮率领剿匪队伍离开番阳前往猴山。两天后，队伍来到了靠近猴山的望山村（今江西德兴吴园村）。队伍在村旁扎寨后，吴芮便携蒲将军、林守信和两个士兵到望山村走访村民，了解匪徒的情况。第二天，他们又去了猴山脚下其他几个村庄了解匪徒的情况。

这天晚上，吴芮与蒲将军、林守信一起商议清剿匪徒的计策。根据了解的情况判断，这伙匪徒是不久前从外地转移来猴山的，约有四十多人。匪徒作案主要是在猴山那段三里多长的山路上拦路抢劫，有时也到山下的村庄盗抢。但是，尚不知道这伙匪徒的巢穴在哪里。那么，应该怎样清剿这伙匪徒呢？蒲将军和林守信都说想不出什么好办法，而用期待的目光望着吴芮。吴芮眉头一皱，计上心来。他提出了剿匪队伍乔装商贩，在猴山那段山路上剿灭匪徒的计策。吴芮说罢，蒲将军和林守信连声叫好。

翌日早餐后，吴芮率领乔装商贩、驾着六辆大马车的剿匪队伍离开望山村向猴山进发。按照计策，六十个士兵带着兵器藏在六辆马车的车箱里,上面用麻布掩盖着;吴芮、蒲将军和林守信分别坐在前三辆马车的车夫旁。午初时分,车队上了猴山的那段山路。果然如吴芮所料,不多时,三十多个手持兵器的匪徒从山上冲了下来,将车队拦住。吴芮见时机已到,一声令下,六十个士兵从车箱里跳了下来,迅速地包围了惊慌失措的匪徒。匪首挥动大刀欲冲出包围向山上逃跑,蒲将军挥剑将他拦阻。二人搏斗仅三四个回合,匪首就被蒲将军击倒在地。吴芮令士兵把匪首捆绑了起来。众匪徒见匪首被抓获,纷纷缴械投降。接着,吴芮说服一个已降的匪徒带路,率领三十个士兵进山捣毁了匪巢,俘获了另外十几个匪徒。

亲历了这次成功的剿匪行动,林守信对吴芮更加信赖和敬佩。

十九　如虎添翼

秦始皇十二年(公元前 210 年),秦始皇第五次出游,其少子胡亥和丞相李斯、中车府令赵高等人随从。六月,行至平原津(今山东平原西南)时,秦始皇生病了。七月,病死在沙丘(今河北广宗西北)。临死前,秦始皇给远在北方督修长城的长子扶苏写了一封玺书,要他速回咸阳,主持丧事,继承王位。因为担心引起变乱,李斯、赵高、胡亥等人决定封锁秦始皇的死讯。这时,诡计多端、野心勃勃的赵高与胡亥狼狈为奸,胁迫利诱李斯,打开了秦始皇写给扶苏的玺书,伪造遗诏立胡亥为秦二世皇帝,并矫诏捏造罪名,赐死扶苏和大将蒙恬。接到假诏,愚孝的扶苏流涕慨叹,自杀身亡。蒙恬没有自杀,被囚禁于监狱。得知这一消息后,赵高等人令车队加速返回咸阳。到了咸阳,赵高等人立即宣布了驾崩的消息,并发丧出殡。紧接着,胡亥登基做了皇帝,是为秦二世。赵高升任郎中令。这就是史上有名的"沙丘之变"。

秦二世即位后,"愈为无道"。他深居宫中,恣意享乐,凡事与赵高决议。为清除异己,震威天下,诛杀了众多先期大臣及宗室兄弟。秦廷原本就很沉重的徭赋和严刑峻法,此时更加沉重,更加严酷。百姓不堪忍受,反秦情绪越来越高涨。

秦二世元年七月(公元前209年8月),一支由贫苦农民组成的九百人队伍被征调去边境渔阳(今北京密云)戍边。队伍中有阳城(今河南登封)人陈胜和阳夏(今河南太康)人吴广,二人被官府指定为"屯长"(召集人)。队伍行至大泽乡(今安徽蕲县东北)时,连续几天下大雨,洪水泛滥,淹没了道路。队伍被困在山丘上,不能行进。眼看不能按期到达渔阳,众人心急如焚。因为按照秦朝的法律,他们如不能按期到达渔阳就要被处死。颇有志向和胆识的陈胜与吴广商量:不能按期到达渔阳是死,逃跑被抓还是死,不如揭竿起义反秦。如能推翻暴秦的统治,大家可以过上好日子;即便失败了,也死得壮烈。于是,他们说服了众人,杀死了官府派来监管队伍的两个将尉,发动了中国历史上第一次农民起义。起义军先攻占了大泽乡,接着攻占了蕲县(今安徽蕲县)。之后,起义军分兵四出,边攻打秦军,边扩充队伍。攻占陈县(今河南淮阳)后,陈胜乃立为王,吴广为假王,国号为"张楚"。此时,起义军已有战车六七百乘,骑兵一千多人,步兵几万人。陈胜、吴广起义后,各地反秦豪杰群起响应,纷纷杀掉秦朝官吏,揭竿起兵,形成了"伐无道,诛暴秦"的强大声势。

得知陈胜、吴广起义的消息,吴芮和许诚、蒲将军兴奋不已。几年来,他们正确分析判断时局的变化,实施"两手抓"的应对策略取得了喜人成效。番阳社会安定,百姓生活不断改善,吴芮的威望越来越高;德胜山下的兵寨里,已有将士六千多人,战车近百乘,战马上百匹。他们一致认为,陈胜、吴广起义揭开了反秦风暴的序幕,反秦风暴必将席卷全国,秦王朝的灭亡已不可挽回。为此,吴芮决定亮出反秦旗帜,成为秦廷命官中起义反秦第一人。但考虑自己的队伍还缺少作战训练,粮草

储备也不足，尤其是缺少带兵的将才，吴芮与许诚、蒲将军商定：暂不起兵攻打秦军，仍实施"两手抓"的策略，并抓紧训练队伍和觅求带兵的将才，关注时变，相机而动。

这天下午，吴芮在书房与许诚、蒲将军商量训练队伍和觅求将才的事。就在他们为将才难求而发愁的时候，一个衙役进房禀报：一个自称梅鋗将军部下的年轻人骑马来到县衙大门口，说有书信面交吴县令。吴芮听说是久别的好友梅鋗派来的使者，立即前往县衙大门口。那个年轻人向吴芮拱手致意后，将信交给吴芮："这是梅鋗将军写给吴县令的信。"吴芮迅速将信展开：

吴贤弟示下：

你我分别已经十多年了，经常想念你。听家乡来的人说，你在龙山任保安队长、联防区统帅时，不辞辛苦，带领村民防御盗贼，发展生产，改善生活，深受村民称赞。你任番阳县令后，清正廉明，实施新政，除霸安民，减轻徭赋，发展经济，造福百姓，深受百姓爱戴。为兄十分敬佩你！

天下久遭暴秦虐政之苦，民怨沸腾，秦王朝气数将尽。陈胜、吴广起义后，你我都举起了反秦的义旗。我想，五指张开打人不如五指握成拳头打人有力。为此，我决定率领三千人马去番阳，与你合力抗秦。今特派部下高强快马去番阳送信，我率队伍明日启程去番阳。别后情况，待见面时相告。

愚兄梅鋗拱手

看完信，吴芮喜笑颜开。他关切地对高强说："你辛苦了，好好休息几天。"并交代衙役带高强到县衙客房歇息。回到书房，吴芮高兴地把

故友梅鋗将率领三千人马来番阳与他合力抗秦的信息告诉了许诚和蒲将军。许诚兴奋地说："千军易得,一将难求,番君的福气好啊!""太好了,"蒲将军笑哈哈地说,"梅将军来了,我可以不唱独角戏了!"吴芮、许诚也跟着笑了起来。

晚上,吴芮在家中宴请了高强。席间,高强介绍了梅鋗的一些情况。原来,高强也是余干县安乐村人,是梅鋗姑妈的儿子,比梅鋗小六岁。秦王政二十四年(公元前 223 年),越王勾践八世孙公孙隅带领一批越王后裔越过南岭到南海(今广东)割据称王,高强也跟着表兄梅鋗去了南海。因为梅鋗能文能武,为人刚正,到南海没几年,公孙隅就委任他为将军,派他到台岭(今大庾岭)地区拓展势力。到台岭后,梅鋗招兵买马,并借鉴吴芮在龙山创建兵寨的经验,在浈江岸边建立兵寨,带领将士一边生产,一边训练,从不侵犯百姓利益。他还带领将士艰苦奋斗数载,修筑了一条沟通岭南与中原的大道。随着来台岭开荒种地和做买卖人员的不断增多,台岭逐渐建成为一座颇大的城池。陈胜、吴广起义后,得知故友吴芮在番阳举起了反秦的旗帜,他便决定率领三千将士去番阳与吴芮合力抗秦,而令副将庾胜携一千多将士留守台岭。听了高强的介绍,吴芮心中充满了对故友梅鋗的敬意。

高强来番阳后的第七天午后,梅鋗率队伍来到了番阳。在德胜山下的兵寨里,在欢快的锣鼓声中,吴芮、许诚、蒲将军携兵寨将士列队欢迎梅鋗及其将士,场景十分热烈。吴芮委托许诚、蒲将军张罗欢迎梅鋗及其将士的晚宴,自己与梅鋗来到兵寨的会客房,边喝茶,边叙谈。二人各自介绍了分别后的情况,交谈了带兵的体会,还谈论了当前各地反秦抗秦的情势。直到许诚请他们入席赴宴,他们才离开会客房,谈笑着步入宴席。

晚宴摆设在兵寨的练兵场上,吃的是兵寨自养自种的猪肉、鸡、鸭、

蔬菜和自捕的鲜鱼,喝的是兵寨自酿的美酒。主席上,吴芮、许诚、蒲将军与梅铜相互敬酒,谈笑风生。兵寨其他将士也与梅铜的将士相互敬酒,开怀畅饮,欢声笑语不断。散席前,吴芮再次招呼许诚、蒲将军一起给梅铜敬酒。许诚感慨地说:"有梅将军相助,番君如虎添翼,反秦大计必胜!"梅铜激动地说:"我唯番君马首是瞻,全力助番君反秦!"蒲将军兴奋地说:"只要番君令下,我定一马当先!"此时,吴芮的眼睛湿润了,他满怀豪情地说:"让我们同心协力,早日推翻秦廷暴政,救百姓于水深火热之中!"说完,四人将杯中酒一饮而尽。

二十　英布归芮

深秋的一天上午,天高云淡。兵寨的练兵场上,将士们正在进行作战训练。这一边,在梅鞘的指挥和教导下,步兵在练习阵法。有用于粉碎敌人的方阵;用于收缩兵力、组织环形防御的圆阵;用于突破和割裂敌人的锥形之阵;用于弩战的雁行之阵;用以变换战斗队形的钩形之阵等等。那一边,在蒲将军的指挥和教导下,骑兵在进行易战和险战情况下的战斗队形排列,以及进攻、迂回、侧击、前后夹击、奇袭、奔袭等战术训练。步兵手执兵刃整齐有序地变换着动作和队形,骑兵则骑着剽悍的战马呼喊着在练兵场奔驰。吴芮和许诚坐在兵寨的高坡上观看训练,脸上一直挂着开心的笑容;而站在吴芮身旁的梅子则不停地为将士们的训练喝彩叫好。原来,梅子自小修文习武,胆识过人。去年,吴芮采纳母亲梅氏和妻子毛苹的建议,组建了一支由梅子担任队长、有三十多个年轻女子参加的女子民兵队伍。梅子带领队员或练习武功、学习救护知识与技能,或到大街小巷巡逻,维护社会治安。受到番阳百姓的好评。今天,她特地跟随父亲来兵寨观看将士们的训练。

训练结束后,梅子跑到蒲将军跟前,说要练习骑马。蒲将军就挑了一匹比较温顺的马给她,并交代一个骑兵关照她。吴芮则与许诚、蒲将军、梅鋗来到了兵寨议事房。他们对刚才将士们的作战训练进行点评之后,商议了组建水师的事宜。几天前,梅鋗向吴芮提出了组建水师的建议:考虑反秦作战的需要和兵寨旁有一湖泊的良好条件,可组建一支适应渡江过河作战的水师。吴芮和许诚、蒲将军都赞成这个建议,四人很快就商定:暂挑选两百名会游泳的将士组成水师,由梅鋗统领和负责训练。

就在他们议事完毕正起身去餐厅用餐时,一个守卫寨门的士兵急匆匆地进房禀报:一个叫英布的壮士骑马来到兵寨,说有要事找吴县令。我请他在寨门口等候,他却要跟我一起进兵寨找县令,并不顾我们劝阻,牵着马进了兵寨。他武功了得,我们几个门卫都拦不住他。许多士兵闻声赶来,已把他围住了。吴芮听罢,急忙走向寨门,许诚、蒲将军、梅鋗紧随其后。吴芮见七八个士兵被英布打倒在地,十多个士兵还在与英布打斗,立即喝令士兵住手。英布走到吴芮面前,不客气地说:"你就是吴县令吧,我是慕名来投奔县令的,想为县令的反秦大计助一臂之力,想不到你们这样'欢迎'我!"吴芮见英布气宇轩昂,仪表堂堂,知道他的来意后,心中暗喜。他微笑着向英布拱手说:"误会了,对不起,我代他们向英壮志道歉!"英布见吴芮如此谦恭,便不好意思地说:"我也不该动手!"气氛顿时"雨过天晴"。吴芮高兴地对身旁的蒲将军说:"你叫厨房加做几个好菜,我们陪英壮士好好喝几杯。"

吴芮、许诚、蒲将军、梅鋗和英布一起来到餐厅,宾主落座后,边喝酒,边叙谈。席间,英布毫不掩饰地叙说了自己的身世来历。他是六县(今安徽六安)人,平民出身。从小喜欢舞枪弄棍,跟多个师傅学过武功。少年时,有人替他看相说:"在受刑之后会被封王受爵。"成年后的一天,他因打伤了县衙的税官而犯法,被处于黥刑(脸上刺字,以墨染之)。他欣然而笑说:"有人为我看相,说我当刑而王,现在时候到了!"受刑后,他被流放到骊山皇陵工地服役。服役者的劳动和生活条件十分恶劣,他们常在一起痛斥秦廷暴政。极富做首领天分的他结交了服役者中许多豪杰之士。终于有一天,他带领这些豪杰之士砸开脚镣,逃离了骊山。经长途跋涉,来到番阳湖畔的一座山林中落草为寇。因为他们多盗抢官府和富人的财物,故不断有一些难民和贫民加入他们的团伙。至今,他的山寨里已聚众两千多人。陈胜、吴广起义后,心存大志的他也想寻求新的出路。得知番阳县令吴芮已举起反秦的义旗,他便决定就近投奔吴芮。

知道了英布的身世来历,吴芮等人更为高兴,频频给他敬酒。酒过三巡,梅鋗一再夸赞英布武功高强,蒲将军笑着说:"英壮士不如赏脸到练功房耍上几招,让我们开开眼界!"英布见吴芮也笑着点了头,就起身跟着吴芮等人去了练功房。借着酒性,他将刀枪棍棒统统耍了个遍。吴芮等人和围观的将士不断为他鼓掌叫好。英布耍毕,向吴芮等人拱手说:"雕虫小技,让你们见笑了!""蒲伯伯,"这时,站在蒲将军身旁的梅子笑嘻嘻地说,"你可否与英壮士比试一下武功?"英布看了一眼亭亭玉立的梅子,心头为之一动:兵寨里怎么有这样美貌的少女!蒲将军望着吴芮想要说什么,吴芮笑着先开了口:"英壮士将和我们并肩作战,以后你们比武的机会有的是;今天我们陪英壮士多喝几杯酒,比武就免了。"吴芮说着就起身离开练功房,许诚、蒲将军、梅鋗和英布也跟着离开了。在返回餐厅的路上,英布向蒲将军打听到刚才那个要他俩比武的少女竟是吴县令的千金,不免有点羞涩。吴芮等人回到餐厅继续喝酒,谈笑风生。半个时辰后,英布尽兴辞别,说要赶回山寨,并说半个月内将带领他的队伍来番阳。

当天晚饭后,梅子和弟弟吴臣、吴郢到姑母家玩去了,吴芮与母亲梅氏、妻子毛苹在家中商量梅子的婚事。梅子已经十六岁了,梅氏一直盼着孙女能找个如意郎君早日出嫁。今年以来,有人给梅子介绍过几个对象,可梅子都不满意。吴芮介绍了英布的情况后说:"英壮士确是一个心存大志的豪杰人物。他见了梅子后就向蒲将军打听梅子,似乎对梅子一见倾心。"毛苹说:"梅子从兵寨回家后,异常兴奋地告诉我,兵寨来了个相貌英俊、武功高强的英壮士。她好像看上了英壮士。"梅氏高兴地说:"看来我的孙女与这位英壮士有缘分!"吴芮原担心母亲和妻子可能会对英布受黥刑、做草寇的历史不满意,可她俩都认同"英雄不问出处",因而,三人很快统一了意见:只要梅子和英布都愿意,就早日为他俩举行婚礼。

第二天上午,吴芮在书房与许诚、蒲将军、梅鋗商量扩建营房安置英布队伍的事。这事商定后,吴芮把昨晚与母亲、妻子商量梅子婚事的意见告诉了三位好友。三人都认为英布是一个能成大器的豪杰人物,赞成番君招他为婿。蒲将军还自告奋勇地承担了做媒的任务。

旬日后的一天傍晚,英布带领队伍来到了兵寨,吴芮、许诚、蒲将军、梅鋗和兵寨部分将士在寨门口夹道迎接。晚上,兵寨还为英布及其部下安排了欢迎晚宴。晚宴上,大家都为番阳反秦队伍不断壮大而兴高采烈,开怀畅饮,欢声笑语此起彼伏,在兵寨上空飘荡。

晚宴后,因为英布的住房安排在县衙后院蒲将军家隔壁,蒲将军便主动提出送英布去住处。蒲将军帮助英布把行李安放好之后,笑着对英布说:"老弟,恭喜你啊!"英布茫然地望着蒲将军说:"我有什么喜事?"蒲将军乐哈哈地说:"番君要招你为女婿,我还是媒人呢!"英布半信半疑地说:"我是一介草寇,年纪已近三十,番君怎么肯把仙女般的女儿嫁给我?"蒲将军认真地说:"番君和家人看中的是你的豪气、胆识和前程!"英布大喜过望,激动地说:"我若真能做番君的女婿,定会善待梅子,并为番君的反秦大计尽心竭力!"之后,应英布的要求,蒲将军如数家珍地讲述了吴芮十多年来施仁行义、为民造福的故事。直到鸡鸣时分,蒲将军才回家睡觉。

半个月后,英布与梅子的婚礼在县衙举行。婚礼办得热闹、欢乐而节俭。参加婚宴的只有吴芮及其家人和亲戚、许诚、蒲将军、梅铜及其家人、英布的好友等。县衙其他官吏、衙役和林守信等商贾送来贺礼,吴芮一概婉言谢绝。不少百姓送来了自家养种的鸡、鸭、蔬菜等作为贺礼,说是表示恭贺番君的一点心意。吴芮收下了他们的礼物,但一一按市价付钱。吴县令廉洁嫁女,在番阳百姓中传为美谈。

二十一　首战告捷

英布与梅子举行婚礼不久，一条惊人的消息传到了番阳：秦廷已派车王率两万兵马去番阳镇压吴芮的反秦义军。原来，车王就是被县衙处死的恶霸李斌的弟弟、秦廷大将章邯麾下的将领李典。因为李典擅长指挥战车打仗，便有车王的绰号。虽然车兵逐渐被步兵和骑兵取代，但人们仍习惯地称李典为车王。李斌、李华父子被处死后，李典一直怀恨吴芮。他曾多次请求章邯，让他带兵去番阳替兄、侄报仇。章邯考虑吴芮是朝廷命官，不同意他带兵去番阳报私仇。吴芮公开亮出反秦义旗后，李典便向章邯提出带兵去番阳镇压吴芮义军的要求。章邯请示朝廷后，同意了他的要求。

得到消息的第二天，吴芮在书房召集许诚、蒲将军、梅鋗、英布等人商议迎战车王之策。大家一致认为，迎战车王是番阳反秦义军的首战，务必周密谋划，确保取胜。就在他们商议的过程中，赵祥进书房向吴芮报告了一条新消息：昨晚，他一个到余干县做生意回来的亲戚告诉他，车王的队伍前天已经到了余干，驻扎在晋兴乡吴岭村（今江西余江县境内）。赵祥告辞后，他们很快商定了几条迎战之策：一、由吴芮亲自挂帅，梅鋗、英布为大将，率领七千人马出征迎敌，许诚、蒲将军留守县邑，负责处理县衙日常事务、维持社会治安以及为前线输送粮草。二、派高强带两名士兵即刻启程，去吴岭村侦探敌情，以便知己知彼，制定正确的作战方略。三、出征的队伍明日起程，拟在离县邑五十里地的磨盘山下安营扎寨。因为磨盘山往前三四里就是绵延十多里的蜈蚣山，山中的蜈蚣谷是从吴岭村至番阳的必经之路。在此地与秦军交战，对常年在中原作战的秦军不利。

　　次日早上，朝霞满天。吴芮、梅鋗、英布率领七千将士从兵寨启程出征。许诚、蒲将军和留守的将士敲锣打鼓为他们壮行。只见吴芮骑着赤兔马，身佩长剑；梅鋗骑着黄鬃马，手执大刀；英布骑着枣红马，手执长枪。三人都是一身戎装，十分威武。在霞光的映照下，出征的队伍犹如一条舞动的长龙，极为壮观。下午申初时分，队伍来到磨盘山下安营扎寨。

　　第三天晚上，吴芮在磨盘山下的兵营里主持召开了战事谋划会。因会议要听取高强等人侦探情况的汇报，谋划具体的作战方案，吴芮派人把许诚、蒲将军也请了来参加会议。

　　会上，高强首先汇报了侦探的情况：车王的队伍号称两万兵马，实际上只有一万二千兵马。陈胜、吴广起义后，秦廷把镇压义军的重任交给了章邯。因镇压义军的主要战场在中原，所以，虽然车王请求带两万兵马去番阳镇压吴芮的义军，章邯只同意他带一万二千兵马。车王有个妹夫叫桂彪，家住余干县晋兴乡吴岭村，是当地一个大恶霸。车王来到吴岭村后，得知吴芮的义军也有一万多人马，意识到不可能轻易攻下番阳，便下令队伍在村后的山岭上安营扎寨，打算让将士休整几天后再去攻打番阳。几天来，车王强令县衙和乡里为他的队伍提供粮草；还指使

手下抢掳民女,供他寻欢作乐。他手下不少将士也私闯民宅,奸淫掳掠。他的妹夫桂彪更是狐假虎威,为非作歹,横行乡里。吴芮及周边村庄的百姓深受其害,满腔怨愤,期盼吴芮的义军早日消灭车王、桂彪之流。

听了高强的汇报,大家摩拳擦掌,战胜车王的信心倍增。吴芮遵循《孙子兵法》中"先胜而后求战"(准备充分而后战)的作战指导原则,仍强调要认真谋划克敌制胜的计策,充分做好战事准备。此时,蒲将军、梅鋗、英布等人都把目光投向精通谋略的许诚。许诚沉思了一会儿,便提出了"歼敌于蜈蚣谷"的计策。梅鋗兴奋地说:"上午,我和英将军陪同番君察看作战地形时,番君就说过战胜车王要在蜈蚣谷做文章。这真是英雄所见略同啊!"之后,大家围绕"怎样诱敌入谷、怎样歼敌于谷"认真商议,形成了详尽周密的作战方案。

车王来到吴岭村的第四天,派往番阳打探吴芮义军情况的探子回来禀报:吴芮已率义军到磨盘山下安营扎寨。次日,车王率队伍离开吴岭村向番阳进发。傍晚,车王的队伍来到蜈蚣山区,在离蜈蚣谷口五六里的一片山林中安营扎寨。

当晚,得知车王的队伍已到了蜈蚣山区,吴芮即刻下令:全军将士整治装备,准备参战。

第二天拂晓,酒足饭饱的义军将士斗志昂扬地离开营地,奔赴战场。吴芮、英布带领三千将士前往车王的兵营挑战,梅鋗带领三千将士埋伏在蜈蚣谷两边的山林中。半个时辰后,吴芮、英布带领的队伍刚出蜈蚣谷,就碰上了车王的副将周虎带领的三千秦兵。原来,车王担心队伍通过蜈蚣谷时遭义军伏击,便派副将周虎带三千兵马先行探路。可没想到,吴芮的义军会主动出谷挑战秦军。周虎纵马挥剑冲向义军,大叫:"哪位是叛贼吴芮,还不下马请罪!"英布大怒,纵马提枪迎战周虎。二人搏杀不到十个回合，周虎便被英布的长枪挑落马下，英布愤恨地给倒地的周虎又是一枪，将周虎杀死。吴芮指挥将士乘势向秦军冲杀，秦军乱作一团。不多时，周虎的三千兵马已死伤过半。

就在义军乘胜追击周虎残部的时候，迎面遇上了车王率领的九千秦兵。车王的副将程飞纵马提刀冲向义军，吴芮令英布迎战，并吩咐英布依计行事。程飞的大刀呼呼生风，英布的长枪神出鬼没，二人战了三十多个回合不分胜负。战到四十个回合时，英布诈败而退，吴芮指挥将士后撤。程飞真以为英布战败而逃，便纵马追击义军。只见义军的骑兵保护吴芮、英布从蜈蚣谷"逃跑"，而步兵全都敏捷地从谷两边爬上了蜈蚣山。进谷后不久，英布掉转马头再战程飞。战到三十个回合后，英布再次败走，程飞率将士紧追。估计秦军的兵马都已进入蜈蚣谷时，吴芮令骑兵加速行进。当吴芮、英布率骑兵通过谷口时，埋伏在此的梅鋗令将士把准备好的木头、石块推下谷口。程飞追到谷口时，谷口已被垒断。车王知情后，意识到中计了，急令队伍后撤。这时，梅鋗指挥三千将士用弓弩向谷中的秦军放箭，用滚木、礌石砸向秦军。只见秦军不时人仰马翻，哀声不绝。不多时，吴芮、英布率领的队伍从山后绕道来到谷两边的山岭上。两支队伍会师后，吴芮一声令下，六千将士如潮水一般涌下山谷，追杀秦军。车王见大势已去，便在骑兵的护卫下快速奔逃，只有程飞仍率部下拼命抵抗义军。程飞且战且退，退到谷口时，被梅鋗拦住。二人战了四十多个回合不分胜负，战到五十个回合时，程飞被梅鋗挑落马下，英布纵马向前一枪结束了程飞的生命。吴芮制止不及，摇头叹惜："他是一个有骨气的将才啊！"程飞的部下见头领已死，纷纷缴械投降。此时，车王已经逃远，吴芮便下令清理战场，收兵回营。盘点战果，共歼敌八千多人，其中死伤六千多人，缴械投降两千多人；而义军伤亡不到百人。

在回营的路上，吴芮思忖：车王的队伍已遭重创，他很可能会率残部

北上中原回归章邯的麾下，今晚定在吴岭村歇息，义军应一鼓作气把车王的残部歼灭在吴岭村。

吴芮率队伍回到兵营时，凑巧蒲将军率运输队运送粮草刚来兵营。吴芮当即召集蒲将军、梅鋗、英布等人，部署了歼击车王残部的行动：由吴芮、梅鋗、英布率四千兵马去吴岭村歼击车王的残部；蒲将军带领其余义军将士和俘获的秦兵回番阳兵寨。吴芮郑重交代蒲将军，不要虐待俘虏，待他回番阳后再商定处置俘虏的办法。

用过中餐，两支义军队伍从磨盘山启程，分别去吴岭村和番阳兵寨。黄昏，吴芮率队伍来到距吴岭村二十里地的枫树岭。吴芮下令队伍在此歇息、用餐，并派高强带两名士兵去吴岭村打探敌情。一个时辰后，高强等人回来禀报：车王的队伍果真在吴岭村歇息，兵营仍在村后的山岭上。夜半时分，吴芮率队伍离开枫树岭前往吴岭村。队伍衔枚疾进，鸡鸣时分便到了吴岭村。吴芮、英布带领三千将士从山岭前的道路上山，梅鋗带领一千将士从山岭后的小道上山。不多时，义军便包围了秦军的兵营。平旦时分，吴芮一声令下，左臂上都绑着白布巾的义军将士勇猛地向秦军兵营冲杀。熟睡中的秦军将士听到喊杀声，霍地起身，有的还未穿好衣服就被义军将士砍翻在地；有的拿起兵器刚出营帐就被杀死或砍伤。车王在十多个将领和卫士的保护下欲下山逃跑，被英布拦住。两个将领与英布搏杀，斗了十几个回合，就被英布的长枪刺中倒地。英布冲向车王，另两个将领拦住英布厮杀。车王趁机转向山后逃跑。没跑多远，被梅鋗带领的义军将士拦住。一阵厮杀，车王死于梅鋗的刀下，车王身边的将领和卫士也死的死，伤的伤。不到半个时辰，车王的残部就被歼灭，死伤两千多人，一千多人缴械投降。

这时，天色渐明。吴岭村的村民知道吴芮的义军歼灭了车王的残部，欣喜若狂，奔走相告。许多村民还带着食品上山看望慰问义军。一伙村民找到吴芮,请求惩治恶霸桂彪。吴芮立刻派高强带领二十个士兵去桂家抓捕桂彪。当高强等人把桂彪押上山岭时,村民高呼:"打死他,打死他!"吴芮欲派人把桂彪押送余干县衙,但还没开口,英布已用长枪挑死了桂彪。

吴芮率义军离开吴岭村时,全村的男女老少到村口送行,场面十分壮观。

二十二 联合抗秦

吴芮领导的番阳反秦义军取得首战胜利后,又有许多豪杰之士慕名前来投奔,要求参加义军的青壮年农民和难民也越来越多。由于义军善待俘虏,首战中俘获的三千多秦军将士都愿意留在义军,表示要反戈一击无道的秦廷。这样一来,番阳义军就迅速壮大到两万多人,并有战马三千多匹。

可就在番阳义军不断发展壮大的时候,陈胜、吴广领导的反秦义军却连遭挫败。秦二世元年(公元前209年)九月,秦将章邯率领以朝廷特赦的数十万骊山刑徒为主力的秦军,歼灭了义军将领周文率领的进攻关中的数十万义军,周文自杀。这时,秦将王离奉命率领防御匈奴的边防军南下归入章邯军,章邯军益强。不久,章邯率军救援荥阳(今河南荥阳)的秦军。围攻荥阳的义军内讧,将领田臧矫陈胜之令杀害了假王吴广。章邯军趁机在敖仓(今河南荥阳西北)大败田臧军,田臧战死。接着,章邯军又在荥阳城外歼灭了吴广军余部。之后,章邯军乘胜东进,攻打"张楚"政权所在地陈县。陈胜亲自率军迎战,被章邯军战败。

这一年冬天，陈胜行军至下城户（今安徽蒙城县西北），被自己的车夫庄贾杀害。

这天晚上，吴芮在书房与许诚、蒲将军、梅鋗、英布等人商议番阳义军下一步行动。他们认真分析了各地义军与秦军作战的情势，一致认为，陈胜领导的义军被秦军打败，一个重要原因，是陈胜未能有效地联络其他义军合力抗秦。番阳义军虽然已经兵强马壮，但仅凭自家的兵力，是难以战胜章邯率领的数十万秦军的。因此，番阳义军应联络其他义军合力抗秦。考虑目前众多义军队伍中，数项梁、项羽叔侄领导的项家军势力和影响最大，他们商定，先派人去联络项家军。

项梁、项羽叔侄出生在楚国下相（今江苏宿迁）一个贵族家庭。项梁的父亲就是楚国名将项燕。项羽从小父母双亡，由叔父项梁收养。秦灭楚后，项梁因杀人避仇家，带着项羽流亡藏匿在会稽郡治吴中（今江苏吴中）。由于项梁、项羽叔侄侠肠义胆，勇武过人，深受吴中子弟敬佩。陈胜、吴广起义两个月后的一天，项梁、项羽借机杀死了会稽郡守殷通，正式起兵反秦。项氏叔侄很快掌控了全郡兵马，吴中的豪杰之士纷纷加入项氏的队伍，共得精兵八千。秦二世二年（公元前208年）春天，陈胜的将领召平来到会稽，假托陈胜名义封项梁为上柱国，并传旨曰："江东已定，急引兵西击秦。"不久，项梁、项羽乃带领八千兵马离开会稽向西挺进。项家军渡过长江来到广陵郡地面，恰逢该郡东阳县（今江苏扬州西北）一批豪杰之士杀死县令，反秦自立，已集结两万多人。该县原令史陈婴被拥立为头领，可他无意将兵称王。经项氏叔侄一番工作，陈婴带领东阳两万多人马归属项家军，大大增强了项家军的兵力。

那么，委派谁去联络项家军呢？因为蒲将军曾在项燕部下当过兵，英布的骊山兄弟宋坤是陈婴的表弟，蒲将军和英布都主动请求去联络项家军。许诚和梅鋗认为蒲将军、英布二人都是联络项家军的合适人选，

但考虑英布与梅子刚结婚，便提议委派蒲将军去联络项家军。而吴芮考虑联络项家军合力抗秦是一项既重要又有凶险的使命，最终拍板决定：先委派英布带领三千兵马前去联络和探路，如果项家军也主张联合抗秦并值得信赖，再委派蒲将军多带一些兵马去襄助项家军。

英布回到家中，与爱妻梅子说起要带兵北上联络项家军的事。梅子自然舍不得新婚夫君离开。但想到这是父亲的决定、夫君的意愿，她只是含泪叮咛，而没有说半句阻挠的话。望着含泪的爱妻，英布这个刚勇彪悍的汉子也不免有点伤感。这一晚，夫妻二人自是百般缠绵。

第三天早上，吴芮和许诚、蒲将军、梅鋗等人到兵寨为英布送行。临行前，吴芮深情地嘱咐英布："贤婿此去，须处处小心，尤其要尊重项氏叔侄，听从他们的号令。不管有什么情况，定要来信告知。"带着番君的嘱咐，英布率领三千兵马离开番阳，踏上了前往联络项家军之路。

数日后，英布的队伍在六县遇上了陈胜的亲随大将吕臣的队伍。知道彼此的身份后，英布便与吕臣交谈了起来。原来，陈胜被庄贾杀害后，吕臣在新阳（今安徽界首北）重振旗鼓，组织起一支近万人的头缠青布的"苍头军"，收复了陈县，杀死了叛徒庄贾，为陈王报了仇。不久，章邯派左右校率两万兵马再次攻打陈县。因寡不敌众，一场激战后，秦军攻占了陈县，吕臣率残部南下来到六县。

英布听吕臣叙说陈县义军的遭遇后，表示愿意帮助吕臣军攻击秦军，收复陈县。吕臣十分感动，但担心两支义军队伍加在一起才九千多兵马，能否战胜拥有两万兵马的秦军。英布便讲述了番阳义军以少胜多，歼灭车王军的战况。吕臣听后，精神为之一振，当即与英布谋划了在陈县郊外的青波村密林中伏击秦军的作战方案。

两支义军队伍在六县休整了两天后，就直奔陈县而去。队伍日夜兼程，四天后就到达了距陈县二十里地的柳家村。队伍在村旁安营扎寨后,英布便与吕臣去青波村察看地形,确定伏击地点。青波村距县城四五里,村庄四周是一片茂密的树林,只有一条道路通往外地。二人察看后商定,在进入树林至村庄间两里左右的林中道路上伏击秦军。

第二天早餐后,按照作战方案,吕臣率队伍去陈县城门前挑战,英布率队伍去青波村埋伏点。半个时辰后,吕臣率队伍来到陈县城门前挑战。秦左右校率队伍出城迎战。左校先纵马冲向吕臣,二人战了二十多个回合不分胜负。右校见吕臣越战越勇,根本不像几天前的手下败将,就骤马上前助战。吕臣与左右校战了十来个回合,便诈败而逃,率队伍向青波村方向奔跑。左右校率将士追击。不多时,义军就来到了青波村的树林边,步兵迅速地钻进密林中,骑兵则护卫吕臣在树林中唯一的道路上快速奔跑。当左右校率队伍进入密林中时,早就埋伏在此地的英布指挥三千将士一跃而起,奋勇地向秦军冲杀。吕臣也拨转马头,率将士冲杀秦军。英布一马当先,与左右校厮杀。左右校见英布勇猛异常,身边的将士个个如狼似虎,又看不清密林中埋伏了多少义军将士,不免有点心慌意乱。二人联手战英布,丝毫不占上风。战到二十多个回合时,英布大吼一声,奋力一枪将左校挑落马下,宋坤跑过去一刀结束了左校的性命。右校见情况不妙,拨转马头向树林外逃跑。没跑多远,被吕臣追上。二人斗到三十几个回合时,右校被吕臣的长剑砍落马下,自杀身亡。秦军将士见主将已死,纷纷缴械投降。

当天晚上,吕臣在陈县县衙大摆庆功宴,请英布坐了首席。吕臣及众将频频向英布敬酒,夸赞英布智勇双全,手下的将士个个英勇。英布也为自己首次领军作战取得大胜而自豪,听了吕臣等人的夸赞,更是兴奋不已。

第二天,因吕臣再三挽留,英布在陈县游玩了一天。第三天一早,英布就与吕臣辞别,率队伍东进寻访项家军。几天后,英布率队伍来到了

淮河西岸的一个小镇牛店(今安徽怀远境内)。凑巧,项家军于昨日渡过淮河到达牛店。英布便带着宋坤到项家军兵营拜见项氏叔侄。当时,项氏叔侄正与陈婴等人议事。听英布说明来意后,项氏叔侄和陈婴等人都很高兴。晚上,项氏叔侄还设宴招待了英布及其将领。

次日,项家军离开牛店继续西进。几天后,队伍行进到彭城,受到了叛离陈胜的景驹、秦嘉军的阻拦。秦嘉原是一支义军的首领,得知陈胜义军失败的消息后,便叛离陈胜,立出身于楚国贵族的景驹为楚王。这天下午,项梁派项羽率领一万兵马攻打驻扎在彭城的景驹、秦嘉叛军。英布主动请缨,参加了这次战斗。在项羽的统一指挥下,英布率领三千番阳义军将士奋勇杀敌,锐不可当。不到一个时辰,项家军大败景驹、秦嘉叛军。秦嘉被活捉,景驹逃跑了。项梁怀着对陈王背叛者的愤恨亲手杀死了秦嘉,并令项羽去追杀景驹。项羽在魏地追上并杀死了景驹。在庆功宴席上,项氏叔侄对英布大加赞赏。

数日后,吴芮收到了英布派人送来的书信。信中简述了他率军帮助吕臣军收复陈县,在项家军大败景驹、秦嘉叛军的战斗中杀敌立功等情况;说到了项家军确是一支可以信赖的反秦主力军,项氏叔侄对番君的印象颇好;还表达了他对番君和梅子的思念之情。吴芮阅信后,非常高兴,当即叫人找来了许诚、蒲将军和梅鋗。许诚等人看过英布的来信后,四人很快商定,再委派蒲将军率领七千兵马去襄助项家军。

两天后,蒲将军便率领七千兵马启程出征,吴芮和许诚、梅鋗等人到兵寨为他送行。临行前,吴芮殷殷嘱咐:"蒲兄此去,要多关照和指点英布,与英布同心协力带好番阳义军,在反秦战斗中立功受奖。行军、作战之余,你俩要多阅读兵书,不断提高带兵作战的本领。"说罢,吴芮从卫兵手中拿取已包扎好的孙子兵法送给蒲将军。蒲将军接过兵法,感奋地说:"我一定听从番君的吩咐!"

二十三　思念义兄

项家军击败吞并景驹、秦嘉军后，驻军泗水边的胡陵（今山东金乡东南），打算休整几天后再引军西征。但在他们来到胡陵的第二天，便接到敌情报告：秦章邯军已抵达胡陵以南八十里的留县（今江苏沛县东南），准备进攻胡陵。因章邯军兵势正盛，为避其锐势，项梁说服了项羽，引兵北上至薛县（今山东滕州东南）。项家军在薛县先后接纳了两支义军队伍：一支是吴芮的部将蒲将军率领的队伍，一支是刘邦率领的队伍。

刘邦出生在楚国沛县（今江苏沛县）一个普通的农民家庭。"及壮，试为吏，为泗水亭长。"秦王政三十七年（公元前210年），有一次，作为亭长的刘邦领受了往骊山押送役夫、刑徒的任务。但押送队伍没走几天，就有许多役夫、刑徒逃跑了。一天晚上，队伍在一块湖沼地里歇宿，心烦意乱的刘邦以酒浇愁。饮到半夜，刘邦自忖：照此下去，等到了骊山，役夫、刑徒就跑光了，官府还不治罪于我？于是，他索性解开刑徒们的绳索，把役夫、刑徒放走，自己则带着十多个愿意随从的青壮年逃亡。

他们在湖沼地里的小径上夜行。为求安全,刘邦派一人在前面探路。不多时,在前面探路的人慌张地跑过来向刘邦报告:"前面有一条大蛇挡道!"为酒所醉的刘邦大声喝道:"壮士行路,还怕蛇挡道!"说着就冲在众人前头,拔出随身佩带的三尺古剑,使尽全力将那条盘亘在小径上的大白蛇斩成两截,为众人开了路。几天后,刘邦率众人逃匿在芒砀山中。秦二世元年九月(公元前209年10月),陈胜、吴广起义掀起的反秦风暴席卷到沛县,在从芒砀山中返回的刘邦煽动下,沛县的父老率领子弟杀死了县令。刘邦接受沛县父老和子弟的推选,当上了县令。因陈胜起义称王后,官职设置沿用秦统一前楚国的旧制,县宰都称"公",于是称刘邦为沛公。刘邦当上沛公后,树起赤色大旗,宣布起义反秦。刘邦的故友萧何、曹参、樊哙等人到各乡里招募士兵,沛县的子弟也踊跃参加义军,起义队伍很快发展到两三千人。刘邦率队伍接连打了几次胜仗,曾夺取过多个城池。但由于兵力不强,后来这些城池都得而复失,还丢掉了故乡丰邑。得知陈胜起义军失败的消息后,刘邦经与萧何等人商量,决定去投奔景驹、秦嘉军。就因为有此一行,刘邦得到了一个称心如意的智囊——张良。秦二世二年二月(公元前208年3月),刘邦与秦嘉的部将魏敕联手攻下了砀郡。但不久,景驹、秦嘉军被项家军击并。在张良的劝导下,刘邦便率队伍来薛县投奔项家军。

应刘邦的请求,项梁委派十员将领率领五千兵马帮助他攻打丰邑。丰邑守将雍齿望风而逃,刘邦顺利收复了丰邑。与此同时,项羽率军攻下了襄城(今河南睢县)。因为襄城守军曾抗拒义军,项羽拔城后,下令将战俘全部坑杀。襄城的陷落对其他郡县是一个强力震慑,义军又连下数城,声威大震。

此时,项梁思忖:陈胜是义军的领袖,"张楚"是义军的旗帜,作为陈王所封的上柱国,他的七万多兵马也是在陈王的领导之下。而今陈王已死,义军失去了首领,这于反秦大业是不利的。为此,他在薛县主持召开了义军将领会议,商定立王事宜。项羽、陈婴、刘邦、张良、英布、蒲将军等人都参加了会议。年已七十的居鄛(今安徽桐城南)人范增特地赶来薛县向项梁进言:秦灭六国,楚国最冤枉,所以才有"楚虽三户,亡秦必楚"的说法。陈胜首义,打楚王牌是对的。可他不立正宗的楚王,而自封楚王,犯了冒牌的错误,因此失败。所以,义军应该吸取教训,把原楚王的后代立为楚王。项梁和多数将领都赞同范增的建议。于是,项梁下令寻找楚国末代君主怀王的后代。不久,在乡间找到了给人牧羊的楚怀王的孙子熊心。薛县的义军将士用隆重的礼仪迎接了这位流落乡间的王孙。

秦二世二年六月(公元前 208 年 7 月),项梁在薛县举行仪式,立熊心为楚王,并以他祖父的谥号为王号,称怀王,定盱眙(今江苏盱眙)为国都。另封陈婴为上柱国,封英布为当阳君,项梁自封武信君,掌握实权。张良因为曾经帮助过项梁的堂弟项伯逃脱秦吏追捕,颇得项梁信任。张良向项梁提出建议:韩国旧贵族中,横阳君韩成最贤,应让他继承王位,恢复韩国,以加强反秦力量。项梁采纳了张良的建议,让张良找来了韩成,立为韩王。韩王登台,标示着先秦时代的"关东六国"已完全恢复,反秦联盟的盟主依然是楚国。韩王成拜张良为司徒。之后,张良便跟随韩王成,带领项梁拨给的一千多兵马,回原韩国地盘打游击战。这是张良与刘邦订交后的第一次分手。

项梁立熊心为楚王后十来天,吴芮接到了英布派人送来的两封书信。一封是英布写给吴芮的,信中禀报了项梁在薛县举行立熊心为楚王仪式的情况,还说到张良多次向他询问吴芮的情况。阅信后,吴芮笑逐颜开。他为义军有了新的领袖而高兴,也为女婿英布受封当阳君而自豪。

另一封信是张良写给吴芮的。信很长,叙说了他与吴芮分别后的主要经历,分析了当前各地义军与秦军作战的形势,阐述了他的联合抗秦主张,还表达了他对吴芮的思念之情。

原来,张良与吴芮分别后,去东海拜访了仓海君。仓海君博学多能,身边聚集着许多出类拔萃的人物。有儒学大师、道家名流,也有兵家精英、武功高手。张良在东海住了半年多时间。他广交朋友,虚心向仓海君及其身边的能人请教、学习,学问益进,才干倍增。秦王政二十九年(公元前218年),誓以灭秦复国为己任的张良寻访到一个能使一百二十斤铁锥的义士,愿意做刺杀秦始皇的刺客。他和义士在武阳博浪沙伏击秦始皇巡游的车队,可惜"误中副车",功败垂成。事后,张良逃匿到下邳(今江苏睢宁)。

一天,张良行走在下邳的一座桥上。有个老头正坐在桥上,见张良走过来,故意把脚上的一只鞋蹬落到桥下,对张良说:"后生,给我把鞋子捡上来!"张良一怔,本想骂他,转念对方是个老人,便忍住火气,到桥下捡起了鞋子。老头把脚伸出来说:"给我把鞋穿上!"张良想,鞋也替你捡了,索性跪下来帮老头穿好鞋。老头大笑而走,张良好奇地站在桥上盯着他看。只见老头走了一段路后,又返回桥上对张良说:"后生可以教诲了。五天后的早晨,到这里与我会面。"张良笑着答应了。届时,张良应约来到桥上,老头已坐在那儿了,发怒道:"与老人约会还迟到,怎么可以?"要张良再过五天早些来。五天后,鸡刚啼晓,张良就来到桥上。可老头又先到了,见张良就骂:"又迟到了,怎么可以?"要张良过五天再来。这一次,张良未到半夜就来到桥上等着。过一会儿,老头也来了,笑着说:"应该这样!"随即拿出一部书授予张良,并说:"熟读这部书,可以做王者的老师。十年以后即可兴起。十三年后,后生可来济北(今山东东阿)见我,谷城山下的黄石就是我。"说罢转身便走。等天色放明后,张良才看清这个被后人称为"黄石公"的老头送给他的是一部"太公兵法"。才读几行,就知道这是一部奇书。从此,"常习诵读之"。在下邳期间,张良还帮助过仗义杀人的项伯逃脱官府的追捕。

陈胜、吴广揭竿起义反秦,张良欢欣鼓舞,回故地招募反秦的豪杰之士。得知陈胜义军失败、秦嘉在留县立景驹为"楚王"的消息,张良便带着招募来的一百多人去留县投奔景驹、秦嘉军,想借此机会实现其恢复韩国的计划。张良在去留县的路上,碰上了也去投奔景驹、秦嘉军的刘邦。二人意合情投,一路同行。一直在物色"王者学生"的张良,不免趁行军、宿营的机会,同刘邦谈论起从《太公兵法》里学来的东西。令张良振奋的是,他过去也和别人谈论过几次,别人都不开窍,可是刘邦一听就懂。因而感叹:"沛公殆天授。"于是,张良投靠了刘邦。

看了义兄张良的来信,吴芮兴奋不已。十多年前,吴芮与张良在微山湖畔初次相遇,因意气相投,二人义结金兰。十多年来,吴芮经常思念义兄。如今,见了义兄的亲笔信,知道义兄与自己同在一条反秦战线,成了兄弟加战友,他怎不由衷地高兴?而张良信中流露和折射出来的超人才智和爱国情怀,更令他赞叹。他期待着早日与义兄见面。

这天晚饭后,吴芮带儿子吴臣、吴郢来到书房,把张良的信给儿子看。吴臣、吴郢看过信后,吴芮对他俩说:"你们这个张伯伯有很多好品格值得我们学习。你兄弟俩说说,你最赞赏张伯伯哪种品格。""哥",吴郢望着吴臣说,"你先说,还是我先说?"吴臣笑了笑说:"你先说吧。"吴郢便望着吴芮大声说:"我最赞赏张伯伯勤奋好学的品质!"吴臣接着说:"我最赞赏张伯伯忠义、爱国的品德!"吴芮高兴地说:"你兄弟俩都说得好。只有勤奋好学,才能不断增长自己的才干;而有了忠义、爱国的品德,就能堂堂正正地为人处世。你们要好好向张伯伯学习!"吴臣、吴郢异口同声地说:"孩儿一定牢记父亲的教诲,好好向张伯伯学习,弘

扬家风,建功立业!"吴芮脸上露出了满意的笑容。

数日后的一天下午,吴芮在书房辅导吴臣阅读兵书。一个衙役进房报告:一位远道而来的壮士说有事求见番君。吴芮料想定是前来投奔的反秦义士,连忙吩咐请进。

吴芮热情接待了这位义士。原来,这位壮士叫驺摇,东瓯郡人,是越王勾践七世孙、故东瓯王安朱公之子。他文武双全,性情刚直。因痛恨秦廷剥除东瓯王爵,也痛恨暴秦苛政,他得知贤德番君起兵反秦的消息后,便带领三千将士前来投奔,与番君携手抗秦。但考虑吴、驺两家曾为世仇,担心吴芮有所顾忌,于是,他令队伍在城外等候,自己带了两名卫兵来到县衙,试探吴芮的态度。听驺摇说明来意后,吴芮高兴地表示欢迎,并动情地说:"对前辈的仇恨,晚辈宜解不宜结。如今,我们为共同的反秦灭秦大业并肩战斗,成了生死与共的战友,若还计较前辈的仇恨,岂不太荒唐!"吴芮说罢,驺摇兴奋不已,即刻告辞,去城外把队伍带往番阳义军的兵寨。吴芮令一卫兵给驺摇引路,又交代吴臣去兵寨安排好接待驺摇队伍的事宜。

晚上,吴芮在兵寨设宴招待了驺摇及其将士。

二十四　告别番阳

　　项梁在薛县立熊心为楚王后,便引兵西征,攻下了亢父(今山东嘉祥)。此时,秦章邯军大败齐军,齐王田儋被杀,齐将田荣率残部亡走东阿(今山东东阿)。章邯军乘胜围攻东阿,田荣向项梁求救。项梁率军急驰东阿,向围城的秦军发起猛攻,章邯军溃败西逃,东阿之围遂解。接着,义军又攻下了城阳(今山东鄄城)。之后,项梁令项羽、刘邦率军进攻定陶(今山东定陶),但未能攻下。项羽、刘邦率军转攻雍丘(今河南杞县)。雍丘守将李由是秦丞相李斯的儿子。经过一场激战,义军攻破了雍丘城,杀死了李由。

　　就在项梁率领义军与章邯率领的秦军激战的时候,咸阳宫秦廷内部经历了一场权力争斗的大风暴。秦二世胡亥越来越昏庸骄奢,专宠郎中令赵高,任其专权横行。赵高大报私仇,滥杀无辜。丞相李斯对赵高的胡作非为不满,赵高就设计陷害李斯。李斯觉察后,便找右丞相冯去疾和将军冯劫商议,联合给胡亥上了一道奏章,劾奏赵高心怀邪恶,行为阴险,欺君害臣,图谋不轨。但三位重臣的联合上奏不但没有动摇赵高

在胡亥心中的地位，反招胡亥怨恨。胡亥竟下令把这三人关进了监狱。冯去疾、冯劫痛心不已，自杀身亡。赵高得知李由战死的消息后，便肆意捏造李斯父子通敌谋反的罪状向胡亥报告。胡亥听信赵高的报告，下令将李斯全家处死。李斯被害后，赵高当上了丞相，其弟赵成提任郎中令。

再说义军攻下雍丘后，项梁令项羽、刘邦率军攻打外黄（今河南通许），自己率军攻打定陶。项梁采用谋士范增提出的先向定陶军民实施政策攻心的计策，顺利攻下了定陶。反秦义军连战告捷，项梁却因此滋长了轻敌的思想，放松了对章邯军反扑的警惕。部将宋义劝项梁不要轻敌，提高对章邯军反扑的警惕。但项梁听不进去，还埋怨宋义不该说长敌军志气的话。秦二世二年九月（公元前 208 年 10 月），已扩充兵力的章邯军从濮阳（今河南濮阳）出发奔袭定陶。因缺乏准备，寡不敌众，项梁兵败身亡。项羽在率军攻打外黄不下，转攻陈留（今河南陈留）时听到项梁死讯心如刀绞，悲痛欲绝，要带兵去定陶攻打章邯军，为叔父报仇。老成持重的刘邦劝阻了他。

项梁战死后，楚都自盱眙迁至彭城。楚怀王到彭城后，吕臣的苍头军驻彭城东，项羽的队伍驻彭城西，刘邦的队伍驻砀郡，形成掎角之势，以迎战章邯军。

此时，章邯误认为楚军大势已去，不足为忧，便率军离开楚地，渡过黄河，北上进攻赵国。秦军大败赵军，攻占了赵都邯郸（今河北邯郸）。怀着对反秦势力的极大仇恨，秦军在邯郸城疯狂地烧杀抢掠。赵王歇和丞相张耳带领余部退至巨鹿（今河北巨鹿），矢志坚守，并向其他反秦诸侯紧急求援。这一次，各诸侯吸取既往的教训，为不蹈让秦军各个击破的覆辙，纷纷出兵援救赵国。

楚怀王与项羽、刘邦等将领商定，将楚地义军兵分两路：一路北上救援赵国,一路向西挺进,攻取咸阳。因为此前楚怀王曾与将领们约定,"先入定关中者王之",就是谁先攻取咸阳,推翻秦廷,就由谁当未来的秦王,所以,项羽、刘邦都想领兵西征。英布、蒲将军也想跟随项羽西征。但出乎他们意料的是,楚怀王任命宋义为上将军,项羽为次将,范增为末将,率军北上救赵;任命刘邦为西征义军的主将。这样,英布、蒲将军就要跟随宋义、项羽北上救赵了。英布在启程北上的前一天,给吴芮写了信,派两个骑兵快马送往番阳。信中禀报了项梁在定陶兵败身亡、楚都由盱眙迁至彭城、楚地义军分兵两路以及"怀王之约"等情况。

这天下午,吴芮与儿子吴臣、吴郢一起在兵寨练功房练习武功。大约申正时分,英布派来送信的两个骑兵到了兵寨,把信交给了吴芮。阅信后,吴芮交代吴臣安排好两个骑兵的食宿,又叫吴郢回县衙请许诚、梅鋗、驺摇、赵祥来兵寨议事。

晚餐后,吴芮与许诚、梅鋗、驺摇、赵祥、吴臣、吴郢等人在兵寨议事房议事。吴芮首先介绍了英布信中禀报的情况,高度评价了项梁在反秦大业中的地位和功绩,认为项梁之死是反秦大业的一个重大损失,这既使我们感到悲痛和惋惜,又给我们留下了一个沉痛的教训——在战场上,任何时候都不可麻痹轻敌。接着,他分析了当前义军与秦军作战的形势,认为现在已经到了义军与秦军决战的关键时刻,番阳义军应全力襄助中原义军打败秦军主力章邯军,以夺取反秦大业的最后胜利。大家都赞同吴芮的看法。经过商议,吴芮决定亲自挂帅,许诚为军师,梅鋗为大将,驺摇为先锋,率领两万兵马北上中原,对秦军作战;吴臣留守番阳,赵祥代行县丞职权,协助吴臣管理好番阳。十五岁的吴郢要求随父出征,吴芮见儿子的态度坚决,便点头同意了。

回到家中,吴芮见母亲、妻子、女儿都还没睡,就把晚上会议的决定告诉了他们。望着满头白发的母亲,吴芮深情地说:"孩儿不孝,不能在

家侍奉您。待义军灭秦、天下太平后，孩儿一定回家好好孝敬您!""父亲放心，"吴臣望着吴芮说，"我和姐姐会照顾好奶奶和母亲!"儿孙要出远门打仗，年迈的梅氏当然不舍。但她素来教诲儿孙"大丈夫以义字为先"，深明儿孙出远门讨伐暴秦是大义的道理，因而掩饰内心的不舍，微笑着对吴芮说:"你放心去吧! 愿你们父子在外多加保重，平安归来。有机会打听打听弟弟的消息。"母亲提到弟弟吴莛，吴芮不禁一阵心酸。原来，他曾多次派人到徐福的故乡打听徐福和吴莛的消息。有人说，徐福带着吴莛等数百人乘大船出海，后在遥远的一座大岛屿落户，就地称王，不再回来。也有人说，徐福、吴莛等人乘船出海遇到了大风暴，船被巨大的海浪掀翻了，船上的人全部遇难。他怕母亲听到这些消息会太忧伤，就没有把这些消息告诉母亲，而不得不用善意的谎言"还没有打听到消息"应付母亲。这时，乖巧的吴郓上前拉着奶奶的手说:"如打听到叔叔的消息，我们一定及时派人送信告诉奶奶。"吴芮满意地看了一眼吴郓，又把目光转向坐在妻子身旁的女儿:"梅子，你写封信给英布吧，明天托那两个送信来的骑兵带去。"梅子含笑点了点头。

第二天，因那两个骑兵午餐后要启程回中原，吴芮便于午前来到兵寨，把自己和梅子写给英布的信交给了那两个骑兵，并与他俩一起用午餐。吴芮在信中述说了对当前义军与秦军作战形势的看法和昨晚在兵寨开会的情况，嘱咐英布要以反秦灭秦的大局为重，与蒲将军同心协力带好队伍，在反秦战斗中打出番阳义军的军威。

队伍出征前一天，吴芮主持召开了将领会议。会上，吴芮围绕队伍北上中原的目的和要求，作了有说服力和号召力的动员讲话。许诚宣布了将士必须遵守的"五不准"纪律:一不准临阵脱逃，二不准侵害百姓利益，三不准虐待俘虏，四不准滥杀无辜，五不准私吞缴获。梅鋗宣布了对立功与违纪将士"赏不逾日，罚不还面"的赏罚规定。

吴芮率队伍离开番阳的那天,天气晴好。一大早,兵寨门口就聚集了前来送行的百姓数百人。当吴芮走出寨门时,人群中一片欢呼声:"番君,番阳的救星!""番君,百姓的恩人!"……吴芮走进人群中,向大家拱手致意。一个白须老者紧拉着吴芮的手,两眼含着热泪说:"番君啊,你们打败了秦军后,可要再回来!"吴芮激动地说:"待义军打败秦军,推翻无道的秦廷,你们的日子会过得更好,我也会回来看望你们!"吴芮上马后,又不断地向两旁送行的百姓挥手致意。直到离开了送行的人群,吴芮才纵马前行,率领两万兵马,告别番阳,北上中原。

二十五　兵分两路

　　吴芮率队伍北上，晓行夜宿。这天，队伍行进在一条山路上。大约已初时分，一个名叫王宝的士兵到路旁的树林中小便，不慎被蛇咬伤了小腿，伤口血流不止，他刚回到路边，就倒在地上，动弹不得。恰巧，吴芮、吴郢来到这里。吴芮急忙下马，一面吩咐吴郢去找随军医师，一面从行李中拿出了姐夫家自制的蛇药。他亲自给王宝清理伤口，敷上蛇药。不多时，王宝就可以动弹了，伤口也不流血了。这时，吴郢把军医带来了。吴芮交代军医，中午煎一剂排毒的汤药给王宝喝；又吩咐吴郢，这几天把马让给王宝骑。

　　晚上，吴芮携吴郢特地看望了王宝。一见面，王宝就感激涕零地说："谢谢番君救命之恩！"看到王宝已能行走，吴芮脸上露出了快慰的笑容。

　　数日后，队伍来到了离衡山郡治邾城（今湖北黄冈西北）八十里地的刘家村。吴芮下令队伍在村旁宿营。

　　晚餐后，吴芮召集许诚、梅銷、驺摇、吴郢等人议事。据探子报告，衡山郡守赵贵是赵高的远亲。他原来只是衡山郡府的一名小吏,随着赵高权位的不断攀升,善于钻营的他也步步高升。秦二世胡亥登基后,赵高升任郎中令,他便当上了衡山郡守。几年来,他变本加厉地推行秦廷苛政,横征暴敛,中饱私囊。他一面源源不断地给赵高送去金银珠宝,一面恣意享乐,生活奢靡。去年,他动用大量钱物和大批役夫,为自家修建了规模宏大的豪华府第,人们称之为"小阿房宫"。陈胜、吴广起义后,为了防御和镇压义军,他役使民力加固城池,并大量招兵买马,郴城的守军多达一万五千余兵马。赵贵的胡作非为,搞得衡山郡百姓苦不聊生,怨声载道。

面对这样的情况,义军是攻打郴城,还是绕道前行?就在大家刚开始商议的时候,一个卫兵进营房报告:刘家村两个村民来到兵营,说有要事求见番君。吴芮思索片刻,便令卫兵把村民带到营房来。两个村民进到营房后,吴芮起身招呼他俩坐下。来者是父子两人。父亲叫刘信,四十多岁,曾是衡山郡府的一名吏员。他能文能武,为人正直,因不满秦廷苛政,看不惯赵贵的所作所为,去年辞职回到家乡。儿子叫刘闯,十九岁,身强力壮,武功出众。因吴芮贤德的名声已远传到衡山郡,刘信得知吴芮率军讨伐秦军路过这里,就带着儿子来求见吴芮。刘信诉说了衡山郡守赵贵的倒行逆施和衡山郡百姓的悲苦生活,希望吴芮率军攻破郴城,惩处赵贵等贪官。应吴芮的要求,他还介绍了郴城守军的一些情况:郴城守军虽有一万五千多兵马,但多数士兵是混饭吃的,能打仗的不到半数;统领守军的郡尉赵剑是赵贵的堂弟,此人凶狠狡诈,但武功过人。之后,他把儿子刘闯拉到吴芮面前,说刘闯早就有参加义军的愿望,请求吴芮收下刘闯。吴芮夸赞了一番刘信,并答应收下刘闯。送走刘信、刘闯父子后,吴芮与许诚等人很快商定:坚决攻克郴城,惩处贪官,为民除害。接着,他们又谋划了"攻其不备,夜袭郴城"的作战方略。

第二天,队伍休整了一天。第三天用过早餐,队伍就奔郴城而去。正午,队伍来到了距郴城三十多里的松树岭,吴芮令将士在岭下歇息、用餐。午餐后,吴芮召集许诚、梅鋗、驺摇、吴郢以及刘信、刘闯父子,田成、田勇兄弟等人,商定了夜袭郴城的具体作战方案。原来,刘信得知义军决定夜袭郴城,又主动找到吴芮,说他熟悉城里的情况,愿意当义军的向导,为义军攻克郴城出点力。田成、田勇兄弟是长沙郡人,慕名到番阳投奔吴芮的豪杰之士。他俩侠肝义胆,武功高强,身怀飞墙走壁的绝技。这次夜袭郴城,吴芮就把攀上城墙、打开城门的重任交给他俩。他俩高兴地接受了任务。

晚上约子初时分,队伍从松树岭出发,直奔郴城。借着月光,队伍快速行进,约丑正时分便到了郴城。按照既定的作战方案,梅鋗、驺摇、吴郢率领八千兵马去郴城南门,田成、田勇兄弟和刘信、刘闯父子走在队伍前头。这支队伍担负着攻破郴城、袭击秦军的重任。吴芮、许诚各率领六千兵马分别去郴城东门和北门,担负拦截溃逃秦兵的任务。

田成、田勇兄弟来到南门城下,利用飞爪软索,迅速蹬上了城头。不巧,在城头巡守的两个秦兵发现了他俩。但秦兵还来不及呼喊,就被田成、田勇的飞镖杀死。二人急忙下到城门处,干掉了正在睡梦中的几个守卫城门的秦兵,打开了城门。早就等候在城门外、统一用红布缠头的八千义军将士,如潮水般地涌进城来。队伍很快分成两路:一路六千兵马,由梅鋗和吴郢率领,刘信引路,向靠近东门的秦军兵营冲杀;一路两千兵马,由驺摇率领,刘闯引路,向靠近北门的赵贵府第冲杀。

梅鋗和吴郢率队伍冲进秦军兵营时,秦兵都在熟睡。义军将士横冲直闯,一路砍杀,秦兵鬼哭狼嚎。郡尉赵剑被喊杀声惊醒,急忙推开怀中的妓女,披挂上阵,指挥将士迎战义军。赵剑果然武功过人,梅鋗手下几个将领都斗不过他。火把光亮下,他认出了刘信,意识到是刘信带

义军来兵营的，一时怒火中烧，挥起长剑砍杀刘信。恰逢梅鋗赶到，舞动大刀拦住赵剑。二人斗了二十多个回合不分胜负。赵剑因晚上与妓女数度云雨，睡了还不到一个时辰，与梅鋗斗到三十个回合后，便渐渐招架不住了。就在他欲败走之际，梅鋗大喝一声，将他砍落马下。负伤的赵剑欲爬起来逃命，被刘信使劲一剑刺中身亡。秦军将士见郡尉已死，乱成一团，有的缴械投降，有的往外逃跑。

再说驺摇率二千兵马来到赵贵的府第。田成、田勇兄弟翻墙进入赵府大院时，不料被巡守的两个卫兵发现。卫兵以为来了盗贼，立即敲响了手中的铜锣。住在大院两旁厢房里的两百多名卫兵听到鸣锣声，急忙爬起床，拿起武器奔向大院。此时，田成、田勇兄弟打开了赵府的大门，驺摇率将士迅速冲进大院，与赵府的卫兵厮杀。驺摇身先士卒，挥动双剑横劈竖砍，义军将士个个奋勇杀敌，不到半个时辰，卫兵已死伤大半，其他的举手投降。驺摇率将士经前厅来到大厅后，命将士到府第各处搜捕赵贵。不多时，将士们把赵贵的一妻四妾和家人、佣人都带到了大厅，但没有找到赵贵。此时，刘闯想到赵府有个很大的后花园，就同田成、田勇兄弟和十几个士兵到后花园搜捕。经过一番搜索，他们在花园的茅厕里发现了赵贵和两个贴身卫兵。抓捕时，两个卫兵拼命保护赵贵。搏斗中，刘闯、田成杀死了卫兵，田成被赵贵的短剑刺伤，田勇一怒之下，用长剑杀死了赵贵。

这天上午，吴芮在兵营大操场主持召开了庆功会，奖赏了田成、田勇兄弟，刘信、刘闯父子和其他立功将士。中午，还摆设了简便的庆功宴。下午，吴芮召集许诚、梅鋗、驺摇、吴郢、高强、刘信等人议事，决定委派高强携一千将士留守郴城，请刘信回郡府管理日常事务，协助高强治理好郴城。晚上，吴芮还与高强、刘信商量了治理郴城的有关事宜。

次日，吴芮率队伍继续北上。队伍途经衡山郡管辖的几个县城时，

县令因已得知义军夜袭郴城,赵贵、赵剑被杀的消息,都主动投降献城。吴芮让他们继续担任县令,但要求他们不再推行秦廷苛政,而要廉洁勤政,关注和改善民生。这一路上,又有不少豪杰之士和青壮年农民加入义军队伍。加上在郴城俘获而愿意留在义军的六千多原秦军将士,队伍离开衡山郡时已有三万多兵马。

这天晚上,许诚匆匆来到吴芮的营帐,向吴芮禀报:刚才,几个士兵交给他一份举报信,检举梅洪都尉私吞缴获。吴芮看了举报信,非常气愤。原来,梅洪是吴芮母亲梅氏的堂侄。不久前,他随驺摇攻打赵贵府第时,曾威逼赵贵的妻子交给他一个装满金银首饰的首饰盒。事后,他没有将首饰盒上交。吴芮与许诚商定,先由许诚负责核查此事,再根据核查情况予以处理。

经核查,举报的情况属实。梅洪也承认了错误,交出了首饰盒。许诚考虑梅洪是初次违反军纪,认错态度尚好,提议给予他严重警告处分;梅销、驺摇等人也为他向吴芮求情。但吴芮认为,梅洪身为都尉,又是本帅的亲戚,理应以身作则,可他却贪图钱财,违反军纪,因此必须从严处理。遂下令杖责梅洪二十军棍,并降职为校尉。

不久,吴芮率队伍来到了南阳郡。这一天,队伍在竹沟村(今河南确山西)旁宿营。晚餐后,吴芮与许诚、梅销商量队伍下一步的行军路线。许诚和梅销认为,番阳义军已先后委派英布和蒲将军率军北上襄助项家军讨伐秦军,如今诸侯联军对秦军主力章邯军作战已胜券在握,因而提议番君率军西征,以履行怀王之约。但吴芮考虑,楚怀王已委任刘邦为西征义军的主将,而章邯军也还未被歼灭,因而不赞同二人的意见。经过一番商议,吴芮最后决定,兵分两路:一路由梅销率领一万兵马西进,襄助刘邦军攻取咸阳;一路由吴芮和许诚率领其余将士继续北上,襄助诸侯联军歼灭章邯军。

第二天早餐后,两支队伍从竹沟村启程,分别西进和北上。吴芮与梅鋗辞别时,两双手紧紧握在一起,同乡情、战友情交织在一起,二人默默无语,然而都从对方的眼神中知道彼此要说的话:"兄弟啊,让我们在灭秦的凯歌声中再相见!"

┃ 二十六　章邯投降 ┃

　　吴芮率军离开竹沟村继续北上，日夜兼程，为的是早日赶到巨鹿，襄助诸侯联军打败章邯军。这天傍晚，队伍来到距巨鹿六百多里的姚村（今河南姚村）。就在队伍安营扎寨时，一个探子回来向吴芮报告：项羽率领楚军已经渡过漳河，将与章邯军进行决战。

　　原来，受楚怀王派遣，宋义、项羽、范增率军北上援救赵国。队伍来到安阳（今河南安阳）时，宋义下令全军宿营。此后，宋义每天饮酒作乐，按兵不动。彼时，秦名将王离、涉间、苏角正率军急攻巨鹿，主帅章邯屯兵巨鹿之南的棘原（今河北永年西南），为前线输送兵员粮草。赵国将领陈余的援军以及齐、燕等诸侯国派来的援军，虽然都已经先后赶到巨鹿，却慑于章邯、王离的威名，没有一个胆敢出头，都纷纷结寨自保，想等盟主楚国的援军赶到后一起行动。然而，催促楚军火速北上救赵的诸侯使者络绎不绝，宋义却不予理睬。项羽也多次要求宋义下达开拔令，率军北上救赵，但宋义依然故我，仍按兵不动。其理由是，先让秦军与死守巨鹿的赵军在战争中消耗实力，尔后如秦军获胜，定会疲惫不堪,楚军就乘其疲惫而攻之;如赵军获胜,楚军就追击溃逃的秦军。他还对项羽说:"若论冲锋陷阵,搏斗打仗,我不如你;若论运筹帷幄,指挥作战,你可就不如我了!"项羽本来就对楚怀王任命宋义为上将军不满,如今见宋义如此不顾大局,不讲信义,贪生怕死,固执己见,实在忍无可忍,便在安阳发动兵变,假托楚怀王有令,一剑砍下了宋义的首级。至此日,楚军已经在安阳呆了四十多天。安阳兵变后,包括英布、蒲将军、范增在内的大多数将士都站在项羽一边,认为宋义该杀,拥戴项羽为代理上将军。项羽派人去彭城晋见楚怀王,报告他杀死宋义的情况。楚怀王当初任命宋义为上将军,本意是为了限制项羽,今闻宋义被项羽杀死,十分恼火,但又无计可施,只好派特使赶赴安阳,正式任命项羽为上将军,统率北上救赵的楚军。

项羽杀了宋义夺过指挥权后,马上部署北上救赵。他与范增商定,委派英布、蒲将军率二万兵马先行探路。

英布和蒲将军接受这项艰险的任务后,不由想起吴芮的嘱咐,便认真谋划执行任务的战术。二人根据这项任务的要求和敌我双方兵力的情况,遵循孙子兵法关于"避实而击虚"、"攻其不备"、"因敌而制胜"(利用敌方弱点而灵活取胜)的原则,决定采取机动灵活的游击战术。英布和蒲将军率军渡过漳河后,按照既定战术,有时袭击围攻巨鹿的秦军,有时攻击秦军运输粮草的甬道,把秦军搞得晕头转向,不知所措,使秦军在心理上受到了很大打击。

当此之时,在英布、蒲将军先头部队战绩的鼓舞下,在赵将陈余和各诸侯使者的请求下,项羽决定率军奔赴巨鹿,与秦军决一死战。项羽率军渡河后,下令将全部船只凿沉,烧饭的釜锅通通砸破,每人只携带单程走向巨鹿所必需的三天的干粮,表示有进无退的决心。这就是"破釜沉舟"典故的由来。

这天晚上,吴芮召集许诚、驺摇、吴郢等人议事。考虑巨鹿城下诸侯联军与章邯军决战在即,番阳义军整个部队参与决战已经来不及了,吴芮决定委派驺摇率领三千骑兵赶往巨鹿参战,以助诸侯联军一臂之力。次日,驺摇率领三千骑兵急奔巨鹿,吴芮率军继续北上。

再说项羽的队伍破釜沉舟之后,很快与英布、蒲将军的先头部队会师。项羽率军快速抵达巨鹿,与秦军展开了殊死的战斗。战斗刚开始,打着番君旗号由驺摇率领的三千骑兵就赶到了巨鹿,投入了与秦军的战斗。项羽身先士卒,率领楚军将士奋不顾身地冲杀于秦军阵中,英布、蒲将军、驺摇也率领将士舍生忘死地奋勇杀敌。经过九役激战,项羽率领楚军和驺摇的三千骑兵(共约十万人)战胜了章邯、王离率领的三十多万秦军。阵上斩杀秦将苏角,活捉王离(后被项羽杀死),涉间不肯投降,自刎身亡,章邯率余部退回棘原。巨鹿之围解除了,赵国终于转危为安。

当项羽率领楚军和驺摇的三千骑兵在巨鹿城下与秦军打得天地变色、鬼神心惊时,旁边十几个营垒中的诸侯援军皆作壁上观。项羽创下巨鹿大战以少胜多的光辉战例时,年仅二十六岁。众诸侯将领对项羽佩服得五体投地,一致夸赞他有万夫不当之勇,共推他为诸侯上将军。随后,项羽率诸侯联军向棘原进发,在离棘原不远的漳南(今河北永年东北)安营扎寨,决心彻底歼灭固守棘原的章邯军。

这天,吴芮率军来到了距棘原三百多里的涉县(今河北涉县)。得知项羽率军在巨鹿城下大败秦军的消息,吴芮和将士们兴高采烈。晚上,吴芮召集许诚、吴郢和将领们开会。大家高度评价了项羽"破釜沉舟"的勇气和胆识,一致认为巨鹿之战不仅使秦军主力章邯军受到沉重打击,而且项羽成为诸侯联军的统帅,有利于各诸侯军联合作战,最终歼灭秦军主力。大家也认为,章邯军虽然受到了重创,但仍有二十万兵马,而且章邯是一名久经沙场、颇有才干的统帅,因此,诸侯联军绝不能骄傲、松懈,麻痹轻敌。会议决定,队伍再向棘原方向推进,以配合诸侯联军对章邯军作战。会后,吴芮给英布写了一封信,把晚上会议的情况告诉英布,希望英布多提醒项羽,务必牢记项梁兵败定陶的教训,千万不可麻痹轻敌;并及时来信把诸侯联军的行动计划告诉他,以便他率军配合作战。第二天,吴芮派两名骑兵把信送往漳南。

再说章邯退守棘原后,便派长史司马欣赶往咸阳向秦二世汇报军情,请求增援。但被一手遮天的赵高派人挡驾在门外,三天不得入见。司马欣返回棘原,向章邯汇报了去咸阳的情况,并劝告说:"现在是赵丞相把持朝政,一个人说了算。你仗打胜了,他嫉妒你的功劳;你打败了,他必置你于死地。你要早拿主意啊!"就在章邯犹疑不决的时候,项羽听从爱妻虞姬的谏言,同意对章邯致书劝降。项羽叫"善儒术"的陈余给章邯写了一封劝降信。劝降信的内容虽然与司马欣劝告章邯的话差不多,但劝降信措词中肯有力,形势利害分析透彻。章邯读信后,受到极大震撼。他深知,项羽统领的诸侯联军士气正旺,由吴芮率领的战斗力颇强的三万番阳义军也已接近棘原,而自己统领的秦军士气低落,是难以战胜反秦义军的。但是,作为仍掌握二十万大军的统帅,他又不甘心这样屈辱地向对手投降。于是,他派了一个叫始成的军候前往项羽军中"约降"——有条件地投降。项羽对章邯的"约降"坚决予以拒绝,而要章邯无条件地投降。

始成走后,项羽决定组织兵力再击秦军,以迫使章邯服服帖帖地投降。他令蒲将军率军从三户津渡过漳河,堵住秦军向南的退路。他自率主力部队正面进攻秦军。因为英布及时写信把项羽的决定告诉了吴芮,吴芮也分兵两路,配合诸侯联军的行动。一路由许诚、吴郢率领一万兵马,前往协助蒲将军的部队拦堵秦军;一路由自己率领两万兵马,去棘原协助项羽的主力部队作战。

章邯得到项羽率军进攻棘原的情报,害怕与项羽军作战,即刻部署撤离棘原的行动。先行撤离的一支秦军在漳河南遭遇了蒲将军的部队,由于有许诚、吴郢率领的部队相助,义军很快击溃了秦军。章邯的主力部队原打算向西南方向撤退,后得知吴芮正率军从西南方向向棘原进发,便改向东南方向撤退。章邯军退到汙水之滨(今河北临漳附近)时,被项羽的主力部队追上,一场激战,项羽军大败章邯军。章邯率败军逃往殷墟(今河南安阳小屯村附近)。项羽军一直追到殷墟附近,在章邯军营地东北的洹水岸边安营扎寨。吴芮也率军赶到殷墟附近,在章邯军营地西南的一座大山脚下安营扎寨。

此时,章邯已是日暮途穷,感到除投降以外别无生路,便再次派人前往项羽军中求降。项羽接到章邯颇有诚意的降书,经与范增等人商量,同意了章邯的请求,并约定三日后在殷墟举行受降仪式。应英布、蒲将军的要求,项羽同意邀请吴芮届时赴殷墟参加受降仪式。

三日后,吴芮带着田成、田勇兄弟前往殷墟参加受降仪式。说来也巧,在快到殷墟的十字路口,他们遇上了项羽、范增、英布等人。经英布介绍,大家都下了马。吴芮与项羽等人互相拱手致礼,一阵寒暄之后,大家便上马同行。来到殷墟受降处,章邯与长史司马欣、都尉董翳等将领上前迎接。在受降仪式上,项羽不胜得意地接过了章邯递上的降书,并与章邯签署了停战协议。根据协议,章邯的二十万大军统统归入项羽军中;项羽代表诸侯封立章邯为雍王,置楚军中;任命司马欣为上将军,统领秦军,作为引带诸侯联军西进的先头部队。

亲历受降仪式,吴芮百感交集。秦军主力章邯军的投降,标志着秦王朝的军事力量已基本丧失,他为此而欣喜;降伏章邯军是项羽最辉煌的功绩,他钦佩项羽的大无畏气概和超人的勇武;在降伏章邯军的浴血奋战中,番阳义军功不可没,他感到由衷的自豪。

二十七　秦朝覆灭

在项羽率楚军与秦军主力章邯军血战的时候，受楚怀王之命入关破秦的刘邦军却得以顺利西进。

秦二世二年闰九月（公元前208年11月），刘邦率领一万兵马从砀郡出发，先后在成阳、杠里（今山东单县西）击败了两支秦军。一个月后，在成武（今山东成武）击败了东郡尉统率的秦军。不久，在进兵栗县（今山东章缝集西）的途中，遇到了魏国刚武侯率领的约四千人的队伍。因魏相周市曾策反雍齿端掉过刘邦的故乡丰邑，刘邦对魏国有宿怨，便乘刚武侯不备，突然发起攻击，吞并了这支四千人的队伍。接着，刘邦军攻克了栗县。

秦二世三年二月（公元前207年3月），刘邦率军进抵昌邑（今山东巨野东南）。在这里，他接收了当地人彭越率领的一支千余人反秦队伍。由于昌邑城坚固难攻，刘邦军攻打了半天未能攻下。刘邦急于打进关中，便率军绕道西往陈留（今河南陈留）。刘邦军在距陈留不远的高阳（今河南杞县西）郊外扎营。刘邦在高阳竖旗招人，接纳了当地一个

六十多岁的落魄儒生郦食其。郦食其说他与陈留县令有私交，刘邦便与他商定，由他去陈留劝说县令投降，刘邦则率军随后助威。郦食其说降成功，刘邦军顺利地占领了陈留。之后，郦食其又让其弟郦商带着数千人的武装投顺刘邦，乐得刘邦马上封郦食其为广野君，拜郦商为将。

秦二世三年三月（公元前207年4月），刘邦军以陈留为基地，继续向西南推进。在两度击败秦将杨熊率领的秦军后，刘邦引兵攻克了颍川（今河南许昌西南）。颍川、南阳诸郡过去多为韩国的领地。因为张良已经帮助韩王成恢复了韩国，所以，刘邦便打起协助韩王成复国的旗号，在这一带攻城略地，以扩充兵员和粮草。为了更好地完成攻取咸阳的使命，刘邦还说服韩王成先配合反秦大局，同意让张良随他西征。这样，张良就第二次进入刘邦军团。

秦二世三年六月（公元前207年7月），刘邦军在犨城（今河南鲁山东）东与南阳郡守吕齮率领的秦军交战，吕齮兵败，退守南阳郡治宛城（今河南南阳）。宛城城防坚固，易守难攻，吕齮坚守不战。刘邦无可奈何，经与刘交、卢绾等人商量后，传令队伍绕过宛城西进。后依从张良的计策，刘邦率军急速掉头返回攻打宛城，迫使吕齮献降宛城。不久，刘邦军攻打南阳郡辖的胡阳（今河南唐河南）时，巧遇梅鋗率领的队伍。听梅鋗说明来意后，刘邦、张良十分高兴。在刘邦的统一指挥下，梅鋗率将士奋勇杀敌。不到半个时辰，义军便大败秦军，占领了胡阳。接着，梅鋗率队伍随刘邦军一起去攻打析县（今河南内乡西北）和郦县（今河南内乡东南）。两县守吏望风迎降，刘邦军顺利地占领了析县和郦县。

秦二世三年八月（公元前207年9月），刘邦率军来到了武关。此时，项羽已经取得了降伏章邯军的巨大胜利，正率领四十万大军向关中挺进。而面临覆灭命运的秦廷内部，矛盾进一步激化。赵高谋害李斯后,唯恐人心不服,先玩了一手"指鹿为马"的闹剧,借此把还敢说几句真话的廷臣全部逮捕下狱。接下来,眼看关东秦吏纷纷背叛,响应诸侯军反戈西向,即使大家都随他瞒忧报喜,恐怕也骗不了胡亥了。于是先下手为强,他与担任咸阳令的女婿阎乐合谋,利用阎乐控制都城驻军的便利,发动政变,逼迫胡亥自杀。同时,派使者去见刘邦,建议与刘邦订约,"分王关中"。刘邦认为赵高在玩弄诈术,回绝了赵高,率大军攻克了武关。

公元前207年10月,赵高令扶苏之子子婴斋戒五日,说是让子婴受玺即位当秦王。按他的计划,是要子婴在结束斋戒后去祖庙行庙见礼时,由阎乐先布兵庙中,杀掉子婴。可子婴已经获悉了赵高派人与刘邦谈判,并密谋再搞一次政变的情报。子婴结束斋戒的那天,假装有病,声称不能前往祖庙。赵高就亲自到斋宫请子婴去祖庙。子婴便令亲信将赵高杀死在斋宫,并灭其三族。

子婴即位后,派将领带兵增援咸阳的南大门峣关(今陕西蓝田东南),阻击刘邦军。刘邦依从张良的计策,轻易夺下了峣关,并把秦军打得一败涂地。之后,刘邦率领大军直至咸阳城外的霸上,准备向秦朝都城咸阳发起最后的攻击。

刘邦大军兵临城下的消息使子婴大为震惊。他知道大势已去,无路可走,只好接受刘邦使者的劝告,俯首投降。那天,不敢袭帝号而称"秦王"的子婴乘坐白马拉的丧车来到霸上,将皇帝的玺、符、节毕恭毕敬地献给了刘邦。刘邦接过子婴所献,兴奋不已。当时,刘邦部下有人建议将子婴杀掉。刘邦摇头说:"当初怀王派我西征,是因我能宽大容人。今秦王已降,我不能杀了他!"于是,把子婴交给有关官吏看守起来。就这样,强盛一时的秦王朝宣告覆灭了,时间是公元前206年2月。

刘邦在霸上接受子婴投降的消息很快传到了项羽统领的大军中,诸

侯和将士们议论纷纷，莫衷一是。

吴芮听到消息后，非常高兴。当年，他在番阳树起反秦义旗，目的就是要推翻秦廷暴政，救百姓于水深火热之中。几年来，为了反秦灭秦大业，他呕心沥血，舍命征战。如今，秦王朝覆灭了，百姓可不再受暴秦苛政之苦了，他自然高兴。可是，在高兴之余，他却有一个不祥的预感。他认为，刘邦受楚怀王之命率军西征，开始只有一万兵马，刘邦军能如此顺利地攻取咸阳，迫使子婴投降，原因是多方面的，但最重要的一条是项羽率军在巨鹿地区击败了秦军主力章邯军，为刘邦军顺利西进扫清了道路。然而，项羽当年也想率军西征，去履行"怀王之约"。如今，项羽经过浴血奋战，才降伏了章邯军，而刘邦却轻易地攻取了咸阳，率先履行"怀王之约"，项羽对此肯定是不服和不满的。这样，项羽与刘邦之间就很可能发生权力和王位之争。吴芮为此而担忧。

正如吴芮的推测，项羽听到消息后，深感遗憾和嫉妒，但并不气馁。他认为自己是名满天下、威震诸侯的胜利者，是四十万大军的统帅，刘邦根本无法与自己相比；他既然有力量打垮章邯的三十万秦军，当然也有力量夺回本该属于他的王位。于是，他令队伍快速向咸阳进发。

项羽在殷墟接受章邯投降后，诸侯联军与秦军反正部队之间一直闹着矛盾。联军中许多将士都去关中服过徭役，受过秦军吏卒的虐待，现在秦军反正，这些人便以凌辱秦军吏卒发泄旧怨。秦军吏卒受尽鸟气，普遍不满，抱怨章邯把他们出卖了。于是，人心浮动，谣言飞传。联军诸侯风闻，加油添醋地向项羽密告。这天，项羽率军来到三川郡的新安（今河南新安）。项羽令队伍在新安城南宿营。傍晚，项羽把英布和蒲将军找来密谋。项羽说："二十万秦军人心不服，等到了关中，借故土优势闹起事来，我们就危险了，不如及早把他们除掉，只带章邯、司马欣和董翳三人进关。"英布和蒲将军随口附和，三人便谋划了晚上屠杀秦军的行动计划。离开项羽的营帐后，尽管项羽交代晚上的行动计划要保密，英布和蒲将军还是打算把行动计划禀告吴芮。但走到半路上，英布想到岳父素来仁厚，如果知道行动计划，必然会找项羽出言阻拦，而那骄横跋扈的项羽定然不会听他的劝告，从而使他难堪，便改变了主意，没有去吴芮的营帐。

这天深夜，英布和蒲将军带领楚军将士冲进秦降兵营，向熟睡的秦军吏卒发动了突然袭击，二十万秦军吏卒没留一个活口，全被坑杀。事后光掩埋尸体，就费时多日。这就是当时震惊全国的"新安事变"。

第二天一早，楚营传言四起，说是秦降兵造反，已经被坑杀殆尽。吴芮感到惊诧，急忙叫吴郢找来许诚、英布和蒲将军。英布和蒲将军如实讲述了昨晚坑杀秦降兵的经过。吴芮听后，十分恼怒，气冲冲地说："自古以来，不杀降众。当年白起坑杀四十万赵军降兵，引起天怒人怨，失去了民心。你们怎么不记取这个历史教训！"说着，吴芮走出营帐，抬头朝秦降兵营的方向眺望，眼中闪出了泪光。

两天后，项羽下令队伍开拔。吴芮怀着沉重的心情，率领本部将士离开了新安。

二十八　义重如山

刘邦在霸上接受子婴投降后,率大军进入了咸阳。刘邦指挥部队同秦军在蓝田进行最后一战时,曾经重申过不得掳掠的军纪,为此受到咸阳郊外农民的称赞。但是,几万来自穷乡僻壤又历经鞍马劳顿的庄稼汉,一旦进入宫室辉煌、金珠充盈的咸阳,就无法抑制对财富的向往,"争走金帛财物之府分之"的抢劫事件多处发生,而且多是将领们带头。素有好色贪财名声的刘邦,自进入秦宫,但见雕梁玉砌,帷帐华美,宫女绝色,风情万种,顿时目眩神奇,意乱情迷,一头栽进温柔乡里,竟不想管事了。

梅鋗率领的队伍与刘邦军会师后,不但作战英勇,而且军纪严明,受到刘邦、张良和众多将士的称赞。队伍开进咸阳后,梅鋗尽力改善将士们的生活,但重申番阳义军"五不准"的军纪,而且以身作则。因而,梅鋗的队伍没有发生抢劫事件。

萧何也没有去抢劫财宝,而是带着手下的属员冲进丞相、御史、太尉等"三公"官署,把所有的图籍簿册律令文档全部接管过来。这一独特

的表现,后来备受史家赞颂。

保持头脑清醒的除了梅鋗和萧何,还有樊哙和张良。樊哙首先"闯宫"进谏,他以伙党加连襟的口吻对刘邦说:"沛公是想拥有天下呢,还是做个富翁就满足了?似这种豪华奢侈的享受,正是秦之所以灭亡的原因。您现在不能贪图这种享受,而应马上还军霸上,不要再留在宫里!"刘邦经此猛喝,有所觉悟,但贪图享乐的本能又使他难以割舍眼前的温柔风光。就在刘邦犹豫之际,张良进谏来了:"秦廷无道,所以沛公能进占咸阳,入居秦宫。但您是为天下诛除暴虐而来,现在应该抚慰受暴秦苛政之苦的百姓。如果刚进咸阳就像二世那样安于享乐,这就是所谓'助桀为虐',发扬秦的罪恶了。良药苦口利于病,忠言逆耳利于行,希望沛公听取樊哙的劝谏!"

听了张良的谏言,刘邦立即起身出宫,下令封闭府库宫室,不准任何人擅自进入。第二天,刘邦率大军撤出咸阳,返回霸上。城内只留一支部队维持治安,由周昌负责。数日后,刘邦在霸上召开了咸阳所属各县的父老和豪杰参加的大会。会上,刘邦宣布,只保留三章法令原则:杀人者偿命,处于死刑;致伤他人者,处肉刑;偷盗者受与罪行相应的处罚。其余苛刻繁琐的秦法,一概废除。他还动情地说:"我到这里来,是为父老除害,不是来使用暴力侵害大家,大家不要害怕!"这次会后,随着刘邦讲话的传开,咸阳地区的百姓皆大欢喜,唯恐刘邦不做新的秦王。

有位解生(一个旧秦博士之类的人物)向刘邦建议:"秦国故土,比关东富庶十倍。我听说章邯投降项羽,项羽封他为雍王,要把关中给他治理。如今章邯将随项羽来到,沛公恐怕得不到关中了。你应该赶快派兵守住函谷关,不让项羽统率的诸侯联军进来;同时征发关中子弟,增强军队实力,以抵御关外来军。"刘邦觉得解生说得很有道理,经与刘交、卢绾等人商量,采纳了解生的建议。

不久,项羽统率的诸侯联军来到了函谷关前。这是一支由四十万人马合成的庞大的军团,除项羽从彭城带出来的楚军外,尚有魏、赵、齐、燕等国的军队和几个独立兵团,其中位居"诸侯"的有番君吴芮和魏王豹,位居将相的有赵相张耳、燕将臧荼、齐将田都等人。得知刘邦设兵防守函谷关,阻拦自己的队伍进入关中,项羽大怒,即令英布率精兵强行攻关。英布点将要驺摇担任攻关先锋,驺摇欣然接受。虽说函谷关是易守难攻的天下雄关,但在英勇善战的英布、驺摇及其众将士强有力的攻击下,关口很快被攻破。项羽率大军通过函谷关,直抵距霸上四十里的鸿门(今陕西临潼东)。

刘邦的左司马曹无伤,因为没有得到重用而对刘邦不满。他预感到刘邦与项羽之间将有一场争斗,便打定主意向勇猛善战、掌握的兵力又大大超过刘邦的项羽靠拢。于是,得知项羽率大军进抵鸿门后,他马上派出密使去鸿门求见项羽,禀告说:"沛公打算在关中称王,将秦宫的财宝美女占为己有,还要用子婴为相。"同时,向项羽表达了曹无伤的输诚之意。

听了曹无伤密使的禀告,联想到刘邦派兵守关阻拦诸侯联军进入关中,项羽火冒三丈,说要率军去霸上讨伐刘邦。密使走后,项羽立即召集各部队的头领开会,部署讨伐刘邦的行动。范增认为诸侯中只有刘邦能发展成为项羽的劲敌,若依怀王之约让刘邦称王秦国,将后患无穷,便第一个发言,说刘邦居心叵测,背叛了反秦大业,应尽快发兵讨伐刘邦。吴芮觉得刘邦不可能背叛反秦大业,也考虑到义兄张良、同乡故友梅鋗及其率领的一万番阳义军将士都在霸上,如果项羽率军攻打霸上,那后果不堪设想,于是第二个发言,说曹无伤密使的话不可全信,应先派人到霸上摸清情况,看刘邦是否真的背叛了反秦大业,再商定是否讨伐刘邦。楚国左尹项伯,是项羽的叔父,又是张良的侠任之交,考虑救命恩人张良的安全,他发言赞同吴芮的意见。此后,头领们的发言,有赞同范增意见的,也有赞同吴芮意见的。项羽虽然觉得吴芮的意见不无道理,但他自小接受国仇家恨的教育,对秦廷刻骨仇恨,刘邦"要用子婴为相"对他刺激太大,最后他还是拍板决定明天一早就发兵讨伐刘邦。

散了会,吴芮急忙来到许诚的住处。吴芮把刚才开会的情况告诉许诚后,用征询的口气说:"我想连夜去一趟霸上找张良和梅鋗。"许诚思索了一会儿,说:"考虑当前的复杂情况,我觉得请项伯去霸上找张良妥当些。"吴芮听从许诚的意见,又急忙来到项伯的住处。正焦急不安的项伯见吴芮来了,开口就问:"你看还有什么办法劝说项羽改变主意?"吴芮说:"最好请左尹去一趟霸上,找到张良,搞清刘邦为什么派兵守关阻拦诸侯联军入关? 是不是背叛了反秦大业? 如果刘邦没有背叛反秦大业,我们劝说上将军就有理有据;如果刘邦真的背叛了反秦大业,你就把上将军明天率军讨伐刘邦的部署告诉张良,并请他转告梅鋗,让他们心中有数。"项伯认同吴芮的意见,欣然答应去一趟霸上。

送走吴芮,项伯快马加鞭赶到霸上,找到了张良。听项伯说明来意后,张良先是一惊,但很快冷静下来,说:"我觉得沛公没有也不会背叛反秦大业。关于沛公派兵守关阻拦诸侯联军入关的事,我也不清楚,这里面可能有误会。义兄在这儿休息一会儿,我去沛公那里问清这是怎么回事。"

张良来到刘邦的营帐,把项伯所告一五一十地讲给刘邦听,吓得刘邦大惊失色。张良问:"派兵守卫函谷关的事,是谁为你作的策划?"张良虽然很得刘邦赏识,但他有韩国司徒身份,还没有进入刘邦的决策班底,刘邦决定派兵守关阻拦诸侯联军入关,并没有征求张良的意见。刘邦不好意思地说:"是一解生出的主意,我听从了他。"张良又问:"你估计你的将士能抵挡住诸侯联军的进攻吗?""肯定抵挡不住,"刘邦叹口

气说，"你看我该怎么办？"张良便给刘邦传授早已想定的主意："请当面求项伯帮忙，向他解释沛公决不敢与项羽上将军为敌，决不会背叛反秦大业。"经张良这么一点，刘邦马上醒悟。他向张良问清了项伯的为人处世原则及年龄后，说："你替我请他来，我拜他为大哥！"

项伯最初不同意与刘邦见面，经张良再三要求，他才答应见面。刘邦恭敬地以弟事兄长的礼节接待项伯，频频给项伯敬酒，很快消解了项伯的敌意。二人互通家庭情况，得知各有儿女后，刘邦马上建议为儿女"约为婚姻"，于是又多了一层亲家的裙带关系。感情铺垫到位后，刘邦便向项伯鸣冤叫屈。说他在咸阳"籍吏民"、"封府库"，是为项羽将军打前站，待项将军前来处理；他派兵守卫函谷关，是防备强盗出入和其他意外发生，守关士卒不让诸侯联军入关，完全是一场误会；他根本不会封子婴为相，之所以留着子婴不杀，也是想等项将军前来发落。最后，刘邦激动地说："我日夜盼望项将军到来，怎么敢与项将军为敌，背叛反秦大业！请大哥回去后，一定替我向项将军洗清冤屈，我是决不会忘怀武信君（项梁）恩德的！"听了刘邦这番恳切的言词，项伯认定项羽冤枉了好人，当即表示一切都包在他身上，并叮嘱刘邦说："你明天一早就来鸿门，亲自向项将军赔罪解释。"刘邦一口答应。

二十九　鸿门盛宴

项伯赶回鸿门就去找项羽,把他去霸上找张良、会刘邦的经过,尤其是刘邦对几个问题的解释详细地禀告了项羽。随后,他以长辈的身份对项羽说:"为人处世,当以义字为先。假如沛公不先占领关中,你怎么能这样顺利地入关?现在人家入关破秦立了大功,你却听旁人挑唆,以莫须有的罪名讨伐他,这岂非不义!"项羽这个人禀性残暴,但遇事又有犹豫多疑的一面。听了项伯这番话,他不免踌躇起来,反过来问项伯该怎么办。项伯说:"沛公说了,明天一早就来向你谢罪解释。你不妨善意相待,化干戈为玉帛。"项羽觉得这办法可取,便传令取消明天的军事行动,改为举办诸侯和将领共庆推翻暴秦的庆功宴会。

怀着劝说成功的喜悦,项伯来到了吴芮的住处,把他霸上之行和刚才劝说项羽的情况告诉了吴芮,并高兴地说:"多亏番君出了个好主意!"知道劝说成功,吴芮悬着的心放下了。"左尹辛苦了!"吴芮用感激的目光望着项伯说,"能劝说成功,完全是左尹的功劳。看来,上将军是尊重左尹的。为防止再生变故,左尹还要多多提醒上将军。"项伯点头

称好。

　　范增得知变卦，马上去见项羽，表示反对。如今，曹无伤所控告的沛公种种罪名，都被项伯转达的刘邦的辩解抵消了。然而，范增深知项羽有称霸天下的欲望，因而打出了最后一张王牌。"这个刘邦，日后必定成为你称霸天下的劲敌，"范增恳挚地对项羽说，"所以不管刘邦有无该杀之罪，趁机把他杀掉总是不错的。"

　　一边是本家叔父项伯，说要善待刘邦；一边是尊为"亚父"的老臣范增，说要杀掉刘邦，各有各的道理。项羽夹处其间，举棋难定，最后决定明天的宴会上见机行事，即使要杀，也要给在座的诸侯和将领们一个堂堂正正的理由。为此，范增与项羽约定，届时由范增举起所佩玉玦为动手信号，项羽根据这个信号下令捉拿刘邦。

　　第二天一早，刘邦由张良、樊哙、夏侯婴、纪信、靳强等人陪同，带着一百多个骑从来到鸿门。刘邦一行先找到了项伯，项伯把昨晚劝说项羽的情况对刘邦、张良说了。刘邦感激地说："谢谢大哥！"随后，刘邦一行跟着项伯前往举办宴会的中军营帐。凑巧，他们在军门前碰上了前来参加宴会的吴芮。吴芮与张良对视着，先是一怔，尔后二人便情不自禁地相拥在一起。久别重逢，彼此都有很多话要说，但他俩明白，现在不是叙谈的时候。张良只说了一句："谢谢贤弟的关心！"吴芮也只说了一句："范增心计多，仁兄要多加小心！"经张良介绍，吴芮与刘邦、樊哙等人相互行礼致意。因蓄意要置刘邦于死地的范增早有布置，凡携带兵器者一律不得进入军门。这样，刘邦只由张良陪同进入营帐。

　　刘邦同已先入营帐的诸侯和将领相互拱手致意后，快步走到一脸怒气的项羽面前，堆起一副委屈相，先是对几个让项羽恼怒的问题一一作了解释，随后便动情地说："在下与上将军合力抗秦。上将军战于河北，在下战于河南。上将军大破章邯，名闻诸侯，天下惊服。论功劳，在下怎敢与上将军相比。在下也从未想过能率先进入关中,攻破秦国,在这里与上将军相见。在下与上将军的情谊,也非一日。料想一定有人居间挑拨,使上将军对在下产生嫌隙。望上将军宽容大度,恕在下不周之罪。"

在场的诸侯和将领对刘邦原本没有什么恶感,现在目睹刘邦卑躬屈膝地为函谷关的"误会"谢罪,都同情地替他向项羽求情。项羽有了这么大的面子,态度马上好转,说:"这都是沛公的左司马曹无伤派人来讲的,否则,我怎么会这样生气!"

不久,宴会开始,大家纷纷入座。依楚人尚东的礼仪,项羽坐在西边向东的主位,项伯也是坐西向东。范增坐北朝南,吴芮、魏王等"诸侯"也安排在这一边。本应坐这一边的刘邦却与张耳等人坐南朝北。张良等再次一级别的客人,安排在距离门口最近的坐东向西的一边。

酒宴是丰盛的,与会者面前的漆案上摆满了用碗、盘、缸装盛的猪肉、牛肉、羊肉、狗肉、兔肉、鲜鱼等佳肴和美酒。项羽首先举起酒尊,邀大家为庆贺反秦大业的胜利而同饮。随后,诸侯、将领们纷纷向项羽敬酒。接下来,诸侯、将领们相互敬酒。

不到半个时辰,范增就向项羽传递眼色,暗示他发出动手的命令。见项羽没有反应,范增急得三次发出"举玦"信号。但项羽仍然没有反应。不是他没有看见,而是他觉得以眼前这种宾主同欢、觥筹交错的气氛,下令捉拿刘邦太不合时宜了。范增很生气,发狠似的喝下一尊酒,把酒尊往案上用力一放,走出帐外。

范增找到了项庄。此人是项羽的堂弟,也是一员猛将。范增把原定除掉刘邦的计划告诉项庄后,说:"上将军心肠太软,不忍下手。你且进帐去,先向上将军敬酒,之后请求舞剑助兴,舞剑时趁机把沛公杀了。沛公野心勃勃,非除掉不可。否则,我们都将成为他的俘虏!"项庄说:

"请亚父放心，末将一定照办！"范增领项庄进入帐中。项庄给项羽敬酒后说："上将军与众诸侯、将领饮酒，没有什么娱乐，请允许末将舞剑助兴。"正在酒兴上的项羽说"行！"项庄便走到宴席间的空地上，拔出佩剑，舞了起来。项庄是善剑的好手，只见他右手持剑，身随剑舞，忽而如猛虎扑食，忽而像灵蛇吐焰，飞动的剑光如道道闪电。酒宴上的人们都看得入了神，项羽则不禁大声喝起彩来。

不多时，项庄的脚步移动到了刘邦的案前，目光也多投向刘邦。此时，吴芮、张良、项伯等人都意识到：项庄舞剑，意在沛公。吴芮欲起身去跟座位离自己不远的项伯打招呼，项伯却先站了起来，对项羽说："上将军，一人舞剑单调了些，让我与项庄对舞吧！"项羽说："你年纪大，要小心啊！"项伯便与项庄对舞起来。项庄想找机会刺杀刘邦，项伯却时时以身体遮蔽刘邦，使他无法下手。

项伯与项庄对舞了一阵，张良见项伯渐有力不从心之态，急忙离开营帐，到军门外找到樊哙。张良把宴会上的危急情况告诉樊哙，樊哙说："我冲进去保护沛公。"范增为防备意外，早有周密布置，从军门到营帐，安排了很多手执长戟的武士站岗。见樊哙冲过来，武士们便上前阻挡。樊哙一面用铁盾挡住武士的长戟，一面用身体猛力冲撞。随着两旁武士的纷纷倒地，樊哙冲进了营帐。

樊哙进帐后，一手执剑，一手持盾，愤怒地瞪着坐在主人席位上的项羽。见此情景，项庄和项伯都停止了舞剑，项羽则立即站了起来，大声喝问："来者何人？"随樊哙跟进的张良忙介绍说："这是沛公的随身护卫樊哙。"项羽见樊哙身材魁伟，相貌威猛，顿生爱慕之心，脱口赞道："好一个壮士！赐他饮酒。"对这个不速之客有怨气的侍从故意捧出满满一斗酒递给樊哙，想刁难他。樊哙向项羽行礼致谢后，竟站着一口气把一斗酒喝光了。项羽见他如此豪爽，高兴地说："赐他吃肉！"侍从又故意拿来一大块生猪腿递给樊哙。屠夫出身的樊哙将盾牌放在地上,生猪腿放在盾牌上,用剑切着猪肉往嘴里送,无所顾忌地连嚼带吞。项羽赞许道:"壮士还能喝酒吗?"

"卑职死都不怕,还怕饮酒!"樊哙激动地说,"秦王暴虐狠毒如虎狼,刑罚严酷,杀人如麻。天下人不堪忍受,起而反秦。楚怀王与诸将有约:先入定关中者为王。今沛公破秦入咸阳,丝毫不敢自恃功高,封闭宫室,收藏财宝,还军霸上,只待上将军前来。之所以派兵把守函谷关,是为了防备盗贼和意外事变。劳苦功高如此,上将军不仅没有封赏,反而听信小人挑拨,要杀有功之人。上将军久负盛名,如此作为,难道不怕天下人耻笑吗?"

听了樊哙这番话,举座为之惊愕。项羽无言以对,只好安慰樊哙说:"请壮士坐下喝酒!"樊哙这才压下怒气,坐到张良旁边。

一场灾祸逃过,心有余悸的刘邦唯恐一脸怒气的范增执意蛮干,再生变故,便接过张良的暗示,托辞上厕所,走出营帐,随口招呼樊哙贴身保护。过了一会儿,张良也进了厕所。经商议,刘邦决定马上返回霸上,留下张良代向项羽辞谢。张良问刘邦随身带了什么礼品,刘邦说:"有白璧一双,准备献给项羽;玉斗一双,献给范增。请你代我献给他们吧。"张良接过白璧和玉斗,点头称好。

为防备范增安排的楚军卫士的监视和尽早返回霸上,刘邦只由樊哙、夏侯婴、纪信、靳强四人护卫抄小路(比大路近二十里)返回霸上。刘邦一人骑马,樊哙等人持剑盾步行。刘邦的车子、樊哙等人的坐骑和百人卫队仍留在军门外。

暗忖刘邦等人快到霸上了,张良才从容不迫地进入营帐,向项羽和范增献上刘邦的礼物,说:"沛公因为不胜酒力,现在已醉酒失态,特让我向上将军辞谢。今有白璧一双,献给上将军;玉斗一双,献给亚父。"

项羽急问："沛公现在哪里?"张良说："沛公怕上将军责备,就脱身走了,估计已回到霸上。"

项羽张着嘴呆愣了许久,无可奈何地接过白璧。失望的范增又气又恨,埋头喝着闷酒。事后,他将一双玉斗扔在地上,拔剑砍破,长叹一声:"浅薄无知之辈,不足以共大事! 夺项家天下者,必沛公也。"

杀机环伺的鸿门宴,最终以刘邦安然返回霸上的喜剧性情节谢幕。几个时辰的宴会,使吴芮加深了对项羽、刘邦等人的认识。吴芮思忖,刘邦能化险为夷,安然返回霸上,这有多方面的原因,其中最为重要的一条是张良大胆而巧妙的安排与周旋,胜过了范增绞尽脑汁的算计。他由衷地敬佩这位侠肝义胆而又足智多谋的义兄。

三十　戏亭分封

　　刘邦安然返回霸上后,马上派人杀死了曹无伤。他担心项羽、范增再生变故,率军攻打霸上,第二天便派使者去鸿门,请项羽早日到咸阳主事。项羽见刘邦果然有诚意,这才彻底打消了杀刘邦的念头。

　　数日后,项羽率领诸侯联军开进了咸阳。各路诸侯军安营扎寨后,刘邦便陪同项羽和诸侯、将领们去巡察咸阳宫、阿房宫等秦廷宫室和秦始皇的陵墓骊山陵。

　　刚进咸阳宫,大家都为这里豪华壮丽的建筑而惊叹。但是,项羽很快就觉得这里是秦王寻欢作乐的地方,是秦王朝胜利的标志,对于他则是不能容忍的耻辱,惊叹便转换成了仇恨。他不停地咒骂秦王,来到阿房宫前殿时,还怒不可遏地拔剑乱劈乱砍。当然,这里也有他关心的东西,那就是财宝和美女。每到一处宫室,他都要刘邦带他去查看已封存的财宝和已看管起来的美女。

　　刘邦并不怎么在意项羽是否会全部占有秦廷宫室里的财宝和美女,但担心项羽是否会履行怀王之约,让他当秦王。因而,他在项羽面前大

献殷勤,随声附和,讨好项羽。

吴芮和梅鋗作为诸侯与将领也参加了巡察。他俩在竹沟村分别已经半年多了,今日在已覆灭的秦王朝国都重逢,自然十分高兴。二人并肩而行,边看边聊。他俩都认为,建造这些豪华壮丽的宫室和骊山陵,反映了秦始皇和秦二世的穷奢极欲,失道妄行;但这些宫室和骊山陵的建成,却是无数百姓血汗和智慧的结晶。因此,他俩痛斥秦始皇和秦二世,而赞叹这些宫室和骊山陵的建设者,并为华夏民族有这样的建筑瑰宝而自豪。看到项羽在阿房宫挥剑乱劈乱砍,他俩欲上前劝止,但被英布和蒲将军拉住了。

项羽巡察秦廷宫室和骊山陵之后,立即派亲信把宫室里的财宝和美女全部收藏起来。按照他的交代,大部分财宝和美女留在楚军中,一部分赏赐给了其他诸侯和将领。接着,出于复仇狂热,他下令杀死了子婴和秦王的许多亲戚与重臣;放火焚烧了咸阳宫、阿房宫等秦宫,"火三月不灭";挖掘了秦始皇的陵墓骊山陵。驻扎在城中的楚军将士还闯宅入室,烧杀抢掠。一时间,咸阳城遭受了空前的灾难,遍地是尸体,四面见火光,到处闻哭声。遭难的秦民恨透了项羽,都说刘邦是好人。

吴芮站在咸阳郊外军营的高地上,心情沉重地注视着城中的火光。身旁的许诚冷笑着说:"这小子如此凶残,与暴秦何异? 不足与谋也!"吴芮愤慨地说:"如此残暴,怎能服民心,得天下?"

秦王朝最后一个君主子婴被杀死了,秦王朝的国都咸阳也被大火烧成一片废墟。项羽感到他彻底胜利了,应该尽快率军东去,荣归故里。

这天,一个叫韩生的风水先生拜见了项羽。他极言关中地形险要,土地肥沃,是定都称霸的好地方,建议项羽定都关中,建立霸业,安定天下。项羽则认为,彭城是江东风水地,富庶鱼米乡,是建都的好地方;且江东是自己的故乡,关中是仇人秦王称霸的地方,因此,没有采纳韩生的建议,而决意在彭城建都。韩生再三劝说项羽定都关中,项羽不耐烦地说:"富贵不归故里,如穿锦衣夜行,有谁知道?"韩生无法说服项羽,离开后,摇头叹气:"人言楚人沐猴而冠,果然如此。"韩生没想到,他这句比喻项羽胸无大志、浅薄暴躁的牢骚话,很快传到项羽耳中。项羽被激怒了,即刻派人把韩生捉来,处于烹刑。

一心想当霸主的项羽想到怀王之约,就派人前往彭城,给楚怀王送去一封信,意在请楚怀王改变原来的约定,以战功大小立王。可是楚怀王回话说:照原来的约定办。项羽气愤地对手下将领说:"楚怀王本是我项家所立,他没有尺寸之功,哪来主约资格。当初,为了收拾民心,只得立原楚王的后裔。几年来,我等披坚执锐,才推翻暴秦,平定天下。楚怀王没有战功,应该把他的地盘分给有功的人称王!"项羽的话音刚落,诸将齐声叫好,一致拥护项羽重新主盟。于是,项羽在范增等人的协助下,另拟瓜分胜利果实的裂土分封方案。

汉高帝元年二月(公元前206年3月),项羽在咸阳郊外一个叫戏亭的地方主持召开各路诸侯和将领参加的会议,宣布分封方案,史称"戏亭分封"。

主盟的项羽自封西楚霸王,管辖原楚地的九个郡,包括泗水、东海、会稽、南阳、东、砀、薛、陈、郯等郡,建都彭城。因史称江陵为南楚,吴为东楚,彭城为西楚,故号称西楚霸王。

最使项羽感到为难的,是对刘邦的分封。刘邦先入关中,按怀王之约,当为关中王,但项羽实不甘心;而如不让他称王关中,又将背上负约的坏名声。老谋深算的范增想出了一个主意:基于地处偏僻、交通险阻的巴、蜀二郡在传统观念上也属关中地区,就把巴、蜀两郡加上邻近的汉中郡一块地方分给刘邦,封刘邦为汉王。这样,既可以限制刘邦,又可以对怀王之约有个交代。项羽觉得这个主意好,就照此议定。于是,

宣布封刘邦为汉王,得巴、蜀二郡加上汉中郡的一块地方,建都南郑(今陕西南郑)。

为了更好地限制刘邦,锁住刘邦东进中原的道口,项羽还与范增商定:将关中一分为三,封给三个秦军降将。

封章邯为雍王,得内史郡西半,建都废丘(今陕西兴平东南)。

封司马欣为塞王,得内史郡东半,建都栎阳(今陕西临潼东北)。

封董翳为翟王,得上郡,建都高奴(今陕西延安东)。

原属楚国的封地,项羽拿走九郡后,再一分为三:

封英布为九江王,得九江、庐江二郡,建都六安(今安徽六安北)。

封吴芮为衡山王,得衡山郡,建都邾城(今湖北黄冈西北)。

封共敖为临江王,得南、长沙二郡,建都江陵(今湖北江陵)。

原属魏国的封地,一分为二:

封原魏王豹为西魏王,得河东、上党二郡,建都平阳(今山西临汾南)。

封司马卬为殷王,得河内郡,建都朝歌(今河南淇县西北)。

原属赵国的封地,一分为二:

封原赵王歇为代王,得云中、雁门、代、太原四郡,建都代城(今河北蔚县)。

封张耳为常山王,得邯郸、巨鹿、常山三郡,建都襄国(今河北邢台西南)。

原属韩国的封地,一分为二:

封原韩王成为韩王,得颍川郡,建都阳翟(今河南禹县)。

封瑕丘申阳为河南王,得三川郡,建都洛阳(今河南洛阳)。

原属燕国的封地,一分为二:

封原燕王韩广为辽东王,得辽东、辽西、右北平三郡,建都无终(今天津无终）。

封臧荼为燕王，得广阳、上谷、渔阳三郡，建都蓟城（今北京西南）。

原属齐国的封地，一分为三：

封原齐王田市为胶东王，得胶东郡，建都即墨（今山东平度东南）。

封田都为齐王，得临淄、琅邪二郡，建都临淄（今山东临淄）。

封田安为济北王，得济北郡，建都博阳（今山东泰安东南）。

除以上十九个王国，还封设了几个侯国。封侯的有梅鋗、陈余、蒲将军等人。

此外，项羽在会上宣布，尊楚怀王为义帝，要求他离开彭城，迁往湘水上游的彬地（今湖南郴州）。

刘邦对这次分封极为不满。他万万没有想到自己卑躬屈膝如此，却仍被发配到这么一个闭塞的地方。返回霸上后，马上召集他的班底开会，决心与项羽拼个鱼死网破。樊哙、周勃、灌婴等人都劝他不要轻举妄动，可他听不进去。之后，萧何出面劝说，一番高论，他听进去了。原来，在项羽、范增和刘邦等很多人的心目中，都当巴蜀是个地僻道险、落后闭塞的地区，殊不知这是个天大的误会。巴蜀地区本来就具备气候适宜，物产丰饶的先天优势，经过秦国近百年来不断移民，悉心经营，特别是李冰父子带领民众建成了都江堰水利工程后，此地已经成为秦国最富庶的战略后方。这个"秘密"，是萧何通过仔细研究从秦廷"三公"官署搞来的档案图籍，对历年来全国各郡的税赋上缴统计、物资输送记录等"簿记"进行比较而发现的。帮刘邦弄明白巴蜀的真相后，萧何进一步劝说：拒绝受封巴蜀，以现在的条件与项羽硬拼，肯定是死路一条。还不如顺势接受，最好连整个汉中郡一起讨过来，这样以巴蜀为根据地，蓄养民力，壮大兵力，先把三分关中的秦军降将收拾，然后便可以争夺天下了。听罢萧何的劝说，刘邦茅塞顿开，连声说"好"。接下来，他便

委托张良走项伯路,向项羽索讨整个汉中郡。结果如愿以偿,刘邦讨到了整个汉中郡。

再说吴芮从戏亭回到军营,就去了许诚的住处。他把戏亭分封的情况告诉许诚后,深情地望着许诚说:"这次分封,番阳义军能有二人封王、二人封侯的辉煌,许兄功不可没。我由衷地感激许兄!"许诚激动地说:"番君客气了! 自番阳树旗反秦以来,番君运筹帷幄,征战沙场,派英布、蒲将军率军襄助项家军,解围巨鹿,降服章邯军;派梅锏率军襄助刘邦军,破秦入咸阳,可谓劳苦功高。若按功封赏,番君的封地岂止一个衡山郡!""许兄过奖了,我能有一点功绩,也是许兄相助的结果。"吴芮皱了一下眉头,若有所思地说:"戏亭分封将形成诸侯拥兵并存的局面,这本身就埋藏着隐患,加上分封不公必然引起一些人不满,我真担心日后天下能否太平?""番君不为自己争功利,而总是关心天下的忧乐,真乃贤德之君!"许诚感慨地说,"番君雄才大略,手下的将士英勇善战,我深信,不管日后风云如何变幻,番君一定能再创辉煌!""我能治理好衡山,让百姓安居乐业就满足了。"吴芮笑了笑说:"为能如此,还需要许兄多多帮助。"

三十一 衡山之王

戏亭分封后,各路诸侯和将领陆续离开关中前往各自的封地。

这天中午,吴芮在军营里摆设了一桌酒宴,招待前来辞别的九江王英布、十万户侯梅鋗和蒲将军,并请许诚作陪。宴席上,虽然菜肴算不上丰盛,但气氛是欢乐、融洽的。五个人已经快两年没有聚在一起喝酒了,这次聚会后,他们又将奔赴各自的封地,以后什么时候再聚首就很难说了。为此,他们都珍惜这次聚会,尽兴地喝酒,尽情地叙谈。他们回顾番阳义军发展壮大的历程和一起行军作战的往事,恳谈彼此间的友情和亲情,每个人心中充满了自豪和温馨。

酒至三巡,话题转到了去封地后如何治国安邦,造福一方。英布兴奋地望着吴芮说:"若论行军打仗,小婿尚能胜之;若论治国安邦,还得岳父大人多多指教!"蒲将军借着酒兴说:"我和英将军跟随项家军近两年了,项王虽然勇武过人,治国安邦却未必及于番君!"梅鋗风趣地说:"番君给我们指点指点吧,日后我们把封地治理好了,就请你喝庆功酒!"许诚笑着对吴芮说:"番君满腹经纶,通晓治国安邦之道,又有治理

番阳的经验,先给大家说说吧!"吴芮笑了笑说:"那我就抛砖引玉,说一些个人的想法。"他凝思了一会儿,便对如何治国安邦谈论了起来:一要牢记圣人孟子的名言"民为贵,社稷次之,君为轻",坚持以民为本,关注民生。当前,要废除压榨百姓的原秦廷苛政,推行惠民政策,让百姓休养生息。二要懂得民以食为天,大力发展农业,解决百姓的吃饭问题。同时发展手工业和商贸业,搞活经济,改善民生,增强国力。三是在诸侯拥兵并存的时局下,仍需壮大兵力。有了强大的兵力,才能打击危害百姓和社会的黑恶势力,并防御外来入侵之敌。四要切记"行仁者无须逞勇而天下宾服,行义者无须用力而天下自定"。作为一国的王、侯,要施仁行义,高风亮节,勤政廉政。

听了吴芮这番谈论,英布、梅鋗和蒲将军都感到心中豁然开朗,表示去封地后要遵照番君的指点行事,尽力把封地治理好。

直到太阳快落山的时候,酒宴才散席。英布、梅鋗和蒲将军依依不舍地与吴芮、许诚辞别,骑马返回自己的军营。

数日后,吴芮率领三万多将士来到郴城。百姓们箪食壶浆,夹道迎接,全城一片欢腾。原来,吴芮率军离开咸阳郊外军营的前一天,已派快马去郴城通知高强、刘信。高强、刘信为安排好三万多人的食宿,必然要兴师动众。于是,吴芮要来衡山为王的消息便很快在郴城传开了。半年前,吴芮率军攻破郴城,惩处了赵贵等贪官污吏。半年多来,留守郴城的高强、刘信遵照吴芮的指示,废止秦廷苛政,实行轻徭薄赋,百姓的生活大大改善。得知吴芮这位贤德之君要做衡山王,郴城的百姓拍手叫好。等到吴芮率军进城的这一天,他们都自发地带着家中最好的酒菜,上街欢迎吴王及其将士。

吴芮来郴城后的第五天,在原郡府举行了登基大典,吴芮正式登基做了衡山王。大典上,吴芮册封母亲梅氏为王太后,妻子毛苹为王后,长子吴臣为嗣子王太子,兼任掌管国家军事行政的中尉;许诚为丞相,辅佐吴王治国安邦,次子吴郢为国家最高司法长官——廷尉,骆摇为掌管王宫和京城警卫的都尉将军,高强为掌管王宫钱财、用品供用及各项服务事宜的少府,刘信为掌管国家财政收支的内史,田成、田勇兄弟为掌管宫殿门户守卫的郎中令。此外,还委任了一批朝廷的其他文官武职。

封任官员之后,吴芮恳切地告诫大家:要爱国惜民,尽职尽责,清正廉洁,团结互助,齐心协力治理好衡山,让百姓安居乐业。吴芮讲话后,许诚感奋地对大家说:"吴王是个贤德之君,我们一定要效忠于吴王,听从吴王的指挥,同心同德把衡山治理好!"许诚的话音刚落,骆摇、高强、刘信等人异口同声地说:"我们一定效忠于吴王,听从吴王的指挥!"

大典结束后,吴芮与许诚等要臣还商定,将原来赵贵的府第稍加改造装修后,用作王宫。当时,有人提议另建一座豪华的王宫。但吴芮认为,建国之初,百废待兴,没有必要劳民伤财建豪华的王宫。

两天后,吴芮委托许诚在郴城主持朝廷的日常事务,又命吴郢前往番阳接吴家和许家的家眷,自己则由刘信、田成等人陪同去衡山所辖的几个县巡察。

吴芮一行下到县里,不仅听取县衙官员的汇报,还深入乡村的农户和街市的店铺了解情况,体察民意。这天中午,他们在一个小镇上的一家饭店用餐。他们刚坐下吃饭,就来了一个衣衫褴褛、面黄肌瘦的乞丐到他们桌前乞讨。陪同的县吏欲起身赶走乞丐,吴芮制止了他,并叫刘信给了乞丐一碗饭菜。之后,又接连来了十多个乞丐向他们乞讨,刘信给了每个乞丐一碗饭菜。吴芮向饭店老板打听,得知镇上的乞丐大多数来自附近的谢家村。因去年谢家村遭受严重洪灾,田地里的庄稼颗粒无收,大多数村民只得靠吃野菜、树皮和乞讨度日。

用过中餐,吴芮一行便去了谢家村。这是一个有近百户人家的村庄。村庄坐北朝南,村背后是一座山林,村民的田地在村庄的前面和两侧。村庄西面不远处是一条河流,村庄南面有一口大水塘,一条小溪把河流与水塘连接起来。村民的田地全靠水塘里的水灌溉。吴芮站在村口的高坡上,环视着村民的田地、水塘和河流,凝神思忖:如果兴修水利,消除水患,谢家村的村民就可以改变乞讨的命运!

进村后,他们去了几户人家。每到一家,吴芮都要看看村民吃些什么,并与村民亲切交谈,了解村民的意愿。看到几家饭桌上摆的都是煮熟了的野菜和树皮,他心里一阵阵酸楚。交谈中,村民说最盼望的是两件事:一是朝廷减轻百姓的徭、赋;二是县、乡的官吏帮助他们兴修水利,减少灾害。他深情地对村民说:"你们放心,我们一定办好你们盼望的这两件事!"

吴芮一行在下面巡察了二十多天,才返回郴城。而吴郢去番阳接吴家和许家的家眷,已回郴城多天了。

别后重逢,一家人平平安安,吴芮和家人都十分高兴。吴芮走到母亲跟前,端详着母亲满是皱纹而慈祥的面孔,心头不禁涌起一股没有好好孝敬母亲的自疚感。梅氏仔细看着做了国王的儿子,心疼地说:"芮儿怎么黑了、瘦了?"毛苹关切而带一些怪怨地说:"一年多来行军、打仗,当了衡山王还去乡村奔波,怎能不黑不瘦!"梅氏不解地望着吴芮说:"你做了国王,为什么还要去乡村奔波?"吴芮笑了笑说:"孩儿想做一个造福百姓的贤德之君,就得下去察访民情民意!"梅氏若有所悟地点了点头,脸上露出了欣慰的笑容。

之后,吴郢告诉父亲:姐夫给姐姐写了信,叫姐姐先来郴城,他会派人来郴城接姐姐去六安;许伯伯的夫人江氏和女儿许婷已经接来郴城,儿子许济还在龙山跟陈义表兄学医,暂时不来郴城;梅伯伯去封地之

前,先去了番阳,已把夫人洪氏和儿子梅轩送回余干老家去了;蒲伯伯去封地不久,就来番阳把夫人李氏和儿子蒲龙接到封地去了。吴芮听后,不由得回忆起在番阳与蒲将军、梅鋗和英布相处的情景,想到如今各奔东西,难得相见,心里感到一阵惆怅。

返回郴城后的第二天,吴芮召集许诚、吴臣、吴郢、驺摇、高强、刘信、田成、田勇等要臣开会,商量治理衡山的方略。吴芮介绍到下面巡察的情况后,许诚等人踊跃发言,分析衡山存在的问题,提出治理衡山的建议和计策。吴芮归纳、提炼大家的建议和计策,并借鉴治理番阳的经验,提出了治理衡山的基本方略:一、大张旗鼓地兴修水利,防止和减轻洪涝与干旱灾害;同时大力推广先进耕作技术,促进农业生产发展,解决百姓的温饱问题。二、进一步减轻徭、赋,让百姓休养生息。鼓励农民开垦荒地和外地人来衡山做生意,新开荒地免税三年,外地人来做生意按原税率减半交税。三、全面考察县、乡官吏,将其中不称职、官声差的革职或降级,对少数贪赃枉法、鱼肉百姓、民愤很大的贪官污吏,予以严惩;选派品德好、有才能的人员补缺任职。四、招募将才,加强军训,壮大兵力;建立兵寨,以兵养兵,减轻百姓负担。

吴芮治理衡山的基本方略传开后,衡山的百姓笑逐颜开。人们都说吴王想百姓所想,急百姓所需,是为民做主的好君王,并期盼吴王能顺利实施治国方略,把衡山治理好,让百姓安居乐业。

三十二　烽烟再起

　　汉高帝元年三月（公元前 206 年 4 月），西楚霸王项羽率大军离开咸阳，来到彭城。他以为大功告成，从此各诸侯将相安共处，天下将太平无事。可就在他与将士们还沉浸在荣归故里的欢乐之中时，彭城的周边便烽烟再起，战乱不断。

　　第一个作乱发难的，是自诩反秦有功而未被封王的原齐将田荣。他首先挟制原齐王田市，不许田市去即墨做胶东王。田市怕得罪项羽，逃到即墨去"就国"，被他追杀。杀了田市，他自立为齐王。接着，他派兵袭击项羽封立的新齐王田都，田都逃到楚国。之后，他又招编了没有得到寸土之封的彭越，授彭越为将军。此时，彭越已拥有一万多兵马。彭越率军协助田荣军攻破了博阳城，杀死了项羽封立的济北王田安。这样，被项羽一分为三的齐国故地，全为田荣占有。

　　已封为十万户侯的陈余也心怀不满。他向田荣借兵攻打新封的常山王张耳。张耳的军队官兵多是陈余的老部下，阵前纷纷倒戈，张耳只好放弃王位，去投奔当年的"小兄弟"刘邦。陈余把已徙封为代王的原赵王歇接回襄国,仍称赵王。赵王歇再反过来封陈余为代王。陈余以夏说为丞相,驻守代国,自己留在赵王歇身边。

原燕王韩广也想抵制戏亭分封,霸住燕地,不肯迁往辽东。新封的燕王臧荼将他击杀,趁机把辽东三郡占为自己的地盘。

东方烽烟再起,而西方的汉王刘邦正紧锣密鼓实施"经营蜀汉,还定三秦,争夺天下"的东进战略计划。

刘邦率军离开霸上时,项羽只让他带走三万兵马。他率军经杜南(今陕西西安东南)入蚀中(今陕西长安),走褒斜栈道进入汉中。张良为刘邦送行,至褒中的褒水谷口才依依惜别,再去追随韩王。分手时,张良又为刘邦献上一计:队伍过了栈道以后,即把栈道全部烧毁,表示汉王已无意东还,以麻痹项羽。这样,汉王就可安心"经营蜀汉",等待时机,"还定三秦"。刘邦依从张良的计策,烧毁了褒斜栈道。他到达南郑以后,便着手实施东进战略计划。具体主持实施东进战略计划的总指挥,是一个新冒出来的军事天才——韩信。

韩信是淮阴(今江苏淮阴)人,年轻时,不爱劳作生产,但爱读兵书,"好带刀剑"。有一回,淮阴的一伙年轻人当众向他挑衅,说是:"你若不怕杀人抵命,就用剑刺死他们中的一个;若贪生怕死,就从这个人的裤裆下爬过去。"结果,韩信选择了后者。虽然往后的事实证明,这正是韩信人生目标明确,意志特别坚韧的反常表现。然而,"胯下之辱"的不佳名声,从此便如影随形般地跟定了他。

韩信曾投奔楚军。他数次向项羽献策,都未被采纳。他的顶头上司钟离昧识才,几次建议项羽重用他,但项羽认为他是个钻裤裆的胆小鬼,始终没有重用他。

戏亭分封后,他便离开楚军,改投刘邦,跟随汉军进入汉中。开始,刘邦给了他一个管理粮食的小官职。不知什么缘故,他卷入了一桩集体

违法案件中,按律法都要处死。同案犯已被斩首十三个,轮到他时,他抬头看到刘邦的侍从长夏侯婴从刑场走过,便大声喊叫:"汉王不是要争夺天下吗,为什么要斩壮士!"语出惊人,夏侯婴忙命刀下留人,为韩信松绑。与之交谈,感到他非等闲之辈,便去向刘邦推荐人才。刘邦信任夏侯婴,当即下令赦免韩信,并委任他为管理全军粮草供给的治粟都尉。这是一个比较重要的高级职务。按理说,韩信死里逃生,还得到越级提拔,应该满足和高兴。但是,担任这一职务并不能发挥他最擅长的调兵遣将、布阵用兵的全局性军事统帅才能。所以,他还是感到失望。不过,担任这一职务,却给他提供了因工作需要而常与丞相萧何接触的机会。几次交谈,萧何认定韩信是军事上的全局之才。一段时间之后,韩信见自己的职务还没有变动,就把治粟都尉的印信留下,加入了逃往中原的人流,想重返中原寻求发展的机会。原来,汉军来到蜀汉之后,有不少将士思乡心切,不愿呆在这生疏闭塞之地,便成群结伙偷偷地逃往中原。

萧何听说韩信逃走了,就心急如焚地策马去追,以至来不及向刘邦打招呼。有人向刘邦报告:"萧丞相逃走了。"刘邦既怒又急。过了两天,萧何来见刘邦,刘邦又生气又高兴。萧何据实报告后,刘邦不解地问:"将校都逃走了几十个,你不去追,为何单去追这个韩信?"萧何说:"将校这类的人才易于得到,韩信却是难得的统帅之才。汉王若是打算长期在汉中做王,自然无须重用韩信;若想争夺天下,重用韩信一定可以助你成功。用不用韩信,就看汉王如何打算。"刘邦说:"我当然要争夺天下,怎能老死汉中!"萧何说:"那你必须重用韩信。要不然,他还会逃走。"刘邦说:"行,我用他为将。"萧何摇头说:"即使用他为将,他还是要跑的。"刘邦急了:"我用他为大将!"萧何高兴地说:"太好了!"

于是,刘邦依照萧何的建议,选了个吉日,沐浴斋戒,筑设坛场,正正规规地为韩信举行了隆重的拜将仪式。

拜将仪式结束后,应刘邦的要求,韩信对如何实施东进战略计划陈述了自己的见解。首先,他阐明了汉军东进的战略目标——与项羽争夺天下,目前汉军与楚军的力量对比——楚强汉弱。接着,他从民心向背、战略制定和策略运用等方面,精辟地分析了楚军将由强变弱、汉军将由弱变强的必然趋势。最后,他提出了实施东进战略计划的对策建议:一是大胆任用英勇善战的将士,对立功者从优封赏;二是体恤百姓,笼络民心,不滥杀无辜;三是整顿军队,加强训练,提高队伍的战斗力。

刘邦听后,喜形于色,相见恨晚;对萧何的慧眼识良才也十分钦佩。他决心按照韩信提出的对策和此前萧何、张良提出的计策,潜心经营蜀汉,建设巩固的根据地和强大的军队,伺机还定三秦,与项羽争夺天下。

再说张良送刘邦到褒中后,便回头追赶楚军,随韩王成一起来到彭城,以示自己无意站在汉王一边同霸王作对。本来,按照戏亭分封,韩王成应该去阳翟当韩王。可是,项羽出尔反尔,以他没有军功为由,将他扣留在楚军中,并带到彭城。其实,韩王成反秦是有功劳的。项羽之所以这样做,是因为张良为刘邦效力的缘故。

张良结交甚广,消息灵通,他得知田荣作乱的消息比项羽还早。到彭城后,他先向项羽报告:“汉王烧绝栈道,无还心矣。”接着,就递上田荣谋叛的情报。从而把项羽的注意力从刘邦引向了田荣。但是,项羽并没有因此消除对韩王成和张良的怨恨。到彭城不久,他便公然废除韩王成的王位,降为侯爵。后来,他竟杀害了韩王成。韩王成一死,张良就神秘地离开了彭城。半个月后,张良来到了南郑。刘邦见张良回来了,喜出望外,马上拜张良为成信侯,并设盛宴为张良接风洗尘。这是张良第三次进入刘邦军团。

这天下午,吴芮召集许诚、吴臣等群臣在王宫的大殿开会。近几天,

派往其他诸侯王国的探子先后送来了三份情报:一份报告了田荣率先发难作乱,东方烽烟再起的情况;一份报告了汉王刘邦拜韩信为大将,正抓紧实施东进战略计划的情况;第三份情报是这天上午送到的,报告了西楚霸王项羽杀害韩王成,张良离开彭城去了南郑的情况。会上,吴芮先解读了这三份情报。之后,围绕"面对烽烟再起的新形势,衡山怎么办"的议题,吴芮和群臣一起认真商议。不到一个时辰,便形成了一致意见:继续实施吴王提出的治国方略,尽快把衡山国治理好,让百姓安居乐业,使军队强大起来;进一步关注各路诸侯尤其是西楚霸王和汉王的动向,并根据时局的变化,适时采取相应的对策,确保衡山国不受侵犯。

　　散会后,其他的文臣武将都离开了大殿,只有许诚一人没走。他因见吴芮在会议期间几次叹气,考虑吴芮可能有什么心事,便留了下来。他关切地问:"陛下有什么心事?"吴芮感叹地说:"秦朝末年,重徭苛赋,严刑峻法,民不聊生;陈胜、吴广起义后,战乱不断,百姓流离失所,苦不堪言。推翻秦廷后,人们多么希望从此不再发生战乱,百姓能休养生息。想不到推翻秦廷才几个月,就烽烟再起,百姓又要遭殃受苦,这怎不叫人心酸!"许诚心想:吴王原来为此而忧虑叹气,真是令人敬重的贤德之君啊!他感慨地说:"陛下呕心沥血治理衡山,让百姓安居乐业,百姓无不称颂。可人心各异,其他王、侯不可能都同陛下一样心系百姓。那些胸怀贪心、野心的王、侯为了争权夺利,必然引发战乱。这是谁都无法阻止的。望陛下不要为此过度忧虑,忧愁伤神啊!"吴芮点了点头说:"许兄说得对。面对烽烟再起,责怪、忧虑都无济于事。我们最好的对策,就是尽快治理好衡山,同时静观其变,从容应对,力保百姓不受侵害。"许诚高兴地说:"有陛下这样的好国王,乃衡山百姓的福气!"吴芮风趣地说:"有许兄这样的好丞相,乃孤王的福气!"说罢,二人都笑了。

三十三 义帝遇害

　　韩信拜将之后,便指挥了汉军的整顿和训练,大大提高了汉军的战斗力。与此同时,他派人修复当初被烧毁的褒斜栈道。雍王章邯得知汉王已在修复栈道的消息后,马上在军事防范上作出相应部署,并对汉军修复栈道的工程进度予以密切关注。岂知这是韩信的"明修栈道,暗度陈仓"之计。汉高帝元年八月(公元前206年9月),正当章邯两眼紧盯栈道修复工程时,汉军已按照韩信的部署,由刘邦亲自统率,悄悄地走上了一条穿越在丛山水谷间的故道,日夜兼程,突然从陈仓(今陕西宝鸡市东)冒了出来,以迅雷不及掩耳之势,打开了进入三秦的门户。因为秦地百姓痛恨原秦廷的三名降将,纷纷响应"沛公"归来,刘邦率领的汉军所向披靡,仅一个多月时间,就占领了三秦大部分地区。塞王司马欣和翟王董翳举国投降,雍王章邯则在废丘作困兽之斗。

　　这时,张良又玩弄了一手传谬诳敌、驱虎吞狼之计。他给项羽写了一封急信,告诉项羽:"汉王只是依照怀王之约,欲得关中,如约即止,更无意东进中原。"同时附上一份齐王田荣到处策反诸侯背楚的情报,证

明刘邦还没有加入到由田荣当盟主的反楚大同盟中去。

项羽得知汉军东进关中的消息,又惊又恼。收到张良的急信后,想到怀王之约,不由萌生了严厉报复楚怀王(现为义帝)的念头。他以"古之为帝者,地方千里,必居上游"为由,催促义帝尽快离开彭城,迁往湘水上游的彬地就都。义帝叹息了一回,也无可奈何,只得离开彭城前往彬地。义帝动身后,项羽便暗中给九江王英布、衡山王吴芮和临江王共敖等人下了一道密令,要他们派人追杀义帝。

这天,吴芮正在王宫与许诚、吴臣、吴郢、驺摇、高强、刘信等要臣议事。项羽派来的使者来到王宫,把项羽的密令交给吴芮。吴芮看罢密令,大为震惊。支开使者后,吴芮把密令递给许诚等人传阅,并愤慨地说:"怎么能杀害义帝? 这是大逆不道啊!"因为事情重大,许诚等人看完密令后,都把目光投向吴芮。吴芮郑重地说:"孤王决不能做那等逆臣贼子。"性情刚直的吴郢气愤地说:"父王可给项王书信一封,据理拒绝执行密令。我们不能跟着他干这种丧尽天良的事!"吴臣素来言行谨慎,他进言说:"父王当然不能派人追杀义帝。但拒不执行这道密令,就必然触怒项王。此时触怒项王,万一惹出什么事端,对我们衡山不利。我们最好想个既不追杀义帝又不触怒项王的两全之策。"这时,许诚说话了:"我有个想法,不知可行不可行? 陛下并不是项王亲近的诸侯,他这道密令肯定不只陛下一人接到。陛下可派一可靠之臣带人佯装去追杀义帝,慢慢前行,见机行事。这样,我们既没有追杀义帝,又可以应付项王。"许诚说完,吴臣等人都说这个办法可行。吴芮沉思了一会儿,说:"给项王写信,劝他收回密令,不要追杀义帝,他未必听得进劝说。还是许丞相提出的办法可行。"说罢,吴芮便命太子吴臣带领卫队去"执行"项王密令。吴臣离开王宫时,还特地与项羽的使者辞行。

十天后,吴臣率卫队返回郴城,一到王宫便向吴芮禀报:"儿臣率卫队离开邾城后,先在陆路上慢慢前行,后乘船行驶在长江上。我们在江上行驶的第三天,迎面遇上了九江王英布和临江王共敖属下亲兵的两队船只。打听后得知,义帝已被九江王的亲兵杀死在船上,并制造了船只失事的现场。"吴芮听后,心情沉痛。他既为项羽密令杀害义帝的暴行而愤恨,也为自己违心地派人佯装追杀义帝而内疚。

杀害义帝后,项羽便与范增商议:是先去齐国清除田荣,还是先往西援助章邯,阻止刘邦东进。范增认为解决刘邦的问题重于田荣,应该引兵西征。但是,项羽对刘邦的估量始终不及范增,"沛公"在鸿门宴上委曲求全的出色表演,更加深了他的错觉。相反,田荣过去不听项梁调遣,现在又破坏戏亭分封,倒使他恨不能立即处死田荣。加上张良提供"信息"的迷惑,他决定先全力收拾田荣,并要求英布等诸侯出兵配合。

此时,汉军依照韩信的指挥调度,一面围攻困守废丘的章邯军,一面为大军东进作准备。刘邦先是派部将薛欧、王吸率领一支队伍开出武关,营建大军东进的兵站。接着,派将领王陵以前往沛丰迎接汉王家属的名义,带了一支队伍挺进到南阳。

消息传到彭城,引起了项羽的警惕。因南阳是韩国的领地,他马上封立郑昌为新韩王,填补韩王成死后的空缺。同时发兵西进,在阳夏(今河南太康)将王陵的军队拦截住。但是,项羽依旧没有识破刘邦蓄意大举东进的战略意图。汉高帝元年十二月(公元前 205 年 1 月),项羽率大军进攻齐国。城阳(今山东鄄城)一战,齐军大败。田荣败走平原(今山东平原)时,被痛恨他的齐民击杀。田荣死后,项羽把当年被田荣赶走而投靠项梁的旧齐王田假推出来,立为新齐王。可是,楚军的作风与项羽的脾性一样残暴。他们在齐地烧杀掳掠,激怒了齐民。原先,齐民拥戴田假,反对田荣;现在则视田假为项楚的傀儡,反过来拥戴田荣的弟弟田横。田横借助民心向背的转化,立田荣的儿子为齐王,自任

齐相。他率军一举击败了田假，重新夺回了城阳。此时项羽已率军来到北海（今山东昌乐一带），听到消息后，忙回师城阳。这一回，已领教过楚军屠城杀降暴行的城阳军民，众志成城，拼死抵抗。与此同时，齐国民众几乎是全民皆兵，到处聚集成一股股地方武装，袭击楚军及其补给运输。于是，楚军正面战场上攻不破一个小小的城阳，背后又要应付齐民的游击战，就此陷入了泥沼。

就在项羽率领的大军在齐国陷入泥沼的时候，刘邦将占领的关中地区设立渭南、河上、上郡三郡，直属汉国，并将国都由南郑迁至栎阳。接着，刘邦便率大军出关东进。为了师出有名，他采纳了张良的建议，此行的名义为"抚关外父老"，就是去慰问关外的民众。

首先，刘邦利用张耳与河南王瑕丘申阳的朋友关系，以和平的方式招抚了河南王瑕丘申阳，取消了他的河南王封号，将河南国改制为直属汉国的河南郡。

接着，刘邦派部将韩信率军攻打项羽新立的韩王郑昌。这个韩信曾是韩王成的部将，归张良统属，跟着刘邦进了关中。戏亭分封后，又跟着刘邦到了南郑。因韩民都帮着韩信攻打郑昌，孤立无援的郑昌最后只好投降献城。刘邦封韩信为韩王。为了与已封为大将的韩信相区别，大家称他为韩王信。不过，刘邦没让韩王信留在阳城，而是让他带着队伍随自己打仗。

汉高帝二年三月（公元前 205 年 4 月），刘邦率领大军从临晋（今陕西大荔东）东渡黄河，攻打西魏国的都城平阳，迫使西魏王豹举国归顺。刘邦让他保留魏王封号，并命他带着军队随自己出征。

之后，刘邦率大军攻打建都朝歌的殷国。刘邦派使者去朝歌招抚殷王司马卬，说只要他背楚归汉，依旧保留他的殷王封号。他答应了。这时陷在齐国的项羽听说司马卬要背楚归汉，就派卿相陈平带领一支队伍去朝歌阻止他。司马卬掂掂双方的分量，觉得还是项羽厉害，于是又与汉军抗衡。结果刘邦亲率大军攻破了朝歌城，活捉司马卬，就此废除了殷国国号，改制为直属汉国的河内郡。

司马卬的反复，一下子断送了自己的前程，却给另一个人启动了背楚投汉的契机，这就是对于刘邦未来事业影响极大的陈平。

陈平是阳武(今山东东明)人，家境贫寒，不爱劳作，但好读书，善谋略，治黄老之术。陈胜、吴广起义后，志向高远的陈平与同乡一伙年轻人一起投奔陈胜的部将周市。周市扶立魏王咎时，陈平受命做魏王咎的太仆。后因人谗害离魏归楚，被项羽赐爵为卿。因他受命去朝歌胁迫司马卬反正奏效，项羽便封他为都尉，赐金二十镒。没想到司马卬不争气，重新与刘邦抗衡后不久，便城破被俘。项羽闻讯大怒，说要把此前派去阻止司马卬的将吏全部处死。保全性命乃是黄老派的起码本事，所以项羽的命令还未正式传达到彭城，陈平就已把都尉印信和二十镒黄金打包留下，自己偷偷地跑了。离开彭城后，陈平便去投奔刘邦。他把建议刘邦立即袭击彭城的献策，作为投靠的见面礼；并把项羽率大军北上齐国，后方空虚，以及留守部队兵力部署的强弱所在等内部机密和盘托出，告诉刘邦。刘邦大喜，马上任命陈平为都尉。

陈平投汉，促成刘邦迅速作出了挥师彭城，一举端掉项羽老窝的决策。

三十四　政通人和

　　在西楚霸王项羽率大军征战齐国，汉王刘邦率大军向东挺进的时候，衡山王吴芮却在一心一意地治理衡山国。

　　为了更好地兴修水利，治理水患，吴芮决定在朝廷增设一名专管治水事务的治水内史，物色一个有治水知识和经验的行家担任此职。因在朝廷现有官吏中找不到合适人选，有几名衡山籍的官员便向吴芮推荐家住郴城郊外周家村的治水行家周怀。此人五十多岁，原是秦廷掌管治水事务的一名官吏。他考察过许多高山大川，在多年治水的实践中积累了丰富的治水知识和经验。后因对秦廷弊政不满，几遭小人诋毁陷害。一怒之下，他辞官回到了故乡周家村。回故乡后，他仍经常奔波于山岭河川之间，研究治水问题。有时，也给人家看看风水。于是，吴芮决定去拜访周怀，看看他是否适合担任治水内史。

　　这一天，吴芮由刘信陪同，去周家村拜访周怀。不巧，周怀外出考察去了。刘信问周妻："周先生什么时候回家？"周妻说："可能要半个月。"刘信说："周先生回家后，你告诉他，吴王来过你家，请他去一趟王宫，吴王有事同他商量。"吴芮摇了摇头说："半个月后,我们再来拜访周先生吧!"

半个月后的一天,吴芮携刘信第二次来到周家,又没有见到周怀。周妻说,周怀是前天回家的,今天一早就被外村几个村民请去看风水了,可能要到晚上才回家。见刘信不高兴的样子,周妻不免有点惶恐。吴芮却微笑着对周妻说："周先生回来后,你告诉他,我们明天再来拜访他。"周妻连连点头说好。

第二天上午,吴芮、刘信第三次来到周家。正在阅看水文资料的周怀连忙起身迎客。宾主落座后,吴芮神情和悦地对周怀说："我们是特地来向你请教治水学问的。"周怀本来就赞赏吴王把兴修水利、治理水患作为治理衡山的基本方略,今天吴王第三次登门拜访,态度又是这么谦和,他十分感动,便爽快地畅谈了治水"三要"的心得:一要尽心竭力,百折不挠。当年大禹治水,在外十三年,三过家门而不入,其子诞生亦不返视;薄衣食,卑宫室,披星戴月,栉风沐雨,劳身焦思。正因为他尽心竭力,百折不挠,才在极其艰苦的环境和条件下治水成功,为后来的治水人树立了榜样。二要因地制宜,讲究方法。当年大禹的父亲鲧治水,由于方法不当,九年不成。大禹吸取父亲治水失败的教训,改一味埋障之法,而取疏泄之策,疏浚沟渠,引而入川,决通九川,汇于东海,终平洪患。大禹治水的科学方法,为后来的治水人传承。三要动员民众,群策群力。战国时在蜀郡任郡守的李冰,亲自率领军民治水。他发扬和借鉴大禹治水的崇高精神与科学方法,并把治理水患与开辟水利结合起来,调动全郡的人力、财力和物力搞水利建设,终于建成了具有防洪和灌溉双重功能的都江堰工程,使穷山恶水的蜀郡变成了秦国富庶之地。李冰也成为后来治水人的楷模。

周怀说毕,吴芮笑逐颜开。他在番阳任县令期间有过治水的经历,

深知周怀所谈都是真知灼见，因而认定周怀是担任治水内史的合适人选，便恳切地对周怀说："衡山地处长江中游，境内河汉很多，洪涝和干旱灾害频发，农业收成低下，百姓生活贫苦。朕顺应民意，决定大张旗鼓地兴修水利，治理水患。因朝廷缺少先生这样的治水能人，所以想请先生出山，担任朝廷的治水内史，掌管衡山国的治水事务。"周怀思忖了一会儿，说："谢谢吴王的厚爱！可老夫才疏学浅，怕难以胜任此职。"吴芮说："先生不必谦让。你担任此职，可以更好地施展治水的才能，为衡山的百姓造福。"这时，刘信对周怀说："吴王是个贤德之君，先生到朝廷做事一定会称心如意的。"周怀笑了笑说："恭敬不如从命，那我就试试看吧！当然，我上任后会尽职尽责，也请吴王多多关照和指点。"

周怀上任后，果然尽职尽责，衡山的水利建设也从此更加有声有色。看到一条条河流疏通，一道道圩堤兴起，一座座坝堰建成，吴芮、周怀和衡山的军民都十分欣喜。

在水利建设如火如荼进行的同时，考察、调整县、乡官吏的行动也全面展开。经过半年的行动，除麻城县（今湖北麻城）外，其他县的官吏基本调整到位，补缺任职的多为当地德才兼备的能人。这天上午，吴芮召集许诚等要臣开会，商量麻城县官吏的调整问题。

会上，不久前去麻城考察的高强首先汇报了县衙主要官员的情况：县令邹福，四十九岁，好酒好色，经常花天酒地，不关心百姓的疾苦，待人处事欺软怕硬，唯利是图。百姓都说他是个昏官。县丞鲁明，三十八岁，能文能武，为人正直，廉洁勤政，为百姓办过许多好事。百姓都夸他是个清官、好官。县尉蒋通，三十五岁，武功过人，但为人凶狠歹毒，肆意贪赃枉法，欺压百姓。其弟蒋达，是麻城有名的流氓、恶棍，他依仗蒋通的权势，在县城开了一家武馆，顾用了四、五个武功不凡的拳师和三十多个家丁，专干敲诈勒索、奸淫抢掠的勾当。遇到不顺从和反抗的人,就率拳师和家丁大打出手。近几年来,共打死三人,打伤数十人。受害者到县衙告状,虽然鲁明坚持要严惩凶手,但邹福因惧怕蒋通、蒋达兄弟,只判蒋氏武馆赔偿一些安葬费和伤残补助费,而不敢惩处打人凶手。百姓都骂蒋通是个贪官、坏官。吴王来到衡山后,蒋家兄弟的倒行逆施有所收敛。但百姓对蒋家兄弟刻骨痛恨,都说蒋家兄弟不除,麻城的百姓就没有宁日,盼望朝廷严惩蒋家兄弟。

吴芮在听取许诚等人的意见后,作出决定:撤销邹福的县令职务,蒋通的县尉职务,委任鲁明为县令,刘闯为县尉,派吴臣、高强、田成、刘闯率百名精兵前往麻城,抓捕蒋家兄弟,取缔蒋氏武馆。事成后,高强留在麻城一段时间,帮助鲁县令物色好县丞人选,调整好乡级官吏。

下午,吴臣等人率百名精兵离开郴城,前往麻城。第二天上午,他们来到麻城。据探子报告,这天是蒋氏武馆开办五周年的日子,武馆正举行庆祝活动,蒋通、蒋达兄弟都在武馆。吴臣便率队伍直奔武馆。到了武馆门前,吴臣令士兵在门外待命,他和高强等人欲进入武馆,被数名守门的家丁拦住。一个家丁吆喝着:"蒋馆主有令,凡未带贺礼的一律不得进入武馆!"刘闯三拳两脚就将这个家丁打翻在地,另一个家丁便朝馆内边跑边喊:"不好了,有人闹事啦!"当时,几个拳师正在武馆的练武厅里表演武术,蒋家兄弟和几个重要宾客坐在主席台上观看,其他宾客站在练武厅的四周观看。听到叫喊声,蒋通警觉地站了起来,并抽出了佩带的长剑。这时,吴臣等人已经进入了武馆。蒋通一脸怒气地吼叫:"来者何人?胆敢到武馆闹事!"吴臣大声说:"我们奉吴王之命,前来捉拿贪官蒋通、恶霸蒋达,请其他无关人员尽快离开武馆!"吴臣说毕,武馆内一片哗然,众多宾客纷纷跑离武馆。一会儿,门外的百名士兵受命冲进了武馆。经过一番激烈的打斗,蒋达、几个拳师和几十个家丁都被制服,只有蒋通还在与吴臣厮杀。两人都使用长剑,斗了二十多

个回合仍不分胜负。田成见蒋通武功果然了得,担心吴臣吃亏,便向蒋通投出了一枚飞镖,正中蒋通咽喉,蒋通倒地身亡。

麻城的百姓得知蒋通已死,蒋达被捕入狱,邹福被撤职,鲁明担任县令,无不欢呼雀跃,齐颂吴王英明。

这天是吴芮来衡山一周年的日子,又是王太子吴臣完婚的大喜日子。王宫到处张灯结彩,喜气洋洋。

一年来,吴芮按照既定方略治理衡山,水利建设已初见成效,农业收成有较大提高,官风、民风好转,百姓生活改善,举国呈现一派政通人和、欣欣向荣的景象。在这样的情境下为王太子举行婚礼,吴芮自然十分高兴。

吴臣的新娘子就是丞相许诚的女儿许婷。她比吴臣小一岁,长相俊秀,聪颖贤淑,知书达理。吴臣与许婷自小青梅竹马,长大后真诚相爱。吴、许两家人对这门婚事都非常满意。

前天,九江王后梅子赶到郴城,特来参加弟弟的婚礼。知道她已怀身孕,吴芮和家人更是喜不自胜。

让吴芮感到高兴的,还有外甥陈义从故乡龙山赶来郴城参加吴臣的婚礼。陈义辈分比吴芮小,年龄比吴芮大,吴芮一直把陈义视为兄长看待,二人情同手足。分别后,彼此都非常牵挂。陈义是昨天携徒弟许济来到郴城的。久别重逢,吴芮和陈义都兴奋不已。昨晚,二人边喝酒,边叙谈。他们回顾了小时候在龙山一同习文练武的情景和一起外出游访的往事,畅谈了分别后各自的情况和对当前时事的看法。吴芮赞赏陈义高尚的医德和高明的医术,邀请他留在郴城,负责掌管朝廷的医药房。陈义生性喜欢过自由、清静的日子,不愿在朝廷为官,便以需回龙山孝敬年迈的父母和看护吴家的祖坟为由,婉言谢辞。陈义赞赏吴芮治军、治国的非凡才能,为他勤政廉政、造福百姓的骄人功绩而高兴和自豪。让陈义担心的是吴芮的身体,谈话中多次忠告他要注意保重身体,并向他推荐得意门徒许济去朝廷的医药房。吴芮当即点头答应。二人一直谈到夜深才回房睡觉。

按照吴芮的意见,王太子吴臣的婚礼举办得欢乐而简朴。参加婚宴的除吴、许两家人及其亲戚外,只有朝廷的要臣。朝廷其他官员和县、乡官吏送来贺礼,吴芮一概婉辞。当年,吴芮任番阳县令时廉洁嫁女,在百姓中传为美谈。如今,吴芮身为衡山国王,为王太子举行婚礼仍不讲排场,不收贺礼,百姓更是交口称赞。

三十五　彭城之战

　　陈平投靠刘邦后,刘邦采纳了陈平的建议,率领大军继续东进,打算攻打项羽的老窝彭城。

　　队伍来到新城(今河南伊川西南)时,有个在乡里执掌教化的人员董公求见刘邦。他开门见山地问刘邦:"汉王以什么名义攻打项楚?"见刘邦没有回答,他接着便陈述了"兵出无名,事故不成","明其为贼,敌乃可服"的古训,指出在暴秦已被推翻,民众祈求安定的情况下,如果你汉王率军攻打项楚,又讲不出令人信服的理由,那就犯了"兵出无名"的大忌,难免因失去舆论支持而失败。见刘邦点了点头,他继续说:义帝是当年诸侯在戏亭共同扶立的盟主,现已被项羽主谋杀害于江中,仅这一条,项羽就逃脱不了"天下之贼"的罪名。之后,他向刘邦提出建议:汉王宜率全军将士为义帝发丧,并传檄诸侯,使天下人都知道项羽杀害义帝之罪。这样,你率军攻打项楚便兵出有名,四海之内都会仰慕你的德行,争相前来响应,讨伐项楚之战就必然取得胜利。

　　刘邦听罢,拍着大腿叫好,重重地答谢了董公。第二天,刘邦便令全军将士换上素服，为义帝发丧。他脱下衣袖，裸露着双臂，在义帝的灵位前伏地痛哭，泪流满面，以至全军将士义愤填膺，围观的百姓也十分感动。

为义帝发丧后，刘邦分遣使者传檄各路诸侯。檄文曰："义帝乃天下共同拥立，我等都北面向他称臣。今项羽把义帝放逐江南，并加以谋杀，大逆不道！为给义帝报仇，我已率领关中的部队，征召河南、河东、河内的将士，将渡过长江、汉水，愿与各路诸侯一道讨伐共同的敌人项羽。"

刘邦的使者来到赵国。执掌赵国、代国大权的陈余因为记恨张耳，看了檄文后对使者说："只要汉王杀了张耳，我们就出兵追随汉王。"使者回报刘邦，刘邦便派人找了个相貌很像张耳的人，砍下他的头，假托是张耳的首级，派使者送到陈余的面前。陈余信以为真，便答应出兵跟随汉王去攻打彭城。

刘邦派往衡山国的使者叫王平，韩国人，原是张良手下的一员将领。此人文武双全，为人正直豪爽。进入衡山国后，他惊讶地发现，这里与其他诸侯国不一样，到处是欣欣向荣的景象。田野上，农夫忙碌地耕耘、收获，不时传出一阵阵愉快的山歌声；街市上，农副产品和手工制品丰富多彩，买卖的人们熙熙攘攘，脸上都挂着满意的笑容。

这天午后，王平来到了郴城的吴王宫。因吴芮早餐后带领数百将士去了郴城郊区的一处水利工地，丞相许诚接待了王平。看了王平递交的檄文，许诚便派高强带两名骑兵前往水利工地，请吴王速回王宫决策。一个时辰后，吴芮赶回了王宫。看过檄文，他当即召集许诚、吴臣等要臣开会，商量对策。

会上，许诚、吴臣等要臣都发了言。大家一致认为，汉王刘邦早就定下了与西楚霸王项羽争霸天下的战略目标，他为义帝发丧，并传檄诸

侯,只为"兵出有名",争取诸侯相助。因为衡山国地处九江国与临江国之间,且远离彭城,眼下衡山国的军队又奋战在水利工地上,所以吴王目前不宜出兵助汉攻楚。吴芮同意大家的意见,决定暂不出兵助汉攻楚。

散会后,吴芮给义兄张良写了一封信。信中叙说了他一心一意治理衡山的情况;申明了他反对杀害义帝,只是派人佯装追杀义帝的实情;阐明了衡山国暂不出兵助汉攻楚的决定及理由。他在信的末尾写道:"望仁兄理解愚弟的所为,并请仁兄代向汉王婉词解释,以免误会!"

晚上,吴芮设宴招待王平。宴席上,王平多次赞叹衡山国欣欣向荣的景象,称羡吴芮治理衡山、造福百姓的贤德和才能。吴芮向王平阐明了衡山国暂不出兵助汉攻楚的决定及理由。王平表示理解,并答应回去后如实向汉王禀报。散席时,吴芮把写给张良的信交给了王平。

第二天,王平离开邾城返回部队。吴芮与他共进早餐,并为他送行到城门外。

再说刘邦为义帝发丧后不久,就拼凑了一支五十多万人马的诸侯联军。汉高帝二年四月(公元前205年5月),刘邦率诸侯联军从洛阳(今河南洛阳)誓师东进,拉开了楚汉战争的序幕。

刘邦率军进抵外黄(今河南民权西北)时,彭越率队伍投奔刘邦。刘邦非常高兴,马上封彭越为西魏相国。

在韩信的指挥下,诸侯联军分兵两路,左右包抄,以迅雷不及掩耳之势,一举攻下了守军薄弱的西楚国都彭城。

诸侯联军进入彭城后,刘邦见楚宫中尽是从咸阳掠夺来的珍宝美女,他贪财好色的本性重现,不禁又"收其货宝美人,日置酒高会"。统帅如此,部下亦然,特别是那些从关中招募来的故秦士卒,无不满怀对项羽坑杀父兄、火烧咸阳的报复心理,在彭城肆意掳掠烧杀,宣泄仇恨。

独自成军的各诸侯部队，也都趁火打劫。彭城的百姓怨声载道。

正在齐国指挥攻打城阳的项羽，得到彭城被刘邦攻占的急报后，立即命部将继续攻打城阳，自己带领三万精兵挥师彭城。

项羽率军连夜经胡陵（今山东鱼台东南）西下，攻占了位于彭城西南面的萧县（今安徽萧县）。第二天清晨，项羽率军突袭彭城。诸侯联军猝不及防，稍战即溃。楚军乘胜追击，联军将士在仓惶逃窜中有的被楚军击杀，有的落入泗水、睢水中，死伤达二十多万人。项羽率三万精兵仅用了半天时间便打败了刘邦统领的五十多万兵马的讨楚联军，使彭城失而复得。这是继巨鹿之战后项羽创造的又一军事奇迹。

此时，刘邦已陷入楚军包围，情形万分危急。忽然一阵狂风从西北方向卷地而来，霎时间飞沙走石，天昏地暗，对面看不清人影。刘邦趁此机会，仅带着数十骑从突出重围。刘邦逃出十多里路后，背后又有一支楚军队伍追来。眼看就要被楚军追上，刘邦回头一看，带队的楚将原来是他当年在薛县认识的熟人丁固。刘邦大声说："你我都是豪杰，何必相互残杀呢！"说毕，策马狂跑。丁固一听，旋即勒紧缰绳，停住不追。

刘邦因丁固放他一马，绝处逢生，带着数十骑从向北奔逃。进入沛县后，他想顺便回丰邑老家，把父亲和妻子儿女带回关中。凑巧，他在去丰邑的路上，遇上了带着他的儿子刘盈、女儿鲁元奔逃的将领王陵。原来，诸侯联军讨楚的战争刚一打响，王陵便从阳夏突破楚军的围阻，攻占了丰邑。刘邦兵败彭城后，渴望复仇的楚军攻破了丰邑。王陵带领将士拼死杀开一条血路，保护刘邦的父亲太公、妻子吕雉和儿女们冲出楚军的包围。但不久，就被追上来的楚军骑兵冲散。王陵只带出了刘盈和鲁元，而由汉将审食其保护的太公、吕雉及其长子刘肥等人，因慌不择路，被楚军俘获。

刘邦看见分别近两年的儿女，喜出望外，忙让他们上了自己乘坐的

由将领夏侯婴驾驭的王车。这时，又有一支楚军骑兵追来，领队的就是丁固的外甥季布。夏侯婴扬鞭催马，王车跑得飞快，站在车上的两个小孩接连跌下车去。刘邦怕被季布追上，命令夏侯婴别管跌倒在地的孩子，赶紧驾车逃命。夏侯婴没听刘邦的，孩子一跌下去，他就把车停下来，下车去把孩子抱上车。眼看楚军快要追上来，急中生智的夏侯婴搞来两块盾牌，插在车子的两边。这样，小孩就跌不下去了。夏侯婴挥鞭疾驶，最终逃脱了季布的追击。

刘邦逃脱了季布的追击后，只剩下十几个骑从护卫，而且仍处于楚军到处搜寻追杀他的危险境地。眼看天色渐暗，他们向何处去才安全？刘邦思忖了一会儿，作出了一个令人惊讶的决定：回丰邑老家去。众人不解，刘邦说，据他年轻时逃亡的经验，看似最危险的地方，往往就是最安全的地方。刘邦等人到了丰邑，果然楚军没有再来这里搜寻。几天后，外出游探的骑从打听到吕媭的兄长吕泽的部队驻扎在下邑（今安徽砀山）。危难之中，大舅爷是可以相信的。于是，刘邦带着儿女和随从悄悄前往下邑，并从吕泽手里收回了这支部队的指挥权。下邑是砀郡的治所，那年项梁战死后，楚怀王曾任命刘邦为砀郡长，因此刘邦在砀郡有良好的社会基础。刘邦到下邑不久，便亮出了汉王的旗帜。溃散的汉军将士纷纷向砀郡集结，成信侯张良也神出鬼没地来到了下邑。刘邦见了张良，百感交集，长叹了一声，说："这次兵败彭城，我几次死里逃生，真乃天不绝我也！"张良笑了笑说："汉王命大，此次大难不死，必有大福！"

三十六　吴王纳妃

　　项羽率领三万精兵，一举击败刘邦统领的五十多万人马的讨楚联军，重新夺回了彭城。洛阳誓师时诸侯皆从汉讨楚的形势，顿时发生了逆转。殷王司马卬战死了，塞王司马欣、翟王董翳相继叛汉归楚。魏王豹也借故回到他的国土，宣布叛汉归楚。陈余带领赵军助汉攻楚是以杀张耳为条件的，讨楚联军兵败彭城后，他发现张耳并没有死，是刘邦欺骗了他，便与刘邦分手，与楚约和。

　　面对这样的局势，刘邦心情沉重，悔恨交加。但百折不挠的性格，使他不甘认输。经与张良商量，他决定离开下邑，率军前往战略要地荥阳（今河南荥阳东北），待整训军队、增强兵力后，再与项羽决一雌雄。

　　在前往荥阳的行军路上，刘邦对张良说："我想把关东的土地让给能助我打败项羽的人，你看哪几个人能行？"张良说："我觉得有三人能行。"刘邦急切地问："哪三人？"张良说："九江王英布，曾是项楚的一员猛将，现在同项羽已生隔阂；彭越也是一员猛将，他在梁地已成气候。这两个人，汉王可以马上派使者去联络。汉王麾下的韩信，是能独当一

面的帅才，可以托付大事。你如果把土地分封给这三个人，他们一定可以帮助你战胜项羽。"刘邦听后，深表赞同，当即派使者去联络英布和彭越。

刘邦率军来到荥阳数日后，韩信率败散的队伍来荥阳会合。荥阳依山傍水，城池坚固，易守难攻。在荥阳西北十五里处有座敖山，山中有秦时修建的关东最大的粮仓"敖仓"，可储存大量粮食。荥阳以西七十里处是成皋（今河南荥阳西南），成皋以西三百里便是地势险要的函谷关。刘邦将部队布防在荥阳、成皋一带，并令韩信指挥部队防御楚军。

不久，项羽派了一支骑兵部队攻打荥阳。韩信率军在荥阳以东一片开阔地上与楚军交战。汉军以逸待劳，士气高昂，大败楚军。由此，刘邦信心大增。他组织力量抓紧修建荥阳至成皋一带的防御工事，并构筑荥阳至"敖仓"的甬道，搬运粮食，以供军需。这道坚固的防线，有效地阻止了楚军的西进。此后，楚汉战争便在这里进入了相持状态。

汉高帝二年五月（公元前205年6月），刘邦把荥阳的防务托付给韩信，自己带着儿子刘盈、女儿鲁元和樊哙、周勃等将领返回汉都栎阳。

此时，章邯仍在废丘坚守待援。刘邦亲自率军攻打废丘城。汉军采用引水灌城的残酷手段，最终攻破了孤立无援的废丘城，章邯自杀身亡。至此，关中已完全被汉军占领。

之后，刘邦在栎阳召开会议，部署关中的防务。他授权丞相萧何，制定必要的法律和政策，巩固后方根据地，并为前线充实兵员，征收粮秣，补给军需。因长子刘肥随太公、吕雉被楚军俘获，生死不明，他正式册立年幼的刘盈为王太子，并托萧何辅佐。

汉高帝二年八月（公元前205年9月），刘邦重返荥阳前线。他提升韩信为左丞相，并令韩信和曹参、灌婴等将领率军征讨叛汉的北方诸侯。

征讨的第一个对象是魏王豹。此前,刘邦曾派郦食其去平阳劝说魏王豹回归汉王,但魏王豹拒不归汉。因魏王豹曾请相士许负为他的姜姬们相面,相到他的宠妾薄姬时,说这位美人"当生天子"。他听后心想:薄姬生的儿子是天子,那我就是天子的父亲,自然也就是天子了。于是,他拒绝归汉做刘邦的附庸,而梦想有朝一日做天子。

韩信运用声东击西之计,率领汉军大败魏军,活捉魏王豹。刘邦下令取消魏国,改制为直属汉国的河东、太原、上党三郡。魏王豹在平阳的珍宝姜姬,全归刘邦所有。奇妙的是,那位被许负相面为"当生天子"的薄姬,后来给刘邦生了儿子,就是大名鼎鼎的汉文帝刘恒。

平定魏国后,韩信又率军平定了代国,活捉留在代都监国的代相夏说。韩信平定魏国、代国后,其精兵却被刘邦派人选调去荥阳、成皋参战。韩信只得就地招募兵卒,拼凑成一支三万人马的军队,去讨伐赵国。在赵王歇身边掌握实权的代王陈余得知韩信的动向后,出动二十万大军在井陉口(今河北井陉山旁)布防,阻击汉军。韩信巧妙用兵,以三万长途跋涉的远劳之师,打败了以逸待劳的二十万赵军,陈余被斩杀,赵王歇被俘,后也被斩杀,创造了中国军事史上又一个以少胜多的光辉范例。刘邦应韩信的请求,封张耳为赵王。

随后,韩信派使者前往燕国,劝告燕王臧荼主动归汉。燕王接受劝告,派使者前去荥阳拜谒汉王刘邦,表示燕国愿听从汉王号令。至此,韩信统领的汉军获得了北方战场的全胜。

楚汉战争愈演愈烈,中原大地硝烟弥漫。战乱毁坏了民房、庄稼,夺走了许多无辜的生命,百姓苦不堪言,怨声冲天。而离中原千里之遥的衡山国,却"风景这边独好"。在国王吴芮的治理下,这里社会秩序良好,百姓安居乐业。因此,吴芮深受衡山百姓的称颂和爱戴。可吴芮也有一事让百姓不解,那就是他迟迟不肯纳妃。

按照那个年代世人的观念，一个国王定要纳几个美姬才成体统。王后毛苹是个很识大体的女子，吴芮到衡山称王不久，她就以管理后宫力不从心为由，多次劝吴芮纳妃。可是，吴芮与毛苹感情深厚，就是不肯纳妃。后来，毛苹做通了王太后梅氏的工作，由梅氏劝吴芮纳妃，吴芮还是不肯。见吴芮在这件事上如此固执，梅氏便与毛苹商定，挑选几个美貌的宫女充作女官，协助毛苹管理后宫。这几个从宫女中选拔上来的女官，都想攀上吴王以登高枝做凤凰，便常寻机在吴芮身边搔首弄姿。可吴芮视而不见，依旧眷顾毛苹。

半年前的一天，丞相许诚与治水内史周怀谈及吴王纳妃一事时，周怀提到了他的好友麻瑞的女儿麻秀。麻瑞在郴城开了一家粮店，做粮食生意。他生有两个女儿。大女儿麻玲，十七岁就出嫁了。小女儿麻秀，容貌俊美，聪颖好学，知书达理，为人贤惠，且能言善辩，办事干练。街坊邻里无论谁家有什么难事急事，她都会登门相助。邻里间发生了什么纠纷，只要她到场，准能圆满地调解。前年，长江发大水，一批逃荒的难民来到郴城，她多次领着亲戚好友为难民营的老人、小孩送去食品和用品。认识她的人都夸她是个淑女、才女。自她十六岁起，就不断有人到她家提亲，可她没有中意的，一拖就拖到如今二十六岁还没有嫁人。父母和亲友劝她放低择偶的要求，可她坚持"非英雄不嫁"。

许诚听后，觉得麻秀是个难得的民间淑女，贤德的吴王也许会喜欢上麻秀，便和周怀一起到后宫拜见王太后梅氏和王后毛苹。听周怀介绍麻秀的情况后，梅氏和毛苹都认为麻秀是吴王纳妃的最佳人选。于是，许诚和周怀一起去拜见吴芮。听周怀介绍麻秀的情况后，吴芮惊喜地说："民间竟有这样的贤淑女子！"许诚便趁机劝吴芮纳麻秀为妃。吴芮思忖了一会儿，说："那就先召麻秀姑娘来王宫做女官吧。"

周怀来到好友麻瑞家，把吴王同意召麻秀进宫做女官的喜讯告诉麻瑞,麻瑞和家人都喜出望外。当然,最高兴的是麻秀。因为在她的心目中,吴芮既是心系百姓的贤德君王,也是文韬武略、一身豪气的英雄,她十分向往成为吴芮的妃子。

麻秀进宫后,贤淑聪慧、善解人意的天赋使她履行女官的职责得心应手。她尊重王后,尽心竭力协助王后管理后宫,但不张扬,不争功。她无微不至地关心、照料吴王、王太后和王子的日常生活,但不做作,不争宠。她对待宫里的其他人也热情、谦和,言行举止落落大方。自她协助王后管理后宫半年来,后宫的面貌迅速改观。吴王、王后、王太后和王子对她都十分满意,宫里其他人对她也有口皆碑。

这天,吴芮在书房单独召见了麻秀。开始,吴芮问了麻秀许多天文地理、风土人情方面的问题,麻秀都对答如流。吴芮心想:麻秀果然是个才女。

"听说你也关心天下大事",吴芮接着问麻秀,"当前楚汉之争正酣,最终谁胜谁负? 说说你的看法。"

麻秀小声说:"小女子怎敢在陛下面前谈论此事。"

吴芮笑了笑说:"孤王只是想听听你的看法,不必有什么顾虑。"

麻秀点了点头说:"我想,楚王项羽是个军事天才,勇武超人,但他性情残暴,滥杀无辜,失去了民心,且争强好胜,不会用人;而汉王刘邦老谋深算,善于用人,也会笼络民心,且奸诈狡黠,能屈能伸,因此,最终楚王斗不过汉王。"

"说得好,说得好!"吴芮兴奋地脱口而出。

麻秀望着吴芮笑了笑,脸上现出了两个动人的酒窝。

吴芮亲切地问:"外面传说你'非英雄不嫁',可是真的?"

麻秀不好意思地说:"小女子虽无什么才德,但非英雄不愿往从。"

吴芮笑着说:"那我们衡山有没有你爱慕的英雄?"

麻秀含羞地说:"陛下文武全才,且贤明之至,不想争霸天下,只图造福百姓,就是名副其实的大英雄!"

吴芮高兴地说:"好一个名副其实,孤王今日便下诏纳你为妃,你可愿意?"

麻秀倒头拜谢说:"谢陛下错爱!"

吴芮纳民间贤淑女子为妃,很快在衡山的百姓中传颂开来。

三十七　助汉伐楚

　　且说刘邦派传令官随何率领使团去六城联络九江王英布。富有戏
剧性的是,随何到达六城的当天,楚国的使者也来到了六城。楚国的使
者仍把英布当作项羽的部将看待,一见面便替项羽传令,要英布赶快发
兵配合楚军攻取荥阳。

　　英布这个人在贪财好色这一点上,与刘邦堪称气味相投。来六城当
九江王以后,他把岳父吴芮在就国前对他的指点抛之脑后,而抱定尽情
享乐的主张,终日沉浸在醇酒美人中。对于诸侯间的争斗,他便持回避
态度。项羽要他一起去攻打田荣时,他称疾不往,只派裨将带了四千人
马前往助战。刘邦率领讨楚联军攻打彭城时,他仍以生病为由没有派兵
援救。为此,项羽对他已有几分怪怨。这次,项羽又派使者前来传令,
他自然感到为难。他心里不愿,嘴上又不能一口回绝,便安排楚使在王
宫的客舍歇息等待。而对于汉王的使者,他干脆托故不见。

　　随何是有名的说客,嘴巴十分厉害。他首先说服了替英布挡驾的太
宰替他传话,一定要英布当面听听他的高见。英布召见他时,他一开口

便警告说：你不肯跟项王一起伐齐，又坐视诸侯联军讨楚，早已得罪了项王，项王迟早要收拾你！接着，他头头是道地分析了楚汉相争的现状和趋势，断定项楚必败。之后，便劝英布趁早归顺汉王。如此，不仅可以保住九江封国，还可以从汉王那里获得更多的土地封赏。

英布当时被随何说通了，答应背楚投汉。事后想想项羽的厉害，又犹豫不决。

次日，楚使又来催促英布赶快发兵攻打荥阳。随何闻讯，故意闯了进来，大声对楚使说："九江王已经归汉，项王有什么资格令九江王发兵！"楚使惊问："你是何人？"随何冷笑说："我乃汉使随何，前来迎接九江王。"楚使听罢，怒容满面地拂袖而去。英布正惊愕间，随何趁机对他说："今日之事已不容再迟疑了，请大王赶快派人杀了楚使，马上起兵攻楚。"英布仓促间听从随何的教唆，立即派人追杀了楚使，旋即起兵北上攻楚。

项羽在荥阳前线得知英布背楚投汉，暴跳如雷，即令大将项声、龙且率军攻打英布。经过几场激战，英布被楚军打败。他原想回六城引兵投奔荥阳，但怕遭楚军拦截，便改变主意，轻装简从，只带少数人马，同随何一道抄小路前往荥阳。

汉高帝二年年底（公元前 204 年 1 月），英布来到荥阳谒见刘邦。见刘邦正叉着双腿让两个女子为他洗脚，没有一点礼贤下士的样子，英布不免有些心寒，后悔不该投汉。可是，当随何领他来到寓所，见这里陈设华丽，饮食丰盛，侍从美女一呼百应，竟同刘邦的府邸一样，他便由埋怨转为惊喜，觉得刘邦是表面上对臣下无礼，实际上是爱惜人才的。

英布背楚归汉的同时，刘邦派使者联络彭越也告成功。上次，刘邦封他为魏相，屈居魏王豹之下，他并不满意。这次，刘邦许以日后封他为魏王，他很高兴，便把大本营建在滑县（今河南滑县），以利于在楚军的背后游击骚扰。

就在英布赶赴荥阳期间，楚军攻破了六城，英布的妻妾儿女全被杀害。等到英布在刘邦的安排下来六城接妻妾儿女时，唯见空空居室、片片血污。英布的心中一阵战栗，他发誓要助汉灭楚，报此深仇大恨。

这天上午，吴芮召集要臣开会，商议增强兵力问题。就在会议快要结束的时候，吴芮的随身卫兵递给吴芮一份情报。这份情报是派往楚国的探子孙浪送来的，报告了九江王英布已背楚归汉和楚军攻破六城，英布的妻妾儿女全被杀害的消息。吴芮看了情报，知道女儿梅子和出生不久的外孙被害，不禁心头一阵酸楚，眼里流出了悲痛的泪水。他把情报递给许诚传阅。要臣们看过情报，一个个悲愤交集。许诚愤恨地说："这帮楚军简直就是恶魔！"吴郢哽咽地说："请父王发兵伐楚，诛杀魔王项羽，为姐姐报仇！"吴芮沉思了一会儿，说："九江王已经背楚归汉，衡山国何去何从？我们要好好计议一下。"满脸泪水的吴臣说："请父王尽快决策。"吴芮点了点头。考虑王太后生病卧床已久，王后近来身体欠佳，吴芮担心她俩经受不住梅子被害噩耗的打击，便叮嘱吴臣、吴郢暂不要把梅子被害的噩耗告诉王太后和王后。

可没想到，这天中午，探子孙浪不经意地把九江王英布的妻妾儿女全被楚军杀害的消息告诉了妻子齐氏。齐氏在王宫的后花园做事，与王后毛苹的关系颇好。下午，齐氏便把这个消息告诉了毛苹。毛苹听后，心惊肉跳。因为吴王和儿子都没有告诉她，她不相信这是真的，就心急如焚地来到王太后的卧房，问王太后是否听到梅子被害的噩耗。躺在床上的王太后梅氏摇了摇头，她也不相信这是真的，就叫王妃麻秀找来了吴臣。毛苹问吴臣是否听到姐姐被害的噩耗，吴臣支支吾吾地说没听到。这时，梅氏在麻秀搀扶下坐了起来，望着吴臣说："孙子啊，你可要对奶奶说真话！"奶奶的话触动了吴臣，他不由想起奶奶总是教诲自己

要做老实人的情景,便悲愤地说出了姐姐和外甥都被楚军杀害的实情。知道梅子真的被害身亡,毛苹悲痛欲绝,痛哭失声;梅氏万分悲切,痛哭了几声后,便瘫倒在床上,不省人事。麻秀急忙用手指掐住梅氏的人中,并叫吴臣赶快去医药房请医师。

不多时,吴臣请来了许济医师,吴芮、吴郢和许诚、许婷也闻讯赶来了。许济为梅氏掐脉探息,忙了一阵,才向吴芮禀报说:"王太后已薨,陛下节哀。"吴芮只觉得心头一阵剧痛,他扑通一声跪伏在母亲床前痛哭。不一会儿,随着一声猛咳,他昏厥了过去。许诚、许济急忙把他扶坐在椅子上。许济为他把脉后,对吴臣说:"最好送吴王回卧房休息。"吴臣便叫了几个卫兵把昏厥中的吴芮抬回卧房,许济和麻秀跟着前往护理。

因为女儿和母亲相继离世而过度悲伤,吴芮多次昏厥,毛苹也病倒卧床。这样一来,王太后的丧事便由王太子吴臣和王妃麻秀负责操办。由于吴臣办事认真,麻秀办事干练,加上丞相许诚的指点,王太后的丧事办得既庄重,又不奢华。郏城的百姓为此感叹不已。出殡那天,有众多百姓自发地为王太后送葬。

许济不愧为陈义的得意门徒,年纪虽小,却具有师傅的风范,不仅医德好,医术也高明。在他精心的治疗和护理下,吴芮和毛苹的身体都较快康复。

这天上午,吴芮召集许诚等要臣在王宫大殿议事,议题就是上次会议提出的"衡山国何去何从?"会议刚开始,一个卫兵进殿向吴芮报告:西楚霸王项羽的使者已来到王宫前殿,说有要事面见吴王。吴芮来到前殿,楚使把项羽的一封"指令"交给吴芮。"指令"痛斥英布背楚投汉,指责吴芮对项王不忠,没有劝止女婿英布的背叛行动。因此,剥除吴芮的衡山王爵。念吴芮佐楚灭秦有功,暂留吴芮受领番阳。吴芮看罢"指令"，愤恨地说："岂有此理！"他吩咐卫兵把楚使带到客房歇息，即刻回到了大殿。

吴芮把"指令"递给许诚传阅。看过"指令"，要臣们义愤填膺。驺摇激愤地说："项羽骄横跋扈，滥发淫威，吴王切不可听凭他的摆布！""吴王切不可听凭项贼的摆布！"几位要臣异口同声地说。"大家放心，"许诚望着吴芮说，"吴王决不会听凭项羽的摆布。"接着，他围绕会议的议题发表了意见。他痛斥了项羽脾性残暴，狂烧滥杀的诸多暴行，认为项羽的倒行逆施已招致天怒人怨；他分析了民心向汉背楚，楚汉军力对比将继续朝着楚变弱、汉变强的方向发展，认为楚汉战争的最终结局是汉胜楚亡。为此，他提议衡山国应顺应民意，助汉伐楚。许诚发言后，吴臣等要臣都发言赞同许诚的意见。

听了大家的发言，吴芮非常高兴。他既为丞相的意见与自己的想法不谋而合而高兴，也为要臣们的意见一致而高兴。他郑重地作出了衡山国助汉伐楚的决定，并对下一步行动进行了部署：派吴臣出使荥阳，向汉王通报衡山国助汉伐楚的决定，并征求汉王对衡山军如何配合汉军作战的意见；派高强去广德（今安徽祁门西）联络广德侯梅鋗，邀请他同衡山国一道助汉伐楚；由驺摇和吴郢负责组织部队的战前训练，刘信负责准备部队的粮草军需，以伺机出征伐楚。

三十八　双雄再聚

　　虽然韩信在北方战线取得了全胜，英布背楚归汉改变了楚汉军力的对比，但在荥阳正面战线上，项楚的军力仍然强于刘汉。项羽的大将钟离眛率军发起分段截断汉军甬道的攻势后，汉军从敖仓向荥阳运送补给的交通几乎瘫痪。楚军乘势加紧对荥阳的猛攻，守城的汉军不仅伤亡严重，而且陷入了断粮的恐慌中。

　　眼看形势危急，刘邦召来谋臣郦食其，同他商议解救困厄，打败楚军的对策。郦食其献计，建议刘邦仿效商汤伐桀、武王伐纣的做法，复立六国后裔，以孤立和打败项羽。刘邦采纳郦食其的计策，派人赶快刻制封印；并打算派郦食其为特使，带着封印去封立六国后裔。

　　就在这时，张良从外地返回荥阳。刘邦告诉张良，为了打败项羽，他采纳了郦食其"复立六国后裔"之计。张良急切地说："此计切不可行！"刘邦问："为什么？"张良便有理有据地剖析了此计切不可行的道理，并强调："如果按此计行事，将有利于项楚，而危害汉王的大业。"刘邦听罢，恍然大悟，大骂郦食其，并令人销毁了所制的封印。

之后,陈平向刘邦献上离间之计:"项羽麾下最忠心耿直之臣,只有范增、钟离昧、龙且、周殷等数人。汉王如舍得重金,行贿楚人,制造流言,进行反间,让项羽对这几个人起疑心,我们就有机可乘了!"刘邦认为此计可行,便拿出四万斤黄金给陈平做活动经费。

陈平暗派属下带着黄金混入楚军,行贿项羽左右,传播流言。说钟离昧等高级将领为项羽卖命,立下很多战功,却未能分土封王,因而心怀不满,打算联合汉王消灭项王,以图分土封王。又说项王屡拒亚父范增忠言,所以才弄到诸侯皆反、天下纷扰的地步,害得大家离乡背井,疲于奔命,诸将欲推范增为王,与汉王联合反楚。

项羽为人多疑,这些流言传到他耳朵里,他真的对钟离昧、范增等人起了疑心。只是因为荥阳战事紧张,他还没有发作,但心里总是疙疙瘩瘩的。

不久前,刘邦曾派使者面见项羽求和,说以荥阳的鸿沟为界,以东归楚,以西归汉。开始,项羽考虑楚军东征西战,已将怠兵疲,表示同意讲和。但范增劝阻说:"此乃汉军的缓兵之计。汉军被困孤城,粮草短缺,士气低落,而我军则兵锋正锐,若乘势攻击,定可攻下荥阳。大王千万不要错失良机!"项羽听从范增的劝告,回绝了刘邦的使者。

这天,为测试流言的真假,项羽派出使者,以接受刘邦求和的名义去荥阳交涉。陈平知道项羽咬饵了,便设下圈套:陈平热情迎接楚使,并摆设了一桌丰盛的酒宴招待他;但当楚使拿出国书表明身份时,陈平故作惊诧地说:"我还以为是亚父的使者,原来是项羽的使者!"遂令人将这桌丰盛的酒宴撤下,而换上一些粗茶淡饭。楚使大怒,也不求见汉王了,马上打道返回,向项羽一五一十地如实禀报。项羽由此确信范增已经在同刘邦暗中联络。恰在这时,范增来见项羽,催促项羽急攻荥阳。项羽以为范增是在演戏给自己看,不予理会。

几天后，范增痛苦失望地来见项羽，说："天下大事已定，请大王好自为之。臣老了，不堪为大王驱使，请赐老朽还乡！"项羽未加挽留。就这样，这位忠心耿耿的谋士悲凉地离开了项羽。范增在前往彭城的路上，因背上的疽疮复发，惨然而死。

项羽得知范增在去彭城的路上病死，意识到自己中了刘邦的离间之计，错怪了范增。他内疚、后悔不已，更加痛恨奸诈的刘邦，发誓要用攻破荥阳的胜利补偿自己的过失。

随着楚军攻势的加强，荥阳面临城破之危。就在这危急关头，守城将领纪信向刘邦献上李代桃僵、金蝉脱壳之计：让他假扮汉王，从东门出城投降，趁着楚军注意力被吸引过来时，汉王从西门悄悄出城。刘邦认为，实施此计，自己可以安全出城，但纪信必死无疑，便对纪信说："我怎能让你替我去冒险！万一发生不测，我于心何安？"纪信说："末将自跟随大王以来，备受恩遇，久思一报，如今正是机会。为了成就大王的事业，我死不足惜！"刘邦推托了几次，但纪信再三恳求，刘邦便答应依计而行。

这天夜半，长期紧闭的荥阳城东门突然开启，由城里两千多民女佯装的汉军士卒鱼贯而出，径向楚军阵地行进。楚军发现后，忙列队迎战。此时，荥阳城头上的汉军将士高喊："食尽，汉王降！"旋即，一乘华丽的王车在卫士、宫女们的簇拥下，缓缓驶出。楚军将士在夜色中难辨真假，都争先恐后地向前观看汉王求降的狼狈相。趁此机会，刘邦和张良、陈平等人仅带数十骑从，从荥阳城西门遁出。

冒充汉王的纪信被押送到项羽面前，项羽一眼便认出是"假货"。当即问纪信："汉王何在？"纪信说："早已离开了荥阳城"。再仔细看看这批出城投降的汉军士卒，原来都是些女子。项羽气得火冒三丈，下令将纪信活活烧死。

刘邦一行离开荥阳后，打算经英布驻守的成皋由函谷关返回关中。

他离开荥阳时,把留守孤城的责任托付给韩王信、御史大夫周苛、魏王豹和枞公四人。周苛和枞公都是刘邦的丰邑同乡,二人非常看不起不久前被汉军俘获的魏王豹。为防止他再生变故,于守城不利,二人竟背着韩王信将他杀了。韩王信得知此事后,便给刘邦写信禀报此事,并派部将王平去关中送信。

这天,王平用过早餐后从荥阳西门出城,快马加鞭,中午便到达了距荥阳六十多里的一个小镇上。他走进一家酒店用午餐。凑巧,吴臣及几个随从也在这家酒店用餐。原来,吴臣奉父王之命出使荥阳,途中得知楚军围攻荥阳的主力驻扎在城东门附近,吴臣一行便绕道西行,打算从城西门进入荥阳。吴臣认出了王平,便邀请王平一起用餐。二人边喝酒,边叙谈。吴臣说明了来荥阳拜谒汉王的意图。王平得知吴王决定助汉伐楚,高兴极了,激动地说:"有吴王相助,汉王定能战胜项羽!"之后,王平讲述了纪信献计,舍身救主等荥阳近来发生的一些大事。吴臣得知汉王已离开荥阳去了关中,韩王信派王平前往关中给汉王送信,便拜托王平把他来荥阳拜谒汉王的意图转告汉王。王平满口答应。用过午餐,二人拱手道别,王平前往关中,吴臣返回郏城。

再说高强奉吴王之命去联络广德侯梅销。这天中午,高强及几个随从来到了广德侯府。不巧,梅销不在府邸。侯府的总管何荣接待了高强。何荣也是梅销从台岭带出来的部将,与高强很熟悉。高强说明来意后,何荣告诉高强:梅侯今天一早就去了兵寨,同将士们一起收割稻子,可能回府用晚餐。何荣设便宴招待高强。席间,应高强的要求,何荣介绍了梅销来封地后的情况:梅销来到广德后,不贪图享受当安乐侯,而是认真按照吴芮在就国前的指点治理封地。他清正廉明,扶正祛邪,发展生产,关注民生。经过两年的治理,广德地区旧貌换新颜,社会稳定,经济繁荣,百姓安居乐业。为此,梅销深受将士和百姓的拥戴。

下午日入时分，梅鋗回到了府邸。高强向他禀告来意后，他十分高兴，当即表示乐意同衡山王一道助汉伐楚。晚上，梅鋗设宴招待高强。席间，梅鋗问起吴芮的情况，高强兴奋地介绍了吴芮凝心聚力治理衡山的感人事迹和骄人成就。梅鋗听后，甚是欣喜。高强望着梅鋗感慨地说："表兄与吴王既是志同道合的故友，又都是百姓爱戴的贤德之君！"

高强在广德住了两晚，第三天早餐后离开广德返回郴城。临别时，梅鋗对高强说："你回去禀告吴王，我半个月内率两万兵马去郴城。"

高强回到郴城后，立即向吴芮禀报了去广德联络梅鋗的情况。吴芮听后，非常高兴，马上叫卫兵找来了刘信，交代高强、刘信二人负责在兵寨增建一处兵营，以接待梅鋗的队伍。

这天午后，梅鋗率队伍来到郴城，吴芮带领许诚、吴臣、吴郢、驺摇、高强等要臣到城外迎接。分别两年了，今日重逢，吴芮、梅鋗异常兴奋。大家相互致意、寒暄了一阵后，梅鋗及其几员大将随同吴芮前往王宫，吴臣、高强引领广德军的其他将士去了兵寨。

在吴芮的书房里，吴芮与梅鋗边喝茶，边叙谈。二人先交谈了两年来各自治理封国的情况和体会。之后，谈论了楚汉战争的形势。谈到荥阳战事时，二人都对不久前为汉王献上李代桃僵、金蝉脱壳之计而壮烈牺牲的汉将纪信肃然起敬，高度评价了纪信舍身救主、为国捐躯的可贵精神，表示要在将士中推崇和宣扬纪信的这种可贵精神。当谈到衡山军与广德军如何合力助汉伐楚时，吴芮叫卫兵请来了许诚丞相。经过一番磋商，三人商定了两军合力助汉伐楚的方略：分兵两路，一路由梅鋗挂帅，吴郢、何荣为大将，率领三万兵马，向荥阳、成皋前线挺进，直接配合汉军作战；一路由吴芮挂帅，驺摇、田成为大将，率领三万兵马，向东北方向挺进，攻打后方的楚军。待两军进行一段配合作战的训练后，选择一个吉日，两路兵马一起出征。许诚、吴臣、高强、刘信留守郴城，负责为两路兵马充实兵员,输送粮草。

晚上,吴芮在王宫设宴招待梅鋗及其几员大将,许诚、吴郢等要臣作陪。受吴芮的委托,吴臣、高强在兵寨设宴招待广德军其他将士。因为对助汉伐楚的前景充满信心,宴席上,吴芮、梅鋗同大家一起开怀畅饮,谈笑风生。

三十九　抱病出征

按照许诚选定的日子，衡山军和广德军将于后天出征助汉伐楚。这天上午，吴芮来到兵寨察看两军配合作战的最后一次训练。这次训练，由梅锅统一指挥，吴郓、何荣带队参练。在梅锅手中令旗的指引下，两军将士精神抖擞，密切配合，娴熟地演练了各种阵法。吴芮看在眼里，喜在心头，频频为将士们精彩的演练点头叫好。

训练结束后，吴芮把吴郓叫到身边，谆谆告诫说："你的梅伯伯威武其表，韬略其内，且为人仁厚。此次出征，你一定要听从梅伯伯的指挥，并好好向梅伯伯学习！"吴郓连连点头说："孩儿一定牢记父王的教诲！"

下午，吴芮、梅锅二人主持召开了两军的将领会议。会上，吴芮解读了《孙子兵法》中"师出有名"的指导原则，阐明了此次出征助汉伐楚是顺应民意的正义之举，提出了把军队锻造成威武之师和仁义之师，坚决完成助汉灭楚大业的要求。梅锅则强调了军队要严纪律、明赏罚的重要性，重申了当年番阳义军制定的"五不准"军纪和立功受奖、违纪受罚的办法，要求将领们以身作则，加强纪律性，提高队伍的战斗力。听了吴芮、梅鋗的讲话,将领们精神激奋,纷纷表示一定按照吴王和梅侯的要求带兵作战,努力把队伍锻造成威武之师和仁义之师。

晚上,许诚来到吴芮的书房。几天前,因受了风寒,吴芮的老毛病又犯了,发烧,咳嗽,咯血。经许济及时治疗,病情已有好转。但许诚觉得吴芮这样的身体状况不宜率军出征,于是向吴芮提出建议:由他替换吴芮率军出征。"谢谢许兄的关心,"吴芮用感激的目光望着许诚说,"我的身体已无大碍,还是由我率军出征吧!你留守郴城的担子也很重啊!"见吴芮执意要率军出征,许诚便建议派许济跟随吴芮出征,以护理好吴芮的身体。吴芮起初也不同意,经许诚再三劝说,才勉强答应了。

第二天,队伍休整了一天。第三天,天高气爽,风和日丽,吴芮和梅鋗各率领一路人马离开了郴城,开始了助汉伐楚的征程。

再说刘邦返回关中后,马上命萧何征发兵役,训练队伍。他打算带领队伍出函谷关东进,去援救荥阳。这时,有位姓辕的儒生向他献计:汉王这一次宜从武关出兵,向楚军兵力薄弱的宛城、叶县方向推进。这样,项羽定会分兵南下追击汉王,汉王可深沟坚壁,坚守不战,而荥阳、成皋的汉军便可减轻压力,得到休整,韩信也有了安定赵地、联络燕齐的时间。等到楚军因多处敌情而被迫分散兵力后,汉王再北上荥阳、成皋与之交战,就可以打败楚军。

刘邦采纳了辕生的计策,带领一支由新老士卒混编的队伍开出武关,径向宛城、叶县挺进。

此前,刘邦经成皋入函谷关时,楚军便追击而来,向成皋发起进攻。英布稍作抵抗后,便放弃了成皋。他带着队伍南下,正好与刘邦相遇。两军会合后,就地打出了汉王的旗号。

果然如辕生所料,项羽听说刘邦在宛城、叶县一带出现,马上就率大军南下,攻打宛城。刘邦按照辕生的指教,坚守壁垒,不出城迎战。楚

军几次攻城,都被硬弓流矢射退。这时,后方传来了彭越军在下邳大破楚军和衡山王吴芮起兵北上伐楚的急报。项羽便引兵东进,攻打彭越。项羽率军刚抵下邳,彭越就带着队伍渡过睢水溜走了。刘邦趁项羽率军东进的机会,挥师北上,由英布充当先锋,以迅雷不及掩耳之势一举收复了成皋。

项羽得知刘邦、英布重新占领成皋的消息后,头脑冷静了一下,决定改变过去猫捉老鼠的做法,先命钟离眜打出项王旗号,率军向成皋方向推进,自己则率精兵快速扑向荥阳。楚军如神兵从天而降,汉军被打了个措手不及,固守经年的荥阳终于被楚军攻破。守将韩王信、周苛、枞公被俘,周苛、枞公拒绝投降,被斩杀;韩王信跪地讨饶,项羽将他留在楚营效力。

接着,项羽又挥师进击成皋。刘邦知道荥阳一丢,成皋难保,便趁着楚军还未完成对成皋的包围,带着一批心腹将吏悄悄地溜出成皋。英布得知刘邦溜走了,也带着自己的队伍撤出成皋。就这样,成皋第二次被楚军占领。

刘邦离开成皋后,北渡黄河,去了张耳、韩信所在的修武(今河南修武)。刘邦采用突然袭击的方式,于清晨张耳、韩信还未起床的时候,将二人用来调兵遣将的帅印和兵符收归己有。他收回张耳、韩信的兵权后,马上命张耳分兵循行赵地,安定后方;又拜韩信为赵相国,并命韩信以留下来的部分赵军为基础,再编练新军,去攻击齐国。这时,从成皋和荥阳逃散出来的汉军将士纷纷来到修武,萧何又从关中征发了一批新兵送来。因此,汉军声势复振。

汉高帝三年八月(公元前 204 年 9 月),刘邦一面自率大军进驻黄河北岸,作南下姿态;一面派部将刘贾、卢绾率两万兵马从白马津(今河南滑县东北)渡河,深入楚军后方,配合彭越军攻破了楚军一个囤积粮草的大基地。之后，彭越又引兵南下攻打楚军，在不到一个月的时间内，连取睢阳、陈留等十多座城池。与此同时，从成皋撤退的英布也率军南下，避实击虚，给项羽侧背增添了新的威胁。

面对新的形势，项羽改变了原定向关中全线进击的西进计划，决定先回军东向，再次攻打彭越。临行前，他把防守成皋的责任托付给大司马曹咎，并让曹咎的老朋友司马欣也留在成皋辅佐他。项羽率军急驰东进，攻打陈留。彭越出城迎战。一场激战，彭越败下阵来，赶快弃城而跑。楚军乘胜追击，在半个月时间内，收回了被彭越夺取过的陈留、睢阳等十多座城池。

就在项羽率军离开成皋东进的时候，刘邦挥师渡河去攻打成皋。在去成皋的路上，汉军遇上了梅鋗率领的伐楚队伍。刘邦大喜，连忙下马，对梅鋗表示欢迎。二人交谈了一阵后，梅鋗便率领队伍跟随刘邦去攻打成皋。

刘邦率军围攻成皋。起初，曹咎牢记项羽的告诫，固守不出。刘邦便令将士在城下轮番辱骂。时间一长，脾性急躁的曹咎不堪羞辱，遂不顾司马欣的劝阻，传令出战。汉军见楚军出城，便按原定计划争相溃逃。曹咎见汉军不堪一击，便挥师追杀，一直追到汜水边。埋伏在此地的樊哙和梅鋗见楚军中计，忙擂起战鼓，率军拦腰截杀楚军。梅鋗率领的广德军、衡山军与汉军并肩战斗，奋勇杀敌。小将吴郢挥动大刀，一马当先，冲锋陷阵，接连砍杀数名楚将。一名楚将放飞镖击杀吴郢，吴郢身旁已提升为校尉的王宝纵马向前，用身体护住吴郢。王宝背部受伤。吴郢大吼一声，策马挥刀将放飞镖的楚将砍杀。经过一阵激战，楚军大败，死伤无数，曹咎和司马欣都自刎于汜水边。就这样，刘邦顺利夺回了成皋。与此同时，周勃率军夺回了敖仓。

在庆功酒宴上，樊哙向刘邦禀报了小将吴郢身先士卒，奋勇杀敌，接

连砍杀数名楚将的战绩。刘邦十分高兴,即刻离开座位,走到吴郢身边。见吴郢年少英俊,一表人才,刘邦眉开眼笑,亲切地拍了一下吴郢的肩膀说:"真乃父是英雄儿好汉!""谢谢汉王夸奖,"吴郢兴奋地说,"我们衡山军一定全力相助汉王打败项楚!"此时,站在刘邦身旁的张良望着吴郢满意地笑了笑。

夺回成皋后,刘邦率军向荥阳推进。汉军在荥阳东北面的广武山上据险筑起了防御城墙,称广武西城,并重新修建了与敖仓接通的甬道。接着,刘邦便率军攻打荥阳。楚军留守荥阳的主将钟离昧英勇善战,打退了汉军的多次进攻。不久,项羽率领楚军主力从后方返回荥阳。项羽率军攻打广武西城的汉军,也被汉军凭据高壁强弩打退。项羽目睹广武山地势险要,便下令在汉营对面筑起了广武东城。东西两城,隔着一条南北走向、深达六十余丈的鸿沟,中间距离仅有百余步。这条鸿沟,就是一年后楚汉签署罢战和约时两军的分界线。据说,中国象棋盘上的那条"楚河汉界",就是以这条鸿沟为原型的。自广武山上隔着鸿沟建筑了东西两城后,楚汉两军就陷入了鸿沟对峙的僵局。

四十　智取霍山

　　且说韩信被刘邦收走他的主力部队后,不久又拼凑起一支新卒老兵混编的杂牌军。他稍加训练后,便奉刘邦之命率军东进伐齐。行进途中,传来齐王已归顺汉王的消息。

　　原来,就在韩信率军东进之初,谋士郦食其向刘邦自荐,愿出使齐国说服齐王从汉。刘邦当即表示同意,并令人替他办好国书和礼品。此前,齐王田广和执掌实权的齐相田横听说刘邦派韩信引兵伐齐,已在全国进行战备动员,并派将领华无伤、田解率重兵进屯历下(今山东济南西),修筑工事,做好防御准备。郦食其到齐国后,果然以三寸不烂之舌说服了田广、田横。田广遂派使者拜谒汉王,双方签署了联合攻楚的盟约。之后,齐国便撤销了在历下的战备,并将郦食其当贵宾敬待。

　　韩信得知齐王已经归顺汉王的消息后,因为没有接到刘邦要他停止伐齐的诏令,加上部将蒯通的怂恿,便率军继续东进伐齐。由于历下的战备全部撤销,又逢新年,齐国军民都沉浸在庆贺节日的欢乐中,韩信率军长驱直入,很快就打到临淄城下,毫无戒备的十多万齐军霎时溃

散。齐王田广逃往高密(今山东高密),齐相田横逃到博阳(今山东聊城)。逃离前,愤怒的齐王下令将郦食其烹杀。

韩信率军攻占临淄后,又乘胜追击齐王田广。田广一面在高密布防,一面派使者向项羽求援。项羽答应了田广的要求,拜龙且为大将,统领二十万楚军奔赴高密援救齐国。

为了打开两军在鸿沟对峙的僵局,挑动刘邦出城交战,这天,项羽采纳了一部将的建议,在城头上置设一块屠宰用的大案板和一口大铁锅,把刘邦的父亲刘太公捆绑起来放在案板上。项羽向着对面的汉营大声喊叫:"刘邦快降,否则把你的父亲烹了!"刘邦听到喊声,站在城头一看,不免大吃一惊。但他很快镇静下来,不以为然地大声说:"我与你一道起兵反秦,曾结拜为兄弟,我的父亲也就是你的父亲。如果你一定要把我们的父亲烹杀,可分我一杯羹!"项羽大怒,欲当着刘邦的面下令把刘太公烹杀,却被叔父项伯劝阻住。项羽一边骂刘邦无赖,一边令人把吓得昏死过去的刘太公抬下城。

几天后,刘邦应约与项羽隔着鸿沟站在城头对话。项羽还是嚷着要同刘邦对阵决战。刘邦重申宁愿斗智、不愿斗力的原则,并从衣袖里掏出一条写有文字的白绫,大声宣读:"项羽,你罪过深重。其一,你违背怀王之约,把我贬逐到蜀汉;其二,你假传怀王旨令,杀死上将军宋义,窃取了上将军尊号;其三,你援救赵国后,不回楚返报,却裹胁诸侯进关抢功;其四,你不顾怀王之约,进关后烧毁秦宫室,挖掘始皇陵墓,劫取财宝占为己有;其五,你擅杀已降的秦王子婴;其六,你在新安城下坑杀秦军降卒二十万;其七,你把好地方都分封给部属和依附你的诸侯,而驱逐其他诸侯故主;其八,你赶走义帝,自都彭城,并夺取韩王之地和梁、楚之地;其九,你秘密派人暗杀义帝于江南;其十,你为政不公,主约无信,神人共愤,天理不容。"刘邦读罢,用手指着项羽说:"我起义兵同诸侯一道共诛残贼。像你这种十恶不赦的罪人,只配我派刑余之徒来击杀,还有什么资格向我挑战?"

项羽听了,怒不可遏,随手从箭囊中取出一支箭矢,搭在弓上,用力向刘邦射去。这一箭射中了刘邦的胸部,刘邦只觉得一阵剧痛。但为了安定军心,他故意弯下腰来,不用手捂胸部的伤口,而去摸脚,并大声骂道:"这贼子射中了我的脚趾!"

返回军营,军医给刘邦处理了伤口。然后,刘邦听从张良的劝告,没有卧床养伤,而是忍着疼痛,乘上王车,由夏侯婴驾驭,张良侍从,驰往各兵营巡视。这样,才安定了军心。

不久,传来了韩信军大败齐楚联军的消息:韩信用计,在潍水边大败齐楚联军,二十万援齐楚军全军覆灭,龙且被斩杀,齐王田广被擒,齐相田横带着残部亡走魏地,投奔彭越。得知这个好消息,刘邦大喜。心情好了,箭伤也很快愈合。之后,他在夏侯婴陪同下回了一次关中。

再说吴芮率军向楚军后方挺进。这天,队伍来到了九江郡属地霍山(今安徽霍山)。队伍在城郊安营扎寨后,吴芮听取了探子的情报:霍山城墙坚固,易守难攻。城里驻军有近两万兵马,守将周坚是西楚大司马周殷的堂弟,勇猛善战。得知衡山军要来攻打霍山,周坚已下令做好了防御准备。四座城门都增加了防守兵力,城头上有巡逻兵日夜巡逻,并增配了弓箭手。

傍晚,吴芮带领驺摇、田成和十多个骑从来到霍山城下察看。突然,城头传来一阵铜锣声。不一会儿,城头上就站满了弓箭手。原来,城头上的巡逻兵发现了吴芮一行,便敲响了报信的铜锣,弓箭手很快就做好了战斗准备。因为吴芮一行还没到弓箭的射程之内,弓箭手并没有拉弓射箭。吴芮一行便迅速掉转马头,返回兵营。

在返回兵营的路上,吴芮问驺摇、田成:"我们该如何攻取霍山?"田

成望了望骆摇,说:"吴王用兵如神,我们听从吴王的。"吴芮说:"我想听听你们的意见。"骆摇思忖了一会儿,说:"霍山城易守难攻,我们不宜强攻,而宜智取。"田成说:"为了减少部队的伤亡,我们应想办法智取霍山。"吴芮高兴地说:"你们的意见很好!晚上,我们好好谋划一下智取的方略。"

晚餐后,吴芮召集骆摇、田成、田勇和侍从副官柳飞开会,谋划智取霍山的方略。经过一个多时辰的认真商议,反复琢磨,最终商定了以假象惑敌,声东击西的智取方略。

第二天,按照既定的方略,田勇和柳飞带领十个骁勇善战的士兵,假扮商贾从东门混进了霍山城。柳飞是霍山人,是吴芮任番阳县令期间从难民营招收进军队的。当时,他只有十五岁,是个孤儿,跟随叔父从霍山逃荒到番阳。到军队后,他勤学苦练,练就了一身好功夫。又因他为人乖巧、机灵,一年后就被挑选到吴芮身边当卫兵。吴芮称王衡山后,他被提任侍从副官。因为衡山军的兵营靠近霍山城南门,周坚把防卫的重点放在城南,所以,智取方略确定佯攻南门,而从东门突破。考虑柳飞是霍山人,他的叔父住在霍山城内,吴芮便把担当"内应",打开城门的重任交给他和田勇。田勇、柳飞一行进城后,以柳飞的叔父家为据点,多次到东门口和楚军兵营侦察;并根据侦察的情况,谋划了打开城门的具体行动方案。

第三天晚上亥初时分,骆摇、田成依计率领两万兵马从兵营出发,前往霍山城东门。部队衔枚疾进,一个多时辰后就赶到了城东郊区,埋伏在距城门两里地的一片树林中。

下半夜寅初时分,吴芮率领一万兵马来到霍山城南门前。按照计划,前排横摆着数十辆装满稻草人的战车,其后是全身披挂的一百多弓箭手,大部队列队在最后。随着吴芮一声令下,战鼓齐鸣,喊杀声震天,

弓箭手向城头一阵猛射，开始了对霍山城的佯攻。不一会儿，城头锣声响起，楚军将士云集城头。因为夜色漆黑，看不清城下衡山军的情况，楚军只是胡乱地朝城下放箭，扔檑木、石块。

衡山军在南门攻城的消息很快惊动了全城，守将周坚亲往城南督战。守卫东门的楚军将士并不太在意，只有七、八个人值班。守候在东门附近的田勇、柳飞一行便抓住时机扑向东门，迅疾地干掉了值班的楚军士卒，快速打开了城门，并点燃了事先准备好的火把。这时，埋伏在城外的驺摇、田成看见作为信号的火光，即刻率领将士迅捷地冲进了城内。大部队与田勇、柳飞会合后，先歼灭了守卫东门的楚军，之后兵分两路，驺摇、田勇率领一万兵马奔往城南，田成、柳飞率领一万兵马奔往楚军兵营。

不多时，驺摇、田勇率军来到了城南。城南的楚军没有想到衡山军会从东门突破，面对犹如天降的衡山军，不免心慌意乱。但久经沙场的周坚很快镇定下来，指挥将士同衡山军作战。一阵激战，楚军被衡山军击杀得七零八落，可周坚仍与驺摇厮杀得难解难分。田勇急了，向周坚投去一枚飞镖，正中周坚握剑的右手臂。周坚疼痛难忍，欲转身逃跑，被驺摇的长剑撩倒在地，田勇迅即将周坚捆绑了起来。见主将被擒，楚军将士纷纷缴械投降。与此同时，田成、柳飞率军击溃了兵营里的楚军。两支队伍在城南会师后，天已蒙蒙亮，驺摇令人打开城门，迎接吴芮率领的佯攻队伍进城。

吴芮进城后，驺摇等人向他禀报了顺利破城、击溃楚军、活捉周坚的战况，并把周坚带到了他面前。吴芮见周坚手臂上的伤口还在流血，但他神态自若，毫无惧色，便上前为周坚松绑，并传令许济为周坚治伤。"周将军"，吴芮和气地对周坚说，"待许医师把你的创伤治好，我们再聊聊。"周坚用感激和敬佩的目光望着吴芮说："谢吴王不杀之恩！"

四十一　鸿沟和约

衡山军在霍山休整了两天后，启程向六城进发。队伍快到六城时，从六城返回的探子向吴芮报告：六城的守军已于日前撤离六城，去了寿春。原来，霍山失守的那天，屯兵寿春的西楚大司马周殷先后接到了两份情报，一是衡山军攻破了霍山，守将周坚负伤被擒；二是奉汉王之命，英布率军前来攻打寿春，已经攻占了九江郡辖地固始（今河南固始）。周殷思量，六城的守军只有一万多兵马，且守将郑韦带兵作战的能力在周坚之下，因此，六城肯定是守不住的；不如将郑韦的队伍撤出六城，调来寿春，以增强寿春的防卫兵力，阻挡英布军和衡山军的进犯。于是，周殷令郑韦率队伍撤离六城。

由此，衡山军兵不血刃地开进了六城。这天晚上，吴芮召见了伤口已基本愈合的周坚。一见面，周坚便向吴芮鞠躬道谢。吴芮和婉地说："周将军伤已治好，不知日后有何打算？"周坚思忖了一会儿，说："请吴王予以指点！"见周坚态度真诚，吴芮在精辟分析楚汉战争将以汉胜楚亡而告终的必然性之后，恳切地说："识时务者为俊杰。希望周将军去寿春劝说大司马,认清形势,顺应民意,倒戈背楚,同我衡山军一道助汉灭楚。"听了吴芮对楚汉战争形势的精辟分析,联想到几天来在衡山军营的所见所闻,周坚心悦诚服,认定吴芮是一位贤德之君,当即表示愿去寿春劝说大司马背楚从汉。

第二天,周坚离开六城前往寿春,吴芮为他送别至城郊。吴芮回到兵营不久,一个卫兵向他禀报:兵营外来了个女子求见吴王,她自称是原九江王后的侍从宫女。吴芮忙令卫兵把她带进来。这个女子叫荷花,家住六城,确是九江王后梅子的侍从宫女。她听说衡山王已来到六城,不由想起了惨死在楚军刀下的梅子和出生不久的儿子,于是特来兵营求见吴王。因那年她陪同梅子去郏城参加吴臣的婚礼,见过吴芮,所以,她与吴芮见面后,彼此都有印象。荷花伤心地向吴芮诉说了梅子和儿子被楚军杀害后的一些情况:楚军在王宫大屠杀的时候,她上街为梅子买东西去了,不在王宫。待她回到王宫时,梅子和儿子都已躺在血泊中。她万分悲痛,大哭了一场。之后,叫来几个亲戚帮忙,把合葬梅子母子的尸体掩埋在城郊的一处坟山上。吴芮听罢,只觉得胸口一阵阵剧痛。悲愤之余,他十分感激面前这个重情义的女子。中午,他热情款待了荷花。午饭后,他带领十几个卫兵跟随荷花去了梅子的墓地。他同卫兵一道挖泥挑土,把合葬梅子母子的坟墓建大了,还令人购置了一块大墓碑立在坟头上。荷花一边哭泣,一边在墓旁植树。事后,吴芮重谢了荷花。

再说刘邦回到关中只住了四天,便带着一批新招募的士卒返回广武。刚回到广武,就有韩信的使者求见,呈上韩信要求封王的亲笔信。刘邦当时很不高兴,后在张良、陈平的劝导下,改变了态度,答应封韩信为齐王。

韩信的使者离开广武不久,刘邦委派张良为特使,带着王印前往临淄,宣布正式封韩信为齐王,并要求他尽快发兵击楚。韩信十分高兴,

当即表示一定尽快发兵击楚。

张良在临淄逗留期间，得知不久前，项羽曾派韩信的故人、正在楚国为官的武涉到临淄策反韩信，劝说韩信背汉联楚，三分天下，独立为王。但韩信始终认为汉王对自己有恩，不肯背叛汉王。张良返回广武后，向刘邦禀告了此事。刘邦由此受到启示，不久又遣使封立英布为淮南王，并要求他率军向九江故地推进。英布非常高兴，答应率军东进，攻击楚军。

韩信受封后，打算派一支队伍前往广武攻击楚军。这时，他的心腹参议蒯通进谏，劝他不要出兵击楚。蒯通重提武涉劝说韩信的宏论：韩信已成为"右投则汉王胜，左投则项王胜"的决定力量，不必屈居刘汉的附庸，与项楚作对，而宜同刘、项三分天下，独立为王。韩信考虑再三，还是不愿背汉，因而谢绝了蒯通的劝谏，决定出兵击楚。

虽然形势的变化越来越有利于汉军，但楚汉两军在鸿沟对峙的僵局仍未打开。在楚汉战争中已负伤十多次的刘邦急于结束这种状况，决定主动与项羽议和。他先派谋士陆贾出使楚营，劝说项羽停战，与汉军签订和约，遭到项羽拒绝。之后，他卑辞厚币请出了当初他和项羽共事怀王时两人都尊为前辈的侯公。侯公以长辈和第三者的身份去楚营劝说项羽，项羽高兴地接待了他。

汉高帝四年九月（公元前203年10月），经侯公斡旋，楚汉罢战的"鸿沟和约"正式签署。和约的大体内容是以刘、项"中分天下"为原则，双方在现实的军事分界线上实现就地停战。和约规定以鸿沟划界，以西为汉，以东为楚。和约签订后，项羽应刘邦的要求，将刘太公、吕雉等刘邦的家属送还。当时，两军将士欢声雷动，都沉浸在和平终于来到的喜悦中。

根据和约，位居鸿沟以西的荥阳划归刘邦。项羽因急于带领楚军东归彭城,在送还刘邦的家属之后,马上令钟离昧率军撤出荥阳,同自己合为一路,班师东返。

刘邦见项羽已率军东返,也准备率军西返关中。这时,张良、陈平劝阻刘邦说:"汉王已拥有天下大半,且诸侯都争相归附,而楚军已兵疲粮尽,这正是上天要灭楚的时机。如果我们不抓住这个时机追击楚军,岂不是养虎遗患吗?"刘邦顿时觉悟,马上改变主意,决定率军向东追击楚军。

汉高帝四年十月(公元前203年11月),刘邦率领大军越过鸿沟东进,追击项羽率领的楚军。同时,遣使分赴韩信、彭越、英布等诸侯处,要求他们配合行动。

项羽率军东返之初,部将项声、项冠等人曾提醒项羽,要加强队后警戒,以防刘邦撕毁和约,率军追击楚军。但项羽不以为然。就在楚军刚过固陵(今河南太康)时,项羽获知刘邦真的撕毁和约,已率军尾随追击而来,不禁勃然大怒,立即下令全军调转马头,狠击汉军。两军交战,汉军依旧不敌楚军。幸亏樊哙率领的增援部队及时赶到,才勉强压住阵脚,掩护刘邦退入固陵。项羽率军击败汉军后,没有继续东进,而是全力围攻固陵。

刘邦被困固陵,派快马前往齐、梁传令,要韩信、彭越从速发兵来援。但几天过去了,俱无动静。刘邦十分着急,向张良问计。张良建议:汉王宜将陈县以东直至海滨的土地,全部封给韩信;将睢阳以北直至穀城这片土地,全部封给彭越,并许愿待打败项羽后就封他为王。韩信、彭越得到了想要的封地,定会率军击楚。刘邦采纳了张良的建议,立即派人带上画定封地疆界的地图,分赴齐、梁,谕告韩信和彭越。果然不出张良所料,韩信马上亲自率领二十万大军南下击楚,彭越也率领主力部队向着楚军的后路包抄而来。

消息传到固陵,项羽大惊,赶紧放弃了对固陵的围攻,率领全军

东撤。

　　项羽率军东撤后,刘邦又率军追击项羽。不过,这次尾随追击的距离比上次拉得更开。与此同时,刘邦传令已进入楚地的刘贾部队尽快与淮南王英布会师,早日攻下西楚大司马周殷占领的寿春。

四十二 巧支妙计

英布率军攻占固始的第二天,刘贾就奉汉王之命率军赶到了固始。刘贾向英布传达了汉王要他们尽快攻下寿春的军令。

英布军和刘贾军合在一起才两万兵马,而寿春守军有五六万兵马,且守城的主将是勇猛善战的西楚大司马周殷。因而,对于英布来说,尽快攻下寿春无疑是一道难题。就在英布苦苦思谋攻打寿春良策的时候,心腹部将宋坤向他进言:已占领六城的衡山军兵强马壮,英王可联络衡山军同我们一起攻打寿春。英布听后,觉得联络衡山军一起攻打寿春确是一条良策。但因梅子被楚军杀害之后,英布总感到对不起吴王,所以不愿再给吴王添麻烦。可是,想到汉王的军令,他还是采纳了宋坤的意见,并委派宋坤前往六城联络衡山军。

这天,宋坤来到六城拜谒吴芮。听宋坤说明来意后,吴芮当即表示愿与淮南王联手攻下寿春,并提出了争取和平拿下寿春的建议:淮南王与西楚大司马周殷昔日都是项羽手下的猛将,是关系亲密的同袍。淮南王可利用这层关系,劝说周殷背楚从汉,献城投降。淮南王派使者去寿春劝降的同时,我们两路兵马都向寿春进发,造成大举进攻寿春的态势,以逼迫周殷归顺。如果劝降成功,我们就可不费一兵一卒拿下寿春。考虑英布争强好胜的脾性,吴芮并没有把已说服周坚去寿春劝说周殷背楚从汉的事告诉宋坤。"请宋将军把我的建议转告淮南王。淮南王如何定夺,望及时通告我军。"宋坤听罢,拍手叫好:"吴王英明!这真是一条妙计,英王一定会赞成的。"

宋坤返回固始后,立即向英布禀报了去六城拜谒吴芮的情况。英布听后,思量了一会儿。他崇尚勇武,对劝降之事并不感兴趣,但又不能不考虑吴芮的建议。于是,犹豫不决的他叫卫兵请来了刘贾。因为刘贾和宋坤都坚持认为吴芮的建议是上策,英布才同意采纳吴芮的建议,并决定派宋坤出使寿春,去劝说周殷背楚从汉。

英布很了解周殷,此人虽然骁勇善战,但为人苟且,贪图小利。为此,英布给周殷写了一封劝降信,并备了一份厚礼送给他。

宋坤带着英布的信和礼物来到寿春大司马府拜见周殷。一见面,宋坤便呈上英布的信和礼物。周殷看过英布的信和礼物后,不等宋坤开口,便答应献城投降。原来,自从项羽离开广武东撤后,周殷看到楚军日弱,汉军益强,便为自己的出路动起了脑筋。几天前,周坚在吴芮的感召下,从六城来到寿春劝说他背楚从汉。周坚既是他的堂弟,又是他最信赖的部将。在周坚推心置腹的劝说下,他打算背楚从汉。而在宋坤进府之前,他又接到了探子的情报:英布军和衡山军已离开固始和六城,正快速向寿春推进。于是,他爽快地答应献城投降,背楚从汉。

这样,就如吴芮所言,英布不费一兵一卒拿下了寿春。英布率军开进寿春时,周殷亲自出城迎接。

吴芮得知周殷已答应背楚从汉的消息后,没有前往寿春,而是率军向彭城方向进发,打算去阻击向彭城撤退的楚军主力。

周殷在楚军中的威望,可与钟离昧、龙且等人并列。获知周殷背叛的消息,项羽又气又急,心乱如麻,下令部队加速东撤。

汉高帝五年三月初(公元前202年1月),项羽率军退至垓下(今安徽灵璧南),被刘邦、韩信、彭越、英布数路汉军和梅鋗、吴郢率领的广德军、衡山军团团围住。此时,楚军的兵力号称十万,而围攻的汉军和广德军、衡山军共有三十多万。刘邦命韩信全权指挥垓下会战。会战中,项羽凭血性和勇武反击,韩信靠智慧和谋略围攻。项羽几度组织反击,从战术上讲,都可谓迅疾如电,势不可挡,但每次都在韩信战前挠后、十面埋伏的周密部署下,功败垂成。最后,项羽不得不率残军退入大营,坚壁自守。

入夜,鏖战了一天而没有进食的楚军官兵,忽然在昏昏沉沉的睡梦中被此起彼落的歌声惊醒。侧耳细听,兵营四面都在传唱他们所熟悉的楚地歌谣:田园将芜胡不归,千里从军为了谁?……听着家乡的歌谣,他们不由想起了家乡的山山水水和父老亲人,心中油然升起深切的思念和渴求。有人在唉声叹气,有人在暗自流泪,也有人在小声哼唱。这就是历史上有名的"四面楚歌"。后人多认为这是张良的绝招,其用意是以此调动楚军将士的思乡情结,瓦解楚军的斗志。

声声楚歌,更使项羽坐卧不宁,心慌意乱。细心的侍从端来了酒菜,项羽一杯接着一杯地喝了起来。这个夜晚,他品不出酒的香醇,只觉得它是那样的苦涩。他又将一杯酒斟满,正要再喝时,一只柔软的手阻止了他。他抬头一看,是爱妻虞姬。

虞姬自从嫁给了项羽,常伴项羽东征西讨,军前幕后,形影不离。二人情深意笃,心心相印。这些天来,由于局势恶化,虞姬深为忧虑。但她极力将这种心绪掩藏着,生怕给项羽带来不应有的负担。今夜的四面楚歌使她忐忑不安,似乎预感到一种不祥之兆。她紧紧依偎着项羽,不

愿再与夫君分别。

帐外,传来几声马嘶,那是乌骓马在嘶鸣。此马曾载着项羽驰骋于枪林剑海,为项羽立下了汗马功劳。项羽深爱着自己的战马。平日里,乌骓马的每一声嘶鸣,都使项羽豪气倍增。可此刻,这嘶鸣却使项羽更加心神不定。面对着难料的前途,耳听着四面楚歌,项羽不禁英雄气短,感慨万分,起身而歌:"力拔山兮气盖世,时不利兮骓不逝。骓不逝兮可奈何,虞兮虞兮奈若何?"

项羽慷慨悲歌,潸然泪下。虞姬听着,更是心如刀绞。她强作笑颜,起身道:"大王已作歌,贱妾愿起舞,为大王助兴!"项羽苦笑着点了点头。虞姬遂拔剑起舞,并唱道:"汉兵已略地,四面楚歌声。大王意气尽,贱妾何聊生!"虞姬舞罢,深情地望了项羽一眼,含泪说:"大王,多保重!"随即挥剑自刎。项羽悲痛欲绝地扑到虞姬身上,连呼:"虞姬!虞姬!"泪水连串地流淌下来。左右诸将闻声赶来,也都失声痛哭。这就是历史剧《霸王别姬》的故事原形。

埋葬好虞姬之后,项羽骑上乌骓马,带领八百骑从杀开一条血路,向南突围而去。

刘邦、韩信得知项羽突围南去,即令灌婴率领五千骑兵追击。至项羽渡过淮水来到阴陵(今安徽定远)时,身边只剩一百多人。项羽因迷路向一农夫问道,农夫骗他往左边走,使他的队伍陷入一片沼泽中,结果被汉军追上,一阵拼杀后,再逃到东城(今安徽定远东南)。不多时,汉军又追了上来,围之数重。这时,项羽身边仅剩二十余骑从,而汉军有数千骑兵。令人惊佩的是,在项羽的鼓动和带领下,他们竟突破了汉军的包围。再次突围的项羽带着二十余骑从来到乌江的西岸(今安徽和县境内)。如能渡过江去,便可回到他起家的会稽郡。此时,江边的芦苇丛里摇出一条渡船,艄公是楚国的乌江亭长。亭长请项羽赶快上船渡江,可项羽苦笑着说:"上天有意要我灭亡,即使我渡江而东,还能有何作为呢? 当年我率领江东子弟八千人渡江而西,如今没有一人生还,即便江东父老怜惜我,不责怪我,可我有脸同他们相见吗?"

望着追赶而来的数千汉军,项羽心中掠过一阵悲凉。他把心爱的乌骓马送给乌江亭长,以表谢意。然后,令侍从一律下马,换上短兵器与汉军步战。

以步战同骑战对阵,又是以寡敌众,项羽的侍从纷纷战死,唯独项羽行动倏忽,出手疾速,还能一气"杀汉军数百人",自己负伤十多处。项羽认出了背楚从汉的将领吕马童,便问他:"你我不是旧交吗?"吕马童惭愧得背过脸去,悄声告诉其他汉将:"这就是项王"。项羽大声说:"我听说汉王购我头颅,悬赏千金,封邑万户,我就帮你老朋友得到这个大功劳吧!"言毕,挥剑自刎而死。就这样,叱咤风云的一代枭雄西楚霸王项羽在乌江边饮恨而终,时年仅三十一岁。

四十三　封王长沙

项羽在乌江边自刎身亡后,困守在垓下的楚军主力因失去统帅而各行其是,除少数将士战死或逃走外,大多数将士向汉军缴械投降。随着项羽兵败自刎的消息传开,楚国其他地方的将吏也纷纷投降。

项羽早年曾被楚怀王封为鲁公,所以鲁地(今山东曲阜地区)算是项羽的第一个封地。项羽死后,鲁地的父老不肯投降,动员子弟武装起来,抗拒汉军。许多汉军将领主张全力攻城、屠城。但刘邦认为鲁地父老这种讲究情义,为主守节的精神值得尊崇,不赞成攻城、屠城。于是,他派特使去鲁地招抚,表示将对项王葬之以礼,并亲自吊祭。鲁人遂献城投降。这样,项羽得以鲁公之礼落葬穀城(今山东东阿),刘邦亲临葬礼发哀,还流了眼泪。

刘邦为项羽办完丧事之后,便在夏侯婴等人的侍从下直驰韩信的大本营所在地定陶,以亲自指挥讨伐未降楚军的名义,向韩信索还兵权。韩信交出兵权后,刘邦马上发出一道诏令,将韩信由齐王徙封为楚王。随后,刘邦率军渡江而东,先后平定了吴郡和豫章、会稽等地。接着,刘邦派将领靳歙、刘贾、卢绾等人率军攻打誓为项羽守节的临江王共尉（已故临江王共敖的儿子）。在几路汉军的夹攻下，共尉兵败被俘。

再说吴芮率军向彭城进发，日夜兼程，数日后就来到了距彭城不远的萧县。到达萧县当天晚上，吴芮感到身体不适，咳嗽不止。许济为他把脉后，说他的老毛病要发作了，赶紧为他煎药治疗，并建议队伍在萧县休整几天。吴芮采纳了许济的建议，令队伍在萧县休整两天，之后再随机而动，或阻击东撤的楚军主力，或攻打楚都彭城。

两天后，吴芮得到了项羽兵败自刎的情报。由于治疗及时，他的身体也已康复。次日，他便率军直奔彭城。傍晚，队伍在彭城郊区安营扎寨。他迅即给留守彭城的西楚柱国项它写了一封劝降信，派驺摇带着两名弓箭手去到靠兵营最近的彭城西门前，用箭将劝降信射上了城楼。

第二天，吴芮率军来到彭城西门前。不多时，城门大开，项它带领将吏出城迎接吴芮。原来，项它日前也得到了项羽兵败自刎的情报。昨晚，他看过吴芮的劝降信后，便决定献城投降。

进城后，吴芮谢绝项它的安排，没有住进原西楚王宫，而与将士们一起住在兵营里。因为吴芮以身作则，言传身教，衡山军的广大将士都遵守军纪，没有发生到王宫抢夺财宝和侵害百姓利益的事件。这与两年前刘邦率领诸侯联军攻占彭城后，肆意掳掠烧杀的情形大不一样。已降的西楚将吏和彭城的百姓都称颂吴芮是一位名副其实的贤德之君，赞扬衡山军是一支难得的仁义之师。

这天，吴芮接到义兄张良派快马送来的书信，要他"速来定陶一趟"。信中虽然没有说要他速去定陶的原由，但他明白义兄一定有重要事情同自己商量。于是，第二天一早，吴芮便由许济、柳飞陪同，带着十几个骑从离开彭城前往定陶。

吴芮一到定陶，就去拜访义兄张良。吴芮与张良多年没有见面，久

别重逢,二人都异常兴奋。刚用过午餐的张良叫侍从端来了酒菜,二人边喝酒,边叙谈。张良先叙说了要吴芮速来定陶的原由。原来,汉军平定了未降的楚军和临江王之后,刘邦又回到了定陶。刘汉集团的众多将吏和张良、陈平等谋臣也相继来到定陶。几天前,楚王韩信登门拜访张良,说他想联络几位诸侯一道给汉王上书,拥戴汉王称帝,特来征求张良的意见。张良认为这是个好主意,表示赞同,并说衡山王吴芮文武双全,功绩卓著,建议韩信邀请吴芮参与向汉王上书。张良是世人心目中的"谋圣",也是刘邦最信任的谋臣。韩信见张良赞同自己的主意,十分高兴,表示一定邀请吴芮参与向汉王上书。韩信告辞后,张良立刻给吴芮写信,请吴芮速来定陶,以便同韩信一道商议拥戴汉王称帝的事宜。

吴芮听了张良的叙说,很受感动。他表达了对张良的感激之情后,笑了笑说:"我得知项羽兵败自刎的消息后,就有过拥戴汉王称帝的想法,觉得汉王称帝有利于天下太平,百姓安居乐业。"张良感慨地说:"此乃英雄所见略同啊!"之后,二人促膝谈心,聊天下事,说知心话,直到用晚餐。

数日后,楚王韩信、衡山王吴芮、淮南王英布、不久前封立的梁王彭越、韩王信、赵王张敖(已故赵王张耳的儿子)和燕王臧荼等七位诸侯一起拜见汉王刘邦,共贺消灭项楚的胜利,同时呈上拥戴汉王称帝的劝进书。劝进书的主要内容是:过去讨伐暴秦,汉王平定关中,生俘秦王,功劳最大。而后,讨伐不义的项楚,汉王联络并引领各路诸侯,运筹帷幄,奋战沙场,最终消灭了项楚,使失位的诸侯恢复王位,断绝的国祚得到承续,有功的将吏得到封赏,流离的民众因此安定,也是功劳最大,恩德最厚。可汉王的位号却同我们一样,仍以"王"相称。这不仅混淆了上下有别的名分,也埋没了汉王的业绩。为此,我们请求给汉王加冕皇帝尊号。后人多认为,这份劝进书是张良执笔,与吴芮、韩信二人商量写

成的。

刘邦看过劝进书,心里是甜蜜蜜的,但他却客气地说:"我听说只有贤能的人才得拥有帝号,你们现在要把我抬到那么高的地位,我如何担当得起!"

经诸侯以及长安侯卢绾等直属将吏们的极力劝说,刘邦才答应称帝:"既然你们都这样拥戴我,为了天下百姓安心,我也只能顺从你们了!"

汉高帝五年二月初三(公元前202年2月28日),刘邦在定陶正式接受了大汉皇帝的尊号。原称王后的吕雉随之改称皇后,王太子刘盈改称皇太子,又追尊皇帝的母亲刘媪为"昭灵夫人"。还决定国都由栎阳迁至洛阳。

几天后,吴芮和梅鋗分别接到了刘邦以皇帝的名义发布的诏令:吴芮由衡山王徙封为长沙王,长沙国的封疆包括南海、桂林、象郡、长沙四郡,王都从郴城移至临湘(今湖南长沙);梅鋗由广德侯徙封为台岭侯,食邑台岭地区。

接到诏令的次日上午,吴芮和梅鋗一起前往临时皇宫拜谢汉高帝刘邦。刘邦热情接待了吴芮和梅鋗。吴芮恭敬地说:"今日,我和梅侯特来拜谢陛下,打算明日离开定陶去封国,不知陛下还有什么吩咐?"刘邦夸赞了一番吴芮和梅鋗之后,含笑地说:"愿你们把封国治理好,让百姓安居乐业。"梅鋗满怀信心地说:"我们一定努力把封国治理好,请陛下放心。"刘邦高兴地点了点头。接着,三人围绕治国安邦之道进行了亲切的交谈。中午,刘邦设宴招待了吴芮和梅鋗。

晚上,吴芮到义兄张良的住处辞别。这两个聚少离多而心意相通的义兄弟,又促膝叙谈到深夜。分别时,吴芮有些伤感地说:"日后,望仁兄多给愚弟写信赐教,如有机会,就来临湘走走。"张良点头称好,望着

面容消瘦的吴芮，关切地说："贤弟去长沙后，一要多加保重身体，二要不忘对高帝彰显忠心！"吴芮会意地点了点头。

翌日，吴芮与梅鋗在兵营里共进早餐，边用餐，边叙谈。因为早餐后二人又要离别去各自的封国，所以心中都怀有一种依恋之情。吴芮打算先去郴城，再去临湘。梅鋗打算让何荣率领队伍直接去台岭，自己先回余干老家一趟，接妻子和儿子一起去台岭。梅鋗说到去余干老家，不由使吴芮思念起久别的故乡。二人的话题便转到了一块在安乐村上学的往事。梅鋗笑了笑说："记得我们上学时，我父亲就说你是一块栋梁之材。可见他老人家真有眼力！""你我总算没有辜负他老人家的教导和期望，"吴芮兴奋地说，"今后，我们还应励精图治，为封地的百姓造福，为养育过我们的故乡争光。"

此时，吴郢和何荣进来禀报：队伍已经集合完毕，整装待发。吴芮和梅鋗这才起身离开餐厅，二人拱手作别后，便翻身上马，率领各自的队伍离开了定陶。

四十四　以民为本

吴芮率军离开定陶南下，一路顺利，旬日内便在潢川（今河南潢川）与驺摇、田成率领的队伍会合。原来，吴芮离开定陶时，派快马去彭城给驺摇、田成传令，约他们率领队伍到潢川会合，一起返回郴城。

吴芮率领会合后的衡山军继续南下，数日后回到了离别一年多的郴城。许诚、吴臣带领留守郴城的将吏出城迎接凯旋之师，城门前一派欢腾景象。

因吴芮当时是抱病出征，一年多来，家人和许诚等要臣对他十分牵挂。今见吴芮平安归来，又知他已徙封为长沙王，大家都兴奋不已。

吴芮见家人都平安无恙，又知这一年多来，衡山国依然社会稳定，百姓安居乐业，也十分高兴。更让他惊喜的是爱妃麻秀又生了一个男孩。吴芮召麻秀为妃一年后，麻妃和儿媳许婷在同一个月里各生下一个男孩。吴芮为庶子取名吴浅，为长孙取名吴回。他这次出征走得匆忙，不知麻妃又有身孕。今见麻妃又生了一个男孩，自然是又惊又喜。麻秀要他为儿子取名。他正在思索时，忽然听到天井上传来鸟叫声。他抬头仰

望,见阳光灿烂,便笑了笑说:"就叫吴阳吧!"

第二天,吴芮召集许诚、吴臣等要臣议事,作出了三项决定:一是委派田成、田勇兄弟带领百名精兵先去临湘,任务是整修原长沙郡府,用作长沙王宫;扩建原长沙郡兵营,暂作长沙国军队的兵营。二是按照汉高帝的要求裁军。吴芮现拥有五万兵马,确定留下三万,裁军两万。动员年纪较大和家在衡山的将士退伍,回家各谋生计。除按汉高帝的规定免去退伍将士终身户赋外,还发给他们一笔可观的补贴。三是将兵寨的田地分给附近村庄缺少田地的农民耕种。

次日,田成、田勇兄弟带领百名精兵离开郴城去临湘,处理兵寨田地的事也进展顺利,可裁军的事却碰到了困难。在其他诸侯国,将士们因厌倦离乡背井、出生入死的戎马生活,都愿意退伍回家。可吴芮的军队是出了名的仁义之师,官兵关系与军民关系和好,将士们都愿意留下,而不愿意退伍。经吴芮和群臣耐心地做动员工作,并追加退伍补贴,才完成了裁军任务。

这天,天气晴朗,吴芮率领家眷、群臣和三万将士离开郴城前往临湘。日前,吴芮曾到位于城郊的母亲墓地拜扫。临行前,他又带领家人朝母亲墓地方向拜了三拜,并交代吴臣携带好祖母的灵位。

在王宫至郴城南门两里多长的街道旁,上千百姓夹道为吴芮及其队伍送行。他们感谢吴芮治国有方,使衡山面貌改观,让百姓安居乐业,舍不得这样的贤德之君离开衡山。不少人流下了感激和依恋的热泪。吴芮不停地向两旁送行的人群拱手致意,心中涌动着对衡山百姓的惜别之情。

数日后,吴芮率领队伍来到了临湘。田成、田勇兄弟带领长沙郡的官吏到城外迎接。吴芮和家眷,以及许诚等群臣住在由原郡府改建的王宫里,三万将士驻扎在已扩建的原长沙郡的兵营里。

这天是许诚选择的吉日,王宫里举行了长沙王登基大典。吴芮正式登基做了长沙王,同时领封的有王后毛苹和王太子吴臣。大典上,吴芮还封任了朝廷的要臣和一批文官武职。许诚继续任丞相,吴郢封为义陵侯,骆摇封为齐信侯,高强任廷尉,刘信继续任内史,田成、田勇兄弟任都尉将军,柳飞任少府。

这天晚上,吴芮在书房里与许诚、吴臣商谈治国问题。三人一致认为,根据治理番阳和衡山的经验,要治理好长沙国,首先要制定出符合长沙国情和百姓意愿的治理方略。为此,就必须下到郡县巡察,了解国情民意。许诚考虑吴芮的身体状况,提议说:"这次巡察,可否让我和王太子下去,吴王就不要下去了。"吴臣接着说:"父王抱病征战一年多,需要好好休养一下,这次就让许伯伯和我下去巡察吧!"吴芮思忖了一会儿,说:"长沙国地域辽阔,南海、桂林和象郡的部分地区还在'南越武王'赵陀的控制之下,情况远比衡山复杂。这次巡察,我还得下去。"虽然许诚和吴臣再三劝说,吴芮还是坚持要亲自下去巡察。最终商定:吴芮由田成、柳飞和许济陪同,去南海、桂林两郡巡察;许诚由吴郢、田勇陪同,巡察长沙和象郡;吴臣在临湘主持朝廷日常事务。

几天后,吴芮和许诚带领各自的随从人员离开临湘,前往南海和象郡巡察。

一个半月后,吴芮一行结束巡察回到了临湘。许诚一行已于两天前回到了临湘。

返回临湘后的第三天,吴芮召集许诚、吴臣等要臣开会,商议治理长沙国的方略。会上,吴芮首先提出了制定治理方略的指导思想:一要把以民为本、造福百姓作为贯穿治理方略的主线;二要从长沙的国情出发,制定切实可行的治理方略。之后,许诚和田成汇报了到郡县巡察的情况。接着,大家根据吴芮提出的指导思想和长沙的国情民意,认真计

议,畅所欲言。最后,吴芮综合、提炼大家的意见,确定了治理长沙国的基本方略:一、实行轻徭薄赋,让百姓休养生息;大力兴修水利,防止和减轻旱涝灾害;制定优惠政策,鼓励农民开垦荒地和外地工匠商贾来长沙生产经营。二、加强临湘城市建设,修建好城市防洪堤和城内外的道路,大力发展手工业和商贸业,把临湘建成一座人口众多、经济繁荣的大都市。三、在加强边防的同时,主动与南越国交好;针对南越国农业生产落后,百姓主要食用杂粮和野果的情况,委派懂农技的官吏去边境地区帮助农民栽种水稻,改进耕作技术,发展农业生产;创造条件,等待时机,逐步收回被"南越武王"控制的长沙国土。四、建立兵寨,以兵养兵,减轻百姓负担;加强训练,提高将士素养和军队战斗力,建设威武之师和仁义之师。

　　这天上午,吴芮由高强和几个卫士陪同,到城市建设的工地视察。他们先到了沿江路的修筑工地。只见数百军队将士在湘江边上筑路,有的挖土,有的挑土,有的平整路面,大家都忙碌着,工地上不时传出一阵阵劳动号子声和欢笑声。目睹这火热的筑路场景,吴芮十分开心。指挥筑路的校尉王宝见吴芮来了,赶忙跑到吴芮身边,兴奋地说:"吴王有什么指示?""将士们干得很好,"吴芮笑着说:"你们有什么困难和要求?"王宝望着吴芮想说什么,又忍住了。吴芮关切地说:"你们有什么要求尽管说。"王宝笑了笑说:"大家筑路的热情高,劳动强度大,常常不到下班时间肚子就饿了。希望上级能给我们增加一些伙食费,让大家吃饱点,好干活。"吴芮望着高强说:"王宝的意见提得好,一定要让筑路的将士吃饱饭!"离开工地时,吴芮对高强说:"待沿江路修筑好了,再在路两旁栽上树。"高强点头说好。

　　之后,吴芮一行来到城外视察道路拓宽工地。修路的指挥官向吴芮禀报:在这里修路的是两百多服徭役的民工。因为民工都说修路是好

事,干活热情高,劲头足,因而工程进展顺利。吴芮高兴地点了点头,便走到几个正在平整路面的民工面前,亲切地问:"你们的伙食怎么样?吃得饱吗?"一个民工笑着说:"伙食还好,就是我们的肚子太大,有时不够吃。"另一个民工接着说:"如果能改善一下伙食,我们干活就更有劲。"吴芮笑了笑说:"我们一定想办法给你们改善一下伙食!"几个民工和高强等人都笑了。

下午,吴芮召集要臣议事,议题是如何筹措一笔资金,给参与城市建设的将士和民工增加一些伙食费。负责城市建设的高强望着刘信说:"内史能否想办法追加一些城市建设的经费,用于改善将士和民工的伙食。"刘信摇了摇头说:"朝廷的收入只够维持预算开支,难以追加城市建设的经费。"许诚说:"搞城市建设是利国利民的公益事业,可以动员临湘城里富有的工匠、商贾和地主捐赠一些钱财,以帮助解决城市建设经费的困难。"田成说:"丞相这个主意好。我有个表兄叫罗裕丰,是城里经营丝绸的大老板,我可以先做好他的工作。"接着,吴臣等要臣都发言赞同许诚的意见。吴芮最后作出决定:采取两个办法筹措资金,用于增加将士和民工的伙食费。一是由许诚负责,动员城里一批富有的工匠、商贾和地主捐资;二是令内史设法通过缩减王宫的开支,挤出一些资金。

由于动员工作做得好,数日后,罗裕丰等二十多个富有的工匠、商贾和地主慷慨解囊,捐助了一笔可观的资金。在吴芮的督促下,刘信也通过缩减王宫的开支挤出了一笔资金。这两笔资金都如数给了伙房,用于改善参与城市建设的将士和民工的伙食。

就在吴芮一心一意治理长沙国的时候,汉高帝刘邦却在为立天子之威、维护刘汉皇权而耗费心神,兴师动众。

汉高帝五年五月(公元前 202 年 6 月),刚将都城迁到洛阳的刘邦,

下令将获俘的原临江王共尉斩首。

不久，刘邦强召匿居东海孤岛的原齐相田横来洛阳归服。田横无法违抗，心中却又不愿侍奉刘邦，便在距洛阳三十里的驿馆中自刎而死。

之后，刘邦下令特赦曾多次困窘他的在逃楚将季布，并封官郎中，而将季布的舅舅、那位曾放他一马，使他绝处逃生的已降楚将丁固处死。

汉高帝五年七月（公元前 202 年 8 月），燕王臧荼叛汉，刘邦亲自带兵征讨。不到两个月，汉军大败燕军，活捉臧荼。刘邦随即封亲信卢绾为燕王。

没过多久，代地发生大规模骚乱，几个领头的是原代王陈余和赵王歇的旧属。刘邦派樊哙率军征讨，很快平息了骚乱。

接着，颍川又发生了反汉事变，主谋者是项羽的旧属利畿。刘邦不惮师劳，又亲自率军征讨，将事变扑灭。

吴芮从派往洛阳的探子送来的情报中，陆续得知了上述事件。刚接到情报时，他曾为刘邦赦免仇人季布而处死恩人丁固感到困惑，为刘邦称帝后仍有人叛汉、反汉而感到忧虑。但深湛的政治阅历和对刘邦的深刻了解，使他很快摆脱了困惑和忧虑的羁绊。他心想，不管情势如何变化，自己应该信守"施仁行义，爱国惜民"这个从小立下并一贯坚持的为人处世准则。而当前应该做的，就是按照既定方略，尽心竭力治理好长沙国；同时听从义兄张良的告诫，不忘对汉高帝彰显忠心。想到这里，他挥毫在一块白绫上写下了"施仁行义，爱国惜民"八个大字，并将白绫挂在书房里的墙壁上。

四十五 以身殉职

刘邦迁都洛阳不久,有个叫娄敬的布衣劝他把国都迁回关中。娄敬陈述了很多迁都的好处,刘邦认为言之有理,便把娄敬的建议告诉群臣,但群臣都不愿再回关中。刘邦犹豫不定,就找来张良征求意见。张良表示赞同娄敬的建议,刘邦便决定迁都关中。因咸阳被项羽烧得残破不堪,所以暂以栎阳为都,而委派萧何主持咸阳宫室的修建,并将新都改名为"长安"。

张良自从赞同迁都之议,随刘邦再返关中以后,便宣称自己体弱多病,要修导引辟谷之术,静居行气;还说打算跟从仙人赤松子云游。因此,他常请病假,渐同政坛拉远距离。

汉高帝五年十二月(公元前201年1月)的一天,吴芮接到了汉高帝刘邦下达的诏令:皇上即将巡狩云梦,请诸侯到陈县相会。

几天后,诸侯陆续来到陈县。到得最早的是长沙王吴芮,最晚的是提着钟离眜首级的楚王韩信。刘邦一见韩信,便喝令武士将韩信拿下。众诸侯惊诧不已。韩信不解地说:"我犯了何罪?"刘邦说:"有人告你

谋反！”

原来,刘邦不久前接到了举报楚王韩信谋反的控告书,证据是皇上通缉的项楚余党钟离昧被藏在楚王府里。刘邦召来陈平,告诉他有人密告韩信谋反,将领们都主张发兵征讨,请他发表意见。陈平认为韩信不同于藏荼,不宜发兵征讨,而献上了智擒韩信的计策:自古以来,就有天子巡狩召会诸侯的传统。陛下可以巡狩云梦为名,传令诸侯到陈县相会。韩信必然以为太平无事,会毫无戒备地去陈县。这时,陛下只要用一个力士,就可以把他抓起来。刘邦采纳了陈平的计策,便传令诸侯到陈县相会。但刘邦欲借陈县相会责罚韩信的企图,隐隐约约地传到了楚王府。韩信心想,自己藏匿钟离昧的事可能被皇上知道了。便找钟离昧商量,说愿意陪他向刘邦自首,争取像季布一样得到特赦。钟离昧劝韩信举兵反叛刘邦,见韩信沉默不语,便当场拔剑自刎。于是,韩信提着钟离昧的首级前往陈县。

韩信被武士捆绑起来押上囚车后,刘邦对惊魂稍定的诸侯们说:“希望你们像长沙王一样,好好治理封国,不要像韩信那样图谋不轨,背叛皇上。”

不久,刘邦下诏:赦免韩信的罪行,但由楚王降为淮阴侯,留在都城居住。接着,刘邦将楚国一分为二,淮水以东的三郡为荆国,以西的三郡为楚国;并封亲信刘贾为荆王,封弟弟刘交为楚王。

韩信事件之后,吴芮加深了对刘邦的疑虑,也进一步领悟了义兄张良告诫自己“不忘对高帝彰显忠心”的用心。

光阴似箭,吴芮来临湘做长沙王转眼就一年多了。一年多来,吴芮尽心竭力按照既定方略治国安邦,各方面的治理工作进展顺利,初见成效。社会日益安定,经济快速发展,百姓生活明显改善。长沙国的臣民无不极口称赞吴芮的贤德和才能。

这天，是吴芮四十岁生日。王宫里四处张灯结彩，人人喜笑颜开。吴芮事先下令，他要过一个喜庆而节俭的生日，一律不收贺礼。参加中午寿宴的，只有他的家人、亲戚和朝廷要臣。但在宫内和宫门前设点发放生日寿糕，让宫里的官吏、勤杂人员以及前来贺寿的百姓都分享到吴王的生日寿糕。

寿宴之后，举行了简单的拜寿仪式。拜寿仪式结束后，吴芮便和家人一起泛舟湘江。吴芮自任番阳县令以来，为了建功立业，他要么带兵外出征战，要么在县衙、宫廷日夜操劳，很少与家人团聚。今日与家人同游湘江，家人都喜出望外，十分高兴。

按照吴芮的安排，他和王后毛苹同乘一条小船，另有几名宫女在一旁待侯；麻妃、吴臣、吴郢等家人乘坐一条大船。两条船一先一后缓慢地行驶在湘江上，和煦的阳光，碧绿的江水，凉爽的微风，令人心旷神怡。吴芮抬头望着湘江西岸的岳麓山，不由想起故乡的五彩山，进而想起祖父和父亲临终的嘱咐。三十多年来，自己铭记和践行祖辈的嘱咐，殚精竭虑，不懈奋斗，如今可谓功成名就，为故乡增添了光彩。想到这里，他感到舒心的满足和欣慰。他低头看着身旁的妻子，不由想起姑苏相恋，龙山成亲，夫妻恩爱，相敬如宾的往事，心中充满了对妻子的爱慕和感激，他情不自禁地将妻子搂在怀里。毛苹抬头望着丈夫过早斑白的双鬓和情深意浓的眼神，回想二十多年来有苦有乐、有酸有甜的往事，他心潮澎湃，不由轻声吟咏："上邪！我欲与君相知，长命无绝衰。山无陵，江水为竭，冬雷震震夏雨雪，天地合，乃敢与君绝！"听着妻子情真意切的吟咏，吴芮感动得热泪盈眶，激动地说："愿我们相知相伴到永远！"

汉高帝六年六月（公元前201年7月），闽越地区发生兵乱，闽越王无诸因军队将士尽解甲归田而无力平乱。汉高帝刘邦听从陈平的建议，诏令长沙王吴芮带兵前往闽越平乱，并派心腹偏将利苍随军协助吴芮

平乱。

这天，利苍带着刘邦的诏书来到临湘吴王宫。身患重感冒还在服药的吴芮接待了他。原来，半个月前，吴芮携几名懂农技的官吏去了桂林郡的边境地区，指导当地的百姓栽种水稻和改进耕作技术。前天才返回临湘。可能是受了风寒，晚上，吴芮感到头痛，胸闷，并发高烧。许济把脉后，诊断他患了重感冒，赶紧为他煎药治疗。今天，病情已有好转，烧也退了。

看过刘邦的诏书后，吴芮当即与许诚和吴臣商量发兵事宜。吴臣望着面带病容的父亲说："父王身体欠佳，这次去闽越平乱，可否由我带兵前往？"吴芮摇了摇头说："皇上钦点我带兵去闽越平乱，我怎能违命不去！"许诚恳切地说："陛下可与利苍将军商量，说自己身体欠佳，请求高帝让我或王太子带兵去闽越平乱。"见吴芮沉思不语，许诚接着说："听说这次闽越兵乱，只是少数退伍军人煽动饥民作乱，也用不着陛下亲征。"但吴芮考虑更多的是对皇上彰显忠心，因而没有采纳许诚的建议。他神态坚毅地说："还是由我带兵前往闽越平乱为好。"见吴芮坚持要带兵亲征，许诚便建议让许济跟他一起出征，以便照顾他的身体。可吴芮想到许济还在治疗护理生病卧床的王后毛苹，也没有答应让许济跟他一起出征。他最后拍板决定：由他挂帅，骆摇、柳飞为大将，率领一万兵马去闽越平乱。

出征前夜，吴芮领着吴臣、吴郢先去了王后毛苹的卧室。躺在床上的毛苹见吴芮来了，连忙在宫女的搀扶下坐了起来。吴芮走到毛苹身边，用手摸了摸毛苹的额头，深情地说："我明天要出征闽越，不知什么时候才能回家，你定要安心养病，早日康复。"毛苹有些伤感地说："我的病情已有好转，陛下不必挂念；只望陛下在外多加保重身体，早日平安归来。"吴芮叮嘱吴臣、吴郢说："我不在家，你们要好好关照母亲的身体!"吴郢说:"请父王放心,我们一定会关照好母亲的身体。"吴臣说:"父王出征闽越,更要注意保重身体,以免母后和我们挂念。"吴芮微微一笑地点了点头。

之后,吴芮携吴臣、吴郢来到了王妃麻秀的卧室。凑巧,许婷和儿子吴回也在这里。吴芮摸了摸三儿吴浅和孙子吴回的头,又抱了抱幼儿吴阳,然后对麻秀说:"我出征后,你对后宫的事要多操点心,尤其要好好教养浅儿、阳儿和孙子。"麻秀动情地说:"臣妾一定尽力管好后宫的事,请陛下放心。只是臣妾不能随同照顾陛下,心里不安。但愿陛下出征一帆风顺,早日凯旋!"吴芮嘱咐吴臣、吴郢说:"你们要一如既往地尊重麻妃,并爱护年幼的弟弟和子、侄。"吴臣、吴郢连连点头称好。

这天,阳光明媚,吴芮率军离开临湘前往闽越平乱,许诚、吴臣等要臣为吴芮送行至城门外。

前十天,天气晴好,队伍晓行夜宿,一路顺利。第十一天,天气骤变,一股寒流从北向南袭来,气温急速下降,还下起了小雨。晚上,吴芮的老毛病又发作了,发烧、咳嗽、咯血。因许济没有随军,随从军医按照许济开的药方给他煎药服用。次日,还是阴冷天气,仍下着小雨,骆摇、柳飞向吴芮建议:队伍就地休整几天,待吴王病情好转后再开拔。吴芮考虑应尽早赶赴闽越平乱,没有采纳骆摇、柳飞的建议,而令队伍冒雨前行。两天后,队伍行至庐江郡虔化县金精山(今江西宁都县石鼓山)时,狂风怒号,大雨滂沱,队伍不得不停止前进,在金精山下安营扎寨。此时,吴芮已病入膏肓,高烧不退,不停地咯血,随从军医想尽办法急救,但无济于事。大约是下半夜鸡鸣时分,吴芮病卒。这位忠义贤德、文武超群、甚得民心的一代英杰就这样离开了人世,享年四十岁。临终前,吴芮只跟骆摇、柳飞说了一句话:"你们一定要去闽越平乱。"

翌日,风息雨停。遵照吴芮的遗嘱,骆摇率军离开金精山前往闽越

平乱,柳飞携百名将士护送吴芮的遗体回临湘,并派快马分赴长安和临湘,向汉高帝和长沙王宫报丧。

半个月后,汉高帝刘邦接到长沙王吴芮在去闽越平乱途中病逝的丧报,流下了悲伤的眼泪。他制诏御史,并委派主祭官陆贾前往临湘参加吴芮的葬礼。

吴芮落葬在临湘北郊一处依山傍水的坡地上。参加葬礼的有吴芮的家人、朝廷官吏、军队将士和上千临湘的百姓,他们都为失去这样一位贤德君王而万分悲痛。感天动地的哭泣声、叹息声,传递了人们对吴芮的崇敬、爱戴、感恩和惋惜之情。吴芮的灵柩前,摆放着他的两件遗物。一是写着他的座右铭"施仁行义,爱国惜民"的那块白绫,二是他撰写的兵书《孙吴兵法》。原来,吴芮坚持把《孙子兵法》、《吴起兵法》和《孙膑兵法》放在一起研读,并结合自己学习和应用兵法的心得体会,把三部兵法的精华整合起来,于今年初写成了这部分为"图国"、"料敌"、"治兵"、"论将"、"应变"、"励士"六篇的《孙吴兵法》。看过这部兵书的许诚曾由衷地赞叹:"这是一部不可多得的宝贵兵书!"

葬礼上,陆贾宣读了汉高帝刘邦的御敕:长沙王忠,其定著令,谥其曰文,嗣传子臣。

一个月后,王太子吴臣正式继承长沙王位,成为第二代长沙王。吴臣在登基称王的典礼上郑重宣誓:我继承了父亲的王位,一定信守父亲"施仁行义,爱国惜民"的为人处世准则,做一位勤政廉政、造福百姓的贤德之君。

四十六　传号五世

　　吴芮病逝后,汉高帝刘邦敕命王太子吴臣继承长沙王位。吴臣继位后,按照父亲生前制定的方略治国安邦,遵照"施仁行义,爱国惜民"的准则为人处世,长沙国依然政通人和,国泰民安。可是,其他异姓诸侯王却陆续被刘邦废黜甚至诛杀,取而代之的都是刘邦的儿子。

　　汉高帝九年十一月(公元前 198 年 12 月),有人举报赵王张敖参与了谋杀皇上(未遂)事件。张敖虽是刘邦的女婿,刘邦还是下令将张敖和有关人员押送到长安审查。因查不出张敖参与谋逆的证据,两个月后,刘邦颁诏:废除张敖的赵王,降为宣平侯。接着,刘邦将原为代王的皇子如意徙封为赵王。

　　汉高帝十年九月(公元前 197 年 10 月),刘邦派往北方坐镇的阳夏侯陈豨自称为代王,公开宣布脱离汉朝,并与早已叛汉的韩王信等匈奴豢养的势力联合行动,发起了声势浩大的叛乱。刘邦亲自率军征讨。经过三个多月的苦战,汉军终于击溃了叛军,陈豨亡入匈奴,韩王信战死阵中。不久,刘邦下诏重新设置代国,封薄姬所生的儿子刘恒为代王。

汉高帝十年十二月（公元前 196 年 1 月），已贬为淮阴侯的韩信的家臣向皇后吕雉举报韩信谋反，说陈豨拥兵反叛就是韩信教唆的。此时，刘邦正率军征讨北方的叛军。吕雉便召来相国萧何，密商了处置韩信之策。这天，萧何亲自来到韩信府，说北方的叛乱已经扑灭，受命监国的皇太子在长乐宫接受群臣朝贺，劝一直称病居家的韩信去长乐宫参加朝贺。韩信刚进长乐宫，便被武士拿下，旋由吕雉亲自监督，斩首于宫中。就这样，在没有审查举报是否属实和未经请示刘邦的情况下，吕雉处死了韩信，并夷三族。韩信临死前慨叹："我悔不早听蒯通之言，现在竟为女子、小儿所骗，岂非天意！"

汉高帝十一年三月（公元前 196 年 4 月），梁王彭越的太仆向正在洛阳休养的刘邦告状，举报彭越与部将扈辄密谋造反。刘邦遂派一个使团以慰问的名义前往定陶，将猝不及防的彭越抓到了洛阳。经审查，扈辄确实劝说过彭越谋反，但彭越拒绝谋反。可是，刘邦却批准以彭越谋反定案。随后又发布赦令，将彭越废为庶民，指定送往蜀郡青衣（今四川名山北）安置。彭越由官兵押送前往蜀郡，途经郑县（今陕西华县）时，恰与离开长安前往洛阳的皇后吕雉的车队相遇。彭越求见皇后，哭诉自己的冤情，吕雉好言抚慰，让彭越随自己一起去洛阳，答应为他向皇上说情。来到洛阳，刘邦责备吕雉擅权。吕雉说："彭越这种壮士，皇上把他放到蜀郡去，不是自遗后患吗？还不如干脆杀了他！"刘邦认为吕雉言之有理，便又借故下令处死了彭越，并夷三族。之后，刘邦册封皇子刘恢为梁王。不久，又下诏撤销淮阳郡建置，设置淮阳国，增加其地盘，并封皇子刘友为淮阳王。

汉高帝十一年七月（公元前 196 年 8 月），淮南王英布的部下贲赫因私怨直奔长安上书皇上，举报英布正调兵遣将，准备谋反叛汉。刘邦令相国萧何审讯贲赫，辨别真伪。萧何审讯后，建议先把贲赫关押起来,再派使者去淮南国调查。刘邦表示同意。英布听说皇上要派人来调查,唯恐又同彭越一样被人宰割,遂举兵发难,首先向东出击荆国。刘邦得知英布真的举兵谋反,十分恼怒,马上颁诏废去英布的王位,册封皇子刘长为淮南王。因身体欠佳,刘邦打算让皇太子刘盈挂帅率军征讨英布。但不久传来英布军大败荆军、楚军,荆王刘贾被杀,楚王刘交败逃的消息,刘邦便决定抱病亲征。汉高帝十一年十月(公元前196年11月),刘邦率军在蕲县(今安徽宿县)西郊与英布军展开决战。经过一场恶战,英布终于寡不敌众,阵溃败逃。激战中,刘邦被英布的弓箭手射中一箭。两个月后,英布带着残部逃到番阳,打算投奔其姻亲长沙王吴臣。结果被吴臣派兵诱杀,向皇上献头表忠。

汉高帝十二年二月(公元前195年3月),汉军歼灭陈豨残部后,刘邦又接到了关于燕王卢绾曾与陈豨通谋反叛的密奏。开始,刘邦不相信与自己亲如兄弟的卢绾会叛变,便召卢绾来长安朝见。可能是听了哪个幕僚的劝阻,卢绾居然称病没去长安。因此,刘邦不免起了疑心,便派辟阳侯审食其和御史大夫赵尧为特史,专程去燕都蓟城迎接卢绾。听说皇上派人来蓟城,卢绾害怕了,向亲信发牢骚说:"至今非刘氏而称王的,只有我和长沙王了。现在皇上生病,朝政都是吕后操纵。这个女人,就想着把异姓诸侯都搞光!"遂依然称病不去长安。审食其和赵尧回长安后,添油加醋地向刘邦汇报,刘邦相信"卢绾果反矣"。遂委派樊哙以相国的名义率军去征讨卢绾,同时宣布废去卢绾的王位,封立皇子刘建为燕王。卢绾得知汉军要来攻打蓟城,立即带上家人,在骑从护卫下弃城而走,回避与汉军作战。起初,卢绾一行住在长城脚下,指望等刘邦病愈后,再去长安向皇上道歉,当面把一切误会解释清楚。汉高帝十二年四月二十五日(公元前195年6月1日),刘邦在长安病卒,享年六十二岁。卢绾得知皇上驾崩的噩耗,心灰意冷,无奈之下举家亡入匈

奴。没多久,卢绾便在愁苦中死去。

至此,刘邦在汉初封立的八个异姓诸侯王,有七个被废被杀,而为刘邦的儿子和弟弟所取代,唯有长沙王是一个例外。东汉史学家班固论及此事时说:昔高祖定天下,功臣异姓而王者八国。然而,汉初诸侯王多以诈力成功,唯吴芮称王则不失正道。因此,长沙王能传号五世,直至无嗣而国除。

后　记

吴芮出生于江西省余干县,是江西历史上第一位有文献记载的杰出人物。在素有"西江第一楼"之誉的滕王阁四楼,有一幅巨大的江西十大历史名人壁画,吴芮位居其中,且列首位。据史料记载,吴芮是秦末汉初一位忠义贤德、文武超群、甚得民心的英杰,是中国古代著名的军事家、政治家。出于对故乡的热爱和对吴芮的敬重与钦佩,我们退休后开始研究吴芮。

据《余干县志》和余干《吴氏宗谱》记载:吴王夫差六世孙吴申,在楚国为官。楚考烈王十四年(公元前248年),时任楚国大司马的吴申谪居番邑。当时有人劝其入齐为官,吴申不从,遂迁居余干县西南的善乡(今余干县社庚乡)龙山村定居。吴申老年得子,取名吴芮。据传吴芮出生时,村旁的龙山上空出现五彩祥云,乡人遂改称龙山为五彩山。吴申为余干吴氏始迁祖,其后裔繁衍,子孙遍布华南各郡县,因此华南吴氏皆尊其为始祖,称五彩山为发祥之地。这些在东乡、进贤、南昌、临川、金溪等地县志及吴氏宗谱中均有同样记述。南宋学者王十朋曾到余干县社庚乡五彩山吴芮故居凭吊,写了一首《游五彩山》的诗,诗云:"吴芮当年生此山,此山彩色锦官城。如今不爱繁华地,松桂森森一一青。"

吴芮是江西历史上第一个被封王的人杰。秦二世元年(公元前209年),陈胜、吴广起义反秦,各地纷纷响应。时任番阳县令的吴芮也组织武装起义响应,配合项羽、刘邦反秦,功绩卓著。项羽入咸阳,封吴芮为衡山王。汉朝建立,刘邦又封吴芮为长沙王。大汉江山稳固后,在刘邦与吕后剪除异姓王的过程中,唯有吴芮得免。这和吴芮功高不骄、体恤百姓、关注民生、仁爱施政是很有关系的。所以,班固在《汉书》中称赞:"唯吴芮之起,不失正道。"清代文学家蒋士铨则用诗的语言描述吴芮:"汉定天下封功臣,异姓而王者八国。称忠只一长沙王,生都临湘死庙食。暴虐当时苦秦政,独有番君重民命。抚字能仁杀贼勇,汉家名将秦时令。"

由于种种尚不可知的原因,长期以来,对于这样一位在文人墨客及普通百姓中拥有良好口碑的历史名人,我们并没有看到一部有历史深度、有人物个性的传记式作品来给予记述,这不能不说也是一个令人费解的问题。近年来,随着考古学方面的某些工作进展,有关吴芮的生平也成了一个颇为引人瞩目的热点话题。我们深感有必要将这样一位曾经叱咤风云、泽被百越的历史巨星从深空中挖掘出来,依据基本的史实,用文学的手法还其灿烂的光辉。为此,我们在认真研读《史记》、《汉书》、《三国志》、《世说新语》、《搜神记》、《水经注》等历史典籍的同时,还多次赴吴芮曾经涉足的地区采访、考证,广泛查阅诸如《余干县志》、《长沙市志》、《江西通志》、《上饶地区志》、《波阳县志》、《浮梁县志》、《安仁县志》、《婺源县志》、《德兴县志》等地方史志,广泛涉猎相关文献资料。对其中的史实部分在本书中全部采信使用,对其中的奇闻传说部分则慎重选择,有些故事情节运用了逻辑推理与文学虚构的手法,但均不脱离基本史实。因史料奇缺，我们撰写本书的最重要学术依据还是《史记》与《汉书》对吴芮数百字的珍贵叙述，其描述之简洁精练，其评价之精到高妙，使我们受益良多，不断激发着我们的创作激情，不断启发着我们的创作思维。"秦吏方摇毒，君王独得名。国虽为地小，忠亦自天成……兴亡何足道，青竹有嘉声。"这是宋人华镇对吴芮的吟咏，亦是我们撰写本书的基本立足点，期望以一代贤王之厚德风范启绵延繁茂之后昆。

本书在撰写过程中，得到了诸多领导、学者和社会贤达的鼎力支持。特别是国家民委副主任吴仕民同志，不仅为我们搜集、寄来相关资料，并亲临鹰潭对我们的写作进行具体指点，还在百忙之中为本书作序，肯定了吴芮是历史深空中的一颗巨星，在此表示由衷的感谢！同时，对缪兵、傅辉年、傅乃吉、吴祥生、吴勤民、胡样文等同志在我们采访、写作、出版等过程中提供的方便，在此一并表示诚挚的谢意！全书由吴超来同志执笔，几经修改、补充、完善，虽然由于条件限制，还有很多有待继续研究、考证、商榷的史学问题，但毕竟一个有史学依据、有文学情节的传记式作品和一个有血有肉的吴芮形象已初步呈现在我们面前，希望此书的出版能起到抛砖引玉之效，给吴芮研究和相关文学创作以积极的促进作用。

2013 年 3 月 6 日

长沙王吴芮

222